À PROPOS DE L'AUTRICE

Originaire de Bretagne, **Karine Marcé** écrit depuis sa plus tendre enfance. Grande voyageuse dans l'âme, elle a eu la chance de vivre dans des villes comme Londres, Barcelone ou encore sur un campus universitaire à Oxford (Ohio), ce qui lui a permis d'attiser son imagination et sa créativité.

Very Hot Boyfriend

KARINE MARCÉ

Very Hot Boyfriend

Harper
Collins
POCHE

HARPERCOLLINS FRANCE

83-85, boulevard Vincent-Auriol, 75646 PARIS CEDEX 13
Tél. : 01 42 16 63 63

www.harpercollins.fr

ISBN 979-1-0339-1439-6

Partie 1 : *Ava*

Chapitre 1

Alors que je suis derrière le comptoir à préparer des mojitos fraîchement pilés pour une table de copines apparemment bien excitées, ma collègue Milena, une métisse aux origines cubaines, arrive à ma hauteur, alarmée.

— Tout va bien ? m'enquiers-je devant son regard paniqué.

— Ava, le type chelou de l'autre jour… il est revenu !

Oh non, pitié ! Tout, mais pas lui. En l'absence de Gregor, mon patron imbuvable, je passais une excellente journée, et il ne me reste que deux heures à tirer avant de pouvoir m'enfuir loin d'ici. Pourquoi fallait-il que Monsieur Je-te-fixe-sans-jamais-cligner-des-yeux débarque, précisément maintenant ? Refusant d'être intimidée, j'habille mes cocktails de menthe, les dépose sur un plateau, puis migre de l'autre côté du bar.

— Tu veux que j'y aille, *cariña* ? me propose-t-elle afin de me laisser respirer.

J'apprécie sa sollicitude mais, puisque ce type semble faire une fixette sur moi, il vaut mieux que je règle cette histoire une bonne fois pour toutes.

— C'est très gentil, Milena, mais je m'en occupe. Sinon il ne nous lâchera jamais.

— OK…, acquiesce-t-elle, penaude. Si jamais tu as besoin…

— Je te fais signe, dis-je en lui offrant mon plus beau sourire, tu as ma parole.

Son visage s'illumine en retour, ce qui me fait chaud au cœur. Depuis que je travaille ici, Milena est la seule personne à avoir vu au-delà de mon tempérament de feu. Le reste de mes collègues m'ignorent – ce qui me va très bien –, ou bien ils cassent du sucre sur mon dos à la moindre occasion. Mais ça ne me dérange pas. En réalité, j'ai l'habitude. J'ai un objectif bien précis en tête, et je n'ai pas de temps à perdre en camaraderie. Et sur ce point, Milena est différente des autres.

Dès mon arrivée au Jip's, un bar cubain situé en bordure d'une des plages les plus prisées de Miami, elle a tout fait pour s'attirer mes bonnes grâces. Si bien qu'aujourd'hui, après deux saisons à travailler ici, je la considère comme une amie précieuse, et réciproquement.

En soi, le job est assez rébarbatif, et besogner pour Gregor McClane, le patron le plus irascible et le plus perfectionniste de la côte Est, est un vrai calvaire. Cependant, rejoindre son équipe procure certains avantages non négligeables, à commencer par le salaire. Car sa rémunération est à la hauteur de ses exigences, ce qui, dans le milieu, reste rare. Sans compter que les pourboires des touristes arrondissent indéniablement mes fins de mois. C'est sûrement l'une des raisons pour lesquelles je m'entends bien avec lui. Enfin, tout est relatif, il n'est pas non plus là à me donner de grandes tapes amicales dans le dos et à me claquer la bise. Non, Gregor n'est pas ce genre de patron. Mais il m'appelle par mon prénom, me félicite de temps à autre et, en de rares occasions, me prodigue des conseils sur la gestion d'une entreprise, ce qui est idéal pour moi, voire inespéré.

Je suis là pour gagner assez d'argent afin de concrétiser mon rêve. Même si cela signifie : pas de soirées, pas de folies, pas d'achats compulsifs. Rien. Car toute dépense non essentielle ne fait que retarder davantage mon objectif, et je n'ai pas de temps à perdre. Je vais tout de même sur mes vingt-six ans, ça n'est pas rien.

Mon plateau en main, je sors à la hâte pour aller servir les demoiselles qu'on entend glousser de l'intérieur du bar. Installées sur le bord de plage, elles hurlent de satisfaction lorsque je dépose un cocktail devant chacune d'entre elles, puis je les encaisse sans broncher. De toute façon, le mieux, dans ces cas-là, c'est de les ignorer. Il faut dire que l'été bat son plein, les touristes ont déjà envahi les lieux et, honnêtement, tout le monde ici n'a qu'une envie : s'éclater. À croire que je suis l'unique nana de toute la Floride à ne pas penser de la sorte.

Ensuite, je me dirige vers mon admirateur, lequel ne m'a pas lâchée des yeux une seule seconde, ce qui, admettons-le, est carrément flippant. Plus flippant encore lorsque je vois ses énormes mains et ses bras musclés, entièrement recouverts d'encre, qui seraient, j'en suis persuadée, capables de me broyer sans qu'il cille. En fait, il ressemble en tout point à un Viking, avec ses cheveux blonds rassemblés en une queue-de-cheval courte, laissant apparaître les côtés de son crâne, rasés de près. Sa mâchoire carrée vient nourrir ce cliché, masquée par une barbe de quelques jours à peine, parfaitement entretenue. Quant à ses yeux bleu clair, ils tirent vers le gris, ce qui lui confère un certain charisme. Et à sa façon de jubiler en m'apercevant, j'en conclus qu'il en joue. Pas de bol pour lui, les hommes ne m'effraient pas le moins du monde et, s'il me faut lui botter le cul pour qu'il me fiche enfin la paix, Viking ou pas, je le ferai.

— Qu'est-ce que je te sers ? demandé-je en soupirant, pour lui signifier que je ne me réjouis pas de sa présence.

— À quelle heure tu prends ta pause ? rétorque-t-il.

— Qu'est-ce que ça peut te foutre ?

Il ricane, tandis que j'arque un sourcil courroucé.

— Hargneuse, ça me plaît.

— Bon, écoute, Sven, soit tu commandes, soit tu dégages. Les places en terrasse sont prisées, à ce moment de l'année.

— Sven ? répète-t-il en se mordant la lèvre inférieure, visiblement amusé par ma réaction, pourtant tout sauf sympathique.

— De toute évidence, tu as plus l'allure d'un Nordique que d'un Américain. Alors, tu consommes ou tu te casses ?

Il me dévisage de haut en bas, comme si je n'étais qu'un vulgaire pantin qu'on expose devant lui, comme si j'étais dépourvue de conscience et de sentiments. Je sens ses yeux perçants s'arrêter un instant sur mes courbes et, bien que je ne sois pas impressionnée par sa prestance, je croise les bras sur ma poitrine, par instinct de protection, tenant mon plateau du bout des doigts.

— Je consomme. Dès que tu as un moment de libre, tu te joins à moi ?

Je lève les yeux au ciel, ébahie par son discours à la mords-moi-le-nœud. N'a-t-il vraiment pas compris qu'il n'y avait pas moyen ? Mais genre, du tout ?

— Sûrement pas. Je ne suis pas intéressée, OK ? Passe ton chemin. Et s'il te plaît, arrête de me fixer comme ça, sinon j'appelle les flics.

Il s'esclaffe comme si c'était la meilleure de l'année.

— Et pour quel motif, je te prie ?

— Harcèlement ? Ou peut-être bien détention de stupéfiants ? Vu ton allure, tu dois certainement traîner des trucs louches dans tes poches.

À ces mots, il fait mine de porter la main à son cœur, comme si je venais de l'y atteindre de manière frontale.

— Aïe, tu me déçois. Je ne pensais pas qu'une fille comme toi me jugerait sur mon apparence.

— Une fille comme moi ? répété-je en ignorant superbement sa remarque. Et c'est quoi, une fille comme moi ?

— Une fille qui se veut détachée de la mode, mais qui a veillé à décolorer ses cheveux en un blond polaire tendance, et tout ça pour se confondre davantage avec sa peau pâle ? rétorque-t-il avec cet air condescendant que je lui déteste déjà. Une nana qui se prend pour une bobo avec sa chaîne en or à la cheville, les bracelets qui s'entrechoquent sans arrêt à son poignet et ses boucles d'oreilles faites de bois ? Enfin, je dirais une fille qui souhaite rester naturelle, mais qui applique malgré tout du mascara quotidiennement, et ce afin d'intimider la clientèle récalcitrante ?

Je baisse un instant les yeux vers ma silhouette avant de les poser de nouveau sur lui, peu refroidie par son discours. Je le reconnais, c'est un sans-faute. Et alors ? Je m'habille encore comme je veux, et ce n'est pas un gringalet – bon, OK, ce n'est pas le mot adéquat pour ce colosse – qui va m'impressionner. Et certes, je ne me maquille jamais, à l'exception de mes cils. Le mascara a pour vertu – non négligeable – d'agrandir le regard, et c'est mon atout préféré. J'ai tendance à trop fixer les gens, ce qui les déstabilise. Et depuis que j'ai compris ça, j'en joue *énormément*. Seul hic, cela ne semble pas marcher sur les Vikings. Dommage.

— Si mon physique te dérange, tu as le droit de prendre tes cliques et tes claques, et de te casser.

À nouveau, un sourire victorieux parcourt ses lèvres et, instinctivement, je recule d'un pas.

— Au contraire, tu es parfaite. Trêve de plaisanteries, j'ai une proposition à te faire, et c'est très sérieux. Donc, j'attendrai que tu aies terminé ton service. J'insiste.

— Merci, mais quoi que ce soit, je ne suis pas intéressée. *J'insiste*, dis-je effrontément en imitant son ton suave qui ne m'émeut nullement.

Peut-être y a-t-il des nénettes qui sont charmées par tes allures de bad boy, ton côté viking, viril et sexy, mais à moi tu ne fais aucun effet.

Il reste un instant silencieux, caressant du bout des doigts sa barbe naissante, avant de reprendre avec une certaine nonchalance :

— Une bière, s'il te plaît.

Et à ces mots, je souris. Car je sais que j'ai remporté la bataille. Je tourne les talons, victorieuse, couvée par le regard de Milena qui, au loin, lève ses deux pouces vers le haut, ce qui me fait ricaner. Eh ouais ! On est au XXIe siècle, mon pote, et le sexe fort, c'est nous.

Toute la fin de mon service se poursuit on ne peut mieux, et l'autre crétin de Viking, Sven, a fini par débarrasser le plancher, pour mon plus grand bonheur. Cependant, par précaution, je salue Milena et sors par l'arrière du bar, au cas où il aurait eu la bonne idée de m'attendre.

J'attrape une cigarette dans mon sac en bandoulière – la clope étant la seule dépense non essentielle dont je ne puisse malheureusement pas me passer – et l'allume prestement. Je m'empresse de la porter à mes lèvres, soulagée de sentir la nicotine qui, telle une magicienne, vient balayer toutes les menues contrariétés de la journée.

Après avoir tiré deux ou trois fois dessus avec insistance, je m'apprête à rejoindre le petit chemin de terre qui longe la plage et sur lequel déambulent quelques passants, lorsqu'une lourde voix résonne derrière moi :

— Tu ne devrais pas fumer, c'est mauvais pour la santé. On ne te l'a jamais dit ?

Oh non, pitié ! Et dire qu'il m'a attendue.

Vaincue, je me tourne doucement, et mes yeux croisent deux prunelles bleu-gris qui, à l'inverse de moi, semblent enchantées du spectacle.

Chapitre 2

— Qu'est-ce que tu fais là ? dis-je aussitôt, nerveuse, les doigts crispés autour de ma cigarette.

— Tu pensais vraiment que j'abandonnerais si facilement ? fait Sven, fanfaron, en venant à ma hauteur.

Il avance, je recule, mes yeux ne quittant jamais les siens. Non pas qu'il ait l'air menaçant, mais dans le doute… Alors que je le croyais parti depuis longtemps, il a tout de même pris la peine de m'attendre pour me rejoindre à l'arrière. Mue par mon instinct de protection, je fourre ma main libre dans mon sac en bandoulière afin de me saisir de mon téléphone portable. À la première tentative déplacée, je hurle de toutes mes forces avant de lui planter mon genou là où je pense et ensuite j'appelle la police. Comme ça, le temps qu'elle arrive, l'un de mes collègues pourra intervenir (j'espère juste qu'il ne m'abandonnera pas à mon triste sort). Et si je n'arrive pas à atteindre son intimité, je vise les yeux (une technique de défense enseignée par mon grand-père).

Quoi qu'il en soit, et bien que je n'en mène pas large, je ne lui ferai pas le plaisir de trembler, ça non, je m'y refuse. Aussi je reste droite, le visage fermé, les yeux toujours rivés aux siens. Le temps semble s'étirer indéfiniment tandis qu'il jubile, visiblement fier de m'avoir cloué le bec.

Après une courte hésitation, et après en avoir conclu que, s'il avait eu l'intention de me faire du mal, il l'aurait probablement déjà fait, je reprends ma route comme si de rien n'était, rejoignant ainsi les quelques piétons qui arpentent le chemin de terre situé à quelques mètres de là, feignant d'avoir oublié l'existence de Sven. Évidemment, il me rejoint en quelques enjambées à peine et se place à ma droite, comme si nous nous baladions tranquillement. L'ignorer me demande beaucoup de concentration, mais j'y parviens, ce qui le fait rire.

— T'es sacrément déterminée, pas vrai ? Pas de bol, moi aussi.

Je ne réponds pas. Si je continue de ne pas lui donner le change, il va comprendre qu'il n'a aucune chance, non ? Il va bien finir par faire demi-tour ? Les mains dans les poches, il me contemple un instant avant de pousser un sifflement admiratif.

— Tu sais, plus je te vois, plus je suis convaincu que c'est toi et personne d'autre.

En guise de réponse, je tire longuement sur ma clope et lui souffle toute la fumée au visage, ce qui ne l'intimide nullement. Il faut que je trouve autre chose pour me débarrasser de lui. Si seulement j'avais été plus attentive en cours d'histoire, peut-être aurais-je appris comment effrayer un Viking ?

— Tu comptes me suivre combien de temps ? finis-je par lâcher, fatiguée de ce petit jeu malsain.

— Je te l'ai dit, j'ai une proposition sérieuse à te faire. Je ne partirai pas tant que tu ne l'auras pas écoutée.

À ces mots, je m'immobilise et me tourne pour lui faire face. Derrière nous, les gens râlent, car le colosse et moi occupons littéralement toute la largeur du chemin. Pour l'heure, je m'en fiche. Au moins, mon harceleur présente un avantage : tant qu'il sera là, personne n'osera émettre le moindre reproche.

Effectivement, j'ai vu juste. J'entends quelques commentaires désobligeants, mais ce ne sont que des murmures emportés par le vent. Les passants nous contournent sagement, nous fixant de manière impudique. Enfin, surtout lui.

— OK, Sven, balance-la, ta propale. Ensuite, je te dirai que ça ne m'intéresse pas, et tu pourras te barrer, pigé ?

S'il paraît amusé du surnom dont je l'ai affublé, la résistance dont je fais preuve, en revanche, ne semble guère à son goût. Mais il s'attendait vraiment à ce que je trépigne de joie alors que, depuis le début, il adopte une attitude pour le moins… déstabilisante ?

— Pas ici. On va boire un verre ? propose-t-il en ponctuant sa demande d'un sourire ravageur.

Je lâche un petit rire nerveux destiné à lui rabattre son caquet. De toute évidence, il croit en son charme. Sauf qu'il ne m'impressionne pas, si imposant soit-il, et que, manque de chance, je suis totalement indifférente à son physique pourtant très agréable. C'est simple, je n'ai pas de temps à perdre, encore moins avec un homme.

— Je viens de finir mon service, me contenté-je de répondre. Je n'ai aucune envie de mettre les pieds dans un bar.

— Je te raccompagne chez toi, alors ?

— Mais bien sûr, dis-je de manière ironique. Si ça te tente, je peux même te faire couler un bain et te masser le dos.

Cette fois, il rit pour de bon, ce qui me stupéfait. Car dès lors qu'il n'essaie pas de faire son petit numéro de charme, son visage change du tout au tout, laissant place à un homme au regard doux et aux traits insouciants. Ne voulant pas qu'il remarque que je suis troublée, j'esquisse un pas vers l'arrière qui n'échappe pas à sa vigilance, puisqu'il se rapproche à nouveau de moi, comme s'il refusait que nos corps s'écartent l'un de l'autre. Bien loin de me laisser ébranler, je plante mes prunelles audacieuses dans les siennes, tandis que je continue de savourer ma cigarette avec ferveur.

— S'il te plaît, reprend-il sur un ton plus conciliant, écoute ce que j'ai à te dire. C'est important.

Alors, Monsieur Je-suis-sûr-de-moi, on ne fanfaronne plus ?

— Important pour qui, au juste ?

— Pour moi, confesse-t-il, comme s'il avait compris que la douceur m'atteint davantage que le reste.

Je pèse le pour et le contre, les yeux toujours ancrés dans les siens. De toute façon, il ne me lâchera pas. Mieux vaut que je cède, c'est la seule façon de me débarrasser de lui, et ce de manière définitive.

— OK, Sven. T'as cinq minutes.

À ces mots, je descends sur la plage, et il m'y suit sans un mot. J'aime beaucoup cet endroit, une bataille permanente avec d'un côté les gratte-ciel et les hôtels luxuriants, et de l'autre, la mer azur, calme et sereine. C'est un contraste très étrange, comme les deux faces d'une pièce de monnaie, lesquelles sont diamétralement opposées mais ne peuvent, pourtant, aller l'une sans l'autre.

Sur notre passage, je sens les regards peser sur nous, et cela m'arrache un petit sourire jubilatoire. Surtout lorsqu'un groupe de filles, des éclairs dans les yeux, commence à me démolir verbalement. J'entends des bribes de leur conversation : « Comment elle a pu avoir un mec comme lui ? », « Qu'est-ce qu'elle a de spécial ? », « Il est trop bien pour elle ».

Par pur esprit de contradiction, je décide de me coller prestement contre le torse du colosse, enroulant un bras autour de sa taille – dont je n'atteins même pas l'extrémité, soit dit en passant. Mais aussitôt, les effluves poivrés de son parfum me chatouillent les narines, si bien que je suis contrainte de détourner la tête afin qu'il ne remarque pas mon trouble soudain. Il sent divinement bon, et cette odeur… un mélange d'épices légèrement boisées. Elle me rappelle la forêt, quand mon grand-père m'y emmenait en vadrouille. Elle me procure un sentiment de sécurité et d'apaisement.

Prétendant que cette proximité me laisse totalement indifférente, je pivote vers les nanas, un sourire entendu sur le visage. D'ordinaire, j'aurais probablement levé mon majeur, afin qu'elles n'aient aucun doute sur le message que je leur envoie, mais, vu leurs têtes ébahies et scandalisées, je me dis que cela n'est pas nécessaire.

Tandis que je me persuade d'être en pleine possession de mes moyens (alors que je suis presque en apnée afin de ne plus sentir son parfum ô combien enivrant), mon accompagnateur profite de ce rapprochement pour passer à son tour un bras autour de moi (à l'exception que lui pourrait en faire quasiment deux fois le tour). Ce geste, a priori anodin, me fait frémir et se répercute jusque dans mes entrailles, y laissant son agréable emprcinte. Ça fait combien de temps que je n'ai pas eu de contact charnel avec un homme ? Surtout avec un spécimen aussi charismatique que lui ? À bien y repenser, je ne suis même pas sûre que ce soit déjà arrivé.

Il remarque le groupe de filles, lesquelles m'affublent désormais de sobriquets tous aussi ridicules les uns que les autres, et il semble saisir ma réaction, puisqu'il se penche vers moi pour murmurer :

— J'aime beaucoup ton esprit contestataire.

Il est si proche de mon oreille que je frissonne, ce qui est pour moi le signal d'alerte. Aussitôt, je stoppe net notre marche et m'assieds à même la plage en tailleur, tout en prenant soin de réinstaller une certaine distance entre nous. Comprenant que la récréation est terminée, il m'imite, un bras posé sur son genou plié, tandis qu'il prend appui sur l'autre, enfoui dans le sable.

— Donc ? demandé-je afin d'ôter tout malentendu. Cette proposition qui ne m'intéresse pas ? Vas-y, je t'écoute.

Il soupire avant de plonger ses yeux bleu-gris dans les miens. J'arrête de respirer l'espace d'un instant, et ce n'est que lorsque je m'en rends compte que je retrouve un souffle normal, ou presque. Ma cigarette terminée, j'entreprends d'en allumer une autre dans la foulée, histoire d'avoir quelque chose sur quoi passer mes nerfs. Bon, force est d'admettre qu'il est très charismatique, ce Sven, et incroyablement sexy. Très sexy. Trop sexy. Mais je campe sur mes positions : quoi qu'il attende de moi, la réponse sera négative. Je n'en démordrai pas. Je n'ai pas de temps à perdre et je ne dois pas m'éparpiller. J'ai un objectif bien précis en tête, et je ne laisserai personne me détourner du chemin pour y arriver. Pas alors que je suis si près du but.

— Tu as certainement entendu parler du mondial du tatouage, pas vrai ?

J'opine du chef, clairement prise de court. OK, je ne m'attendais pas à ce que la discussion s'engage dans ce sens. En fait, vu son comportement loufoque, voire alarmant, je m'étais plutôt préparée à une proposition… disons plus charnelle et nettement plus intéressée.

— Je possède un salon de tatouage à Wynwood, continue-t-il, inébranlable.

Wynwood, évidemment. C'est le quartier chic et artistique de Miami, notamment réputé pour ses Wynwood Walls, des façades recouvertes d'œuvres graphiques toutes plus impressionnantes les unes que les autres, comme cet énorme bâtiment désaffecté, transformé à l'aide de bombes de peinture en un immense juke-box. Les meilleurs tatoueurs de la ville s'y affrontent quotidiennement, c'est à qui fera le plus beau dessin, le plus grand, le plus réaliste. OK, jusque-là, tout se tient.

— Tu connais peut-être le Ink Paradise ?

Je secoue la tête, focalisée sur ses propos.

— Vraiment ? fait-il. C'est un des plus branchés du coin, pourtant. Tu me diras, ta peau est vierge de tout motif, je suppose que c'est normal.

Comprenant où il veut en venir, je hausse les sourcils et lance :

— Et elle le restera.

Il grimace, ce qui me conforte dans le fait que j'ai vu juste. *Passe ton chemin, l'ami. Tu ne toucheras pas à ma peau.* Pourtant, le Viking, comme s'il avait reçu un coup de pied aux fesses, reprend son plaidoyer, confiant :

— Tous les ans, les plus grands tatoueurs se défient au mondial. Et cette année, pour la toute première fois, il a lieu à New York. Tous les voyants sont au vert pour que nous gagnions, la victoire ne peut pas nous échapper. Mais pour ça, il nous faut le meilleur modèle, et c'est là que tu entres en piste.

Un sourire goguenard s'épanouit sur mes lèvres, et je ne peux contenir mon rire, dû à une soudaine nervosité.

— Tu plaisantes, n'est-ce pas ?

— Non. Bien que théoriquement seuls la technique et le tatouage importent, le choix du mannequin qui posera pour le présenter est crucial. C'est pourquoi mes critères sont élitistes. Je cherche une femme belle, fine, élancée, avec beaucoup de prestance et un caractère de feu. Je veux qu'elle illumine le podium rien que par sa présence. Je veux qu'elle captive l'assemblée, ainsi que les jurés. Et toi, pour t'avoir observée de longues heures lorsque tu es en service, tu corresponds à tous ces critères. Absolument tous. Tu es parfaite.

J'ouvre la bouche pour répondre, mais la referme aussitôt, ne sachant comment répliquer. Le moins qu'on puisse dire, c'est qu'il m'a privée de toute ma répartie cinglante habituelle. Je cligne des yeux à plusieurs reprises, m'assurant que je ne rêve pas, mais le colosse est toujours là, face à moi, ses prunelles me scrutant intensément. J'en frémis l'espace d'un instant.

D'ordinaire, mon insolence et mon regard de braise suffisent à tenir les plus récalcitrants à distance, si bien que je suis rarement draguée, et quand bien même, ça ne dure jamais bien longtemps. Mais entendre de si jolies paroles, qui plus est de la bouche d'un Viking aux muscles saillants et à la carrure d'un rugbyman, c'est… déstabilisant. J'ignore quoi répliquer, ni même si j'en ai encore envie.

Doucement, je tire sur ma cigarette afin de gagner quelques secondes, histoire de mettre au point une stratégie, lorsque l'un de mes bracelets, qui tinte contre les autres, attire mon attention. Mes yeux se posent sur l'objet précieux, et je me ressaisis aussitôt. Non, je dois rester concentrée sur mon objectif initial. Coûte que coûte.

— Eh bien, je suis touchée, vraiment, mais c'est non.

Il fronce les sourcils, contrarié par mon entêtement qui, à présent, ne l'amuse plus du tout. Il secoue la tête comme si je ne comprenais rien, avant de reprendre :

— Ne me demande pas pourquoi, mais sans toi on ne gagnera pas, j'en ai l'intime conviction. Tu ne peux pas décliner.

Un rire nerveux s'échappe de mes lèvres, tandis que je le scrute, médusée.

— Je ne peux pas ? m'écrié-je alors. Je ne *peux pas* ? répété-je plus fort en me redressant soudainement. Tu t'es pris pour qui, au juste ? Tu crois que tu peux débarquer comme ça, me fixer sans dire un mot pendant des jours, avant de m'ordonner de me faire tatouer ? Et tu penses sincèrement que je vais accepter docilement et me pavaner à tes pieds pour la simple et bonne raison que tu me le demandes ?

Furieuse, je récupère mon sac, que j'avais posé à côté de moi, et m'en vais à grandes enjambées, essayant de mettre le plus de distance entre lui et moi. Sauf qu'il est grand et qu'il me rattrape en deux temps, trois mouvements. Voyant que je ne l'écoute plus malgré ses piètres tentatives pour s'excuser, il finit par me saisir le poignet afin de me forcer à me tourner vers lui. Il serre si fort que c'en devient douloureux, mais je ne le lui fais pas remarquer. Je ne lui donnerai pas cette satisfaction.

— Lâche-moi ou je hurle, dis-je en serrant les dents, les yeux remplis d'éclairs, à l'instar du groupe de filles un peu plus tôt.

— Je suis désolé, je me suis mal exprimé. Je ne t'ordonne rien, je ne t'obligerai jamais à rien, seulement…

— Lâche-moi, répété-je sans cesser de le défier du regard.

Il s'exécute, l'air grave et la mine déconfite. Il semble sincèrement troublé par ma réaction, mais je m'en contrefiche. Je ne suis pas une de ces midinettes qui comptent se prosterner à ses pieds sous prétexte que monsieur est bien foutu et a des allures de Viking sexy.

— Sache qu'en contrepartie de ton aide, continue-t-il d'un ton proche de la supplique, je suis prêt à me montrer très généreux. Argent, boulot, immobilier, tout ce que tu réclameras… Ton prix sera le mien. Je ne suis clairement pas le plus riche de cette ville, mais le salon tourne très bien. Je suis certain qu'on peut trouver un arrangement. S'il te plaît, réfléchis-y. Tu veux bien ?

Immobilier ? Mon cœur s'arrête à ce mot. Serait-il en mesure de me dénicher un local pour mener à bien mon projet ? Si oui, tout pourrait aller si vite… Je m'emballe l'espace d'un instant, imaginant que je tiens peut-être ma seule et unique chance. Pour ouvrir un commerce ici, à Miami, la ville la plus florissante de Floride, il faut un dossier solide et un apport financier conséquent, ce qui me fait cruellement défaut, à vrai dire. Mes économies sont certes existantes, mais pas suffisantes pour que je sois considérée sérieusement.

Le colosse Sven, qui semble comprendre qu'il vient de toucher une corde sensible, me couve d'un regard bienveillant et je réalise, stupéfaite, qu'il fait probablement ça dans le but de me manipuler. Comme si cela réveillait la lionne qui sommeille en moi, j'écarquille de grands yeux avant de prendre la poudre d'escampette, sans prononcer la moindre parole. Derrière moi, il me crie :

— Cherche Caden Smith sur Instagram et ajoute-moi !

Je fais celle qui n'entend rien, pourtant son nom résonne en moi comme un écho. Alors, comme ça, le Viking s'appelle Caden ? Intéressant.

Chapitre 3

Arrivée à mon bungalow – car je ne peux pas fumer comme un pompier et mettre de l'argent de côté tout en me payant un logement décent –, j'entre d'un pas décidé avant de refermer la porte avec précipitation, en prenant soin de la verrouiller (des fois que l'autre crétin m'aurait suivie jusqu'ici).

Puis, je me laisse tomber mollement sur mon canapé, fatiguée par mes échanges houleux avec le Viking Sven, pardon : Caden. De nouveau, son prénom résonne en moi et, prise d'une curiosité étrange, j'attrape mon téléphone et fonce sur Instagram.

Rapidement, l'application s'ouvre, tandis que je pianote sur la barre de recherche : Caden Smith. Le premier profil est indéniablement le bon, et je m'empresse de cliquer dessus, pressée d'en savoir plus. Pourquoi m'a-t-il hurlé son identité ? Espère-t-il que je le contacte ? Si oui, il peut toujours rêver.

Au fur et à mesure que je parcours ses photos, cependant, je me surprends à le trouver de plus en plus sympathique, mais peut-être était-ce l'effet escompté ? Loin de celui qui a tenté de se la jouer grand séducteur façon *caliente*, je découvre un homme simple, qui prend la pose facilement, sans essayer de frimer, sans chichi apparent. Ses clichés sont certes audacieux, comme celui où il est torse nu et où l'on devine aisément la naissance de ses hanches, mais ils relèvent plus de l'art que du m'as-tu-vu, malheureusement devenu trop omniprésent ici, en Floride.

Je continue de scroller mon écran et contemple toutes sortes d'images de lui, comme celle où il affiche une expression concentrée, tandis qu'il tatoue un client presque aussi costaud que lui. Le filtre noir et blanc utilisé par le photographe ne rend pas justice à ses yeux, de toute évidence.

Plus je parcours son profil, plus je réalise que toutes les photos se ressemblent, formant une douce harmonie. Curieuse, je clique sur la signature de la personne citée en bas de chaque post et constate que toutes les images ont été prises par une seule et même femme, répondant au prénom de Clémence Pichaud. Voilà qui sonne très français. Quels sont ses rapports avec Caden ? Sortent-ils ensemble ? Mais à peine ai-je formulé cette pensée que je me ressaisis.

Qu'est-ce qu'on s'en fiche, Ava ! Non, mais, franchement…

Son profil Instagram m'apprend une chose : Caden Smith est le parfait Miaméen par excellence. Que ce soit posant sur Collins Avenue à Miami Beach, ou encore hurlant de joie, les joues peinturlurées des couleurs de son équipe, à un match des Miami Heat, l'équipe de basket emblématique de la ville, ou bien sirotant un cocktail savoureux à la Venetian Pool, une immense piscine extérieure inspirée des styles marocain et italien, il semble vivre à mille à l'heure. J'explose même de rire en le voyant lever son panama beige vers l'objectif, devant un coq bariolé à Little Havana, un quartier qui fait la fierté des Cubains et dans lequel il fait bon vivre. Tout ça est tellement… *cliché*, digne d'un touriste. Et en même temps, j'éprouve un bref pincement au cœur en regardant toutes ces photos.

Je suis arrivée à Miami à l'âge de trois ans, car c'est là que résidaient mes grands-parents, et comme nous n'avions pas beaucoup d'argent, nous ne pouvions pas nous offrir toutes ces activités extravagantes. Après leur mort, je me suis retrouvée seule, et je me suis lancée corps et âme dans le travail, me privant de toute sortie ou autre fantaisie jugée, par moi-même, déraisonnable.

Après avoir fait défiler bon nombre de clichés du Viking à la plage, en terrasse avec des amis, à jouer au volley-ball, en train de tatouer et j'en passe, je m'apprête à quitter son profil quand une photo en particulier retient toute mon attention. À tel point que je la scrute, impassible, pendant de nombreuses secondes.

En effet, on y aperçoit Caden, appuyé contre une vieille table en bois (probablement dans un bar), en train de porter un verre au contenu liquoreux à ses lèvres. Son expression est intense, comme s'il était perdu dans ses pensées les plus intimes. Mais ce qui me fascine le plus dans cette image, ce sont les tatouages qui couvrent ses bras et dont j'ai une vue complète. Sur le droit se tient un majestueux loup, lequel épouse parfaitement son biceps. En dessous, à la jointure du coude, se trouve une représentation de notre système solaire, composée de toutes les planètes connues à ce jour. Enfin, son poignet est un enchevêtrement d'arbres et de sapins sombres, en écho à l'animal situé au-dessus. Je suis à ce point captivée par les dessins à l'encre que je tente d'agrandir l'image, en vain. Tout ce que je parviens à faire, c'est mettre un cœur sur sa photo, ce qui me pétrifie.

Je me dépêche d'effacer mon like, mais le mal est fait. Il va recevoir une notification. *Oh non, non, non*… Tandis que je me demande comment réagir, je choisis l'option « prenons la fuite » et balance mon téléphone à l'autre bout du canapé, avant de partir dans ma minuscule, mais fonctionnelle, salle d'eau.

S'il m'écrit, je n'aurai qu'à l'ignorer, voilà tout. Mais oui, pourquoi est-ce que je me prends la tête avec ça ? J'ai liké sa photo par erreur, et alors ? Ce n'est pas pour autant que je vais accepter de lui servir de cobaye, mondial du tatouage ou pas.

Aussitôt, j'entreprends de me déshabiller et fonce sous la douche, cherchant à chasser de mon esprit l'indésirable Viking qui tente, par tous les moyens, de s'y immiscer de force. Je me contente de savourer l'eau chaude qui coule sur ma peau et qui détend mes muscles noués, ignorant les réflexions qui m'assaillent sans relâche.

Tandis que je shampouine énergiquement mes cheveux blonds, une pensée s'empare à nouveau de moi.

Et si Caden était capable de me procurer un local commercial ? Et s'il se portait garant de mon projet ?

Mon cœur bondit dans ma poitrine pendant que mes idées fusent à mille à l'heure.

Et s'il pouvait me dénicher une boutique en plein cœur de Wynwood, le quartier artistique de Miami où lui-même a installé son salon ? Mieux, et s'il soutenait mon projet au point d'accepter un partenariat ? Après tout, nos activités pourraient très bien être complémentaires, voire indispensables l'une à l'autre ?

Remballant mon euphorie, je me rince avant de m'envelopper dans mon énorme peignoir moelleux blanc, une serviette faisant office de turban autour de ma tête.

Tu débloques complètement, ma pauvre Ava. Si tu crois qu'un type que tu ne connais ni d'Ève ni d'Adam va t'aider à concrétiser ton rêve, tu te fiches le doigt dans l'œil. Tout ce qui l'intéresse, c'est que tu lui prêtes ton corps pour qu'il gagne son foutu concours. Il n'a que faire du reste. Je ne vois pas pourquoi un total étranger te tendrait une main charitable.

Lorsque je reviens dans la pièce qui me sert à la fois de cuisine, salon, séjour et bureau, je réalise que mon téléphone clignote, preuve d'une notification. Curieuse – car je reçois très peu de messages, qu'on se le dise –, je l'ouvre et tombe sur un mot laissé par Caden, qui d'autre ?

CADEN : Je suis ravi d'enfin pouvoir mettre un nom sur un si joli visage. Enchanté d'avoir fait ta connaissance, Ava Gardner. P.-S. : moi aussi, j'aime beaucoup cette photo.

Bien décidée à l'ignorer, et ce malgré mon cœur qui tambourine à vive allure dans ma poitrine, je range de nouveau mon téléphone et entreprends de me faire à manger. Je fais bouillir de l'eau pour des pâtes (pas de grande cuisine pour ce soir) et en profite pour foncer dans ma minuscule chambre, troquant mon peignoir contre le bon vieux combo short et T-shirt. J'attache mes cheveux encore mouillés en queue-de-cheval et, après avoir déposé soigneusement tous mes bijoux sur ma commode, je reviens dans le salon. Mon téléphone clignote de nouveau et, un sourire mutin aux lèvres, je m'en empare.

CADEN : Tu es au courant que, dès lors que tu consultes un message, je suis averti par un « vu » ? Ce qui me laisse entendre que tu ne comptes pas me répondre, aussi, des excuses s'imposent. Je suis désolé si je t'ai fait peur, et je suis désolé si mon ton t'a paru autoritaire. En réalité, je n'ai aucune idée de comment te rallier à ma cause. J'ai essayé la carte de l'inconnu ténébreux, mais manifestement, ça n'a pas fonctionné. Je me trompe ?

Cette fois, je badine bêtement, amusée par sa remarque. En effet, ça n'a pas marché. J'ai horreur des hommes qui pensent que leur plastique leur ouvre toutes les portes, même chose avec les femmes, d'ailleurs. Mais en fait, pourquoi j'habite Miami, moi, déjà ? S'il y a bien un endroit en Floride où les apparences sont importantes, c'est dans cette ville. Si, à New York, la tendance est plus chic, mode, et j'en passe, ici, elle est plus sournoise. Les gens se veulent cool et libérés, mais c'est un faux-semblant. On le comprend vite lorsque le style décontracté se traduit par des ensembles tous plus onéreux les uns que les autres. Certains vont jusqu'à acheter leur paire de tongs plus d'une centaine de dollars… Personnellement, le jour où je mettrai une telle fortune dans des chaussures de plage, moi aussi, je les posterai sous toutes les coutures sur les réseaux sociaux !

Resté sans réponse, Caden m'envoie un nouveau message que je m'empresse de lire :

CADEN : Si mes excuses sont sincères, ma détermination l'est tout autant. Tout comme ma proposition, d'ailleurs. Demande-moi ce que tu veux, et je m'arrangerai pour que tu l'obtiennes. Avec moi, c'est toujours donnant-donnant, Ava.

Une fois de plus, je l'ignore, si bien que j'ai presque un pincement au cœur lorsque je réalise qu'il ne m'écrit plus. Délaissant mon portable, je finis de me préparer à manger et dévore mon plat de pâtes devant une série, confortablement assise en tailleur sur mon canapé.

Le reste de la soirée se passe tranquillement, sans message, sans nouvelle tentative de Caden, sans rien. Juste moi, ma vie inintéressante et ma peluche, laquelle m'attend patiemment sur mon lit.

Au moment de m'endormir, je programme mon réveil avec mon téléphone lorsque je remarque une notification. Incapable de refréner ma curiosité une seconde de plus, je double-clique dessus.

CADEN : Bonne nuit, Ava. J'espère qu'elle te portera conseil.

Je souris, sans pour autant lui écrire en retour. S'il croit que, avec de piètres excuses et quelques SMS, je vais le laisser peinturlurer ma peau à sa guise, il se trompe lourdement. Bien que je trouve les tatouages mystiques et fascinants, je n'ai jamais ressenti le besoin d'en avoir. D'autant plus que dans le cadre d'un salon mondial, je suppose qu'il ne compte pas me dessiner un tout petit symbole de rien du tout. Rien que cette idée m'horrifie. D'un autre côté, la perspective de concrétiser rapidement mon projet m'attire, je dois bien l'admettre.

Serrant mon vieil ourson en peluche dans mes bras, je ferme les yeux, essayant de faire taire les pensées qui m'assaillent de tous les côtés. Mais même une fois le sommeil trouvé, ce dernier est constamment troublé par des Vikings, des drakkars et des tatouages.

Chapitre 4

Le réveil a beau s'acharner, je continue de somnoler un long moment, ma peluche lovée contre ma poitrine, tandis que je demeure immobile en position fœtale. Ce n'est qu'après une demi-heure que je finis par me saisir de mon téléphone, lequel ne cesse de sonner de manière disciplinée, comme un courageux petit soldat. Je ne saurais dire si l'absence de messages de Caden est une bonne ou une mauvaise chose, mais je décide de prendre ça comme une preuve de sa capitulation. Finalement, c'est peut-être à lui que la nuit a porté conseil. Sûrement a-t-il compris que je ne changerais pas d'avis et en a-t-il conclu qu'il valait mieux chercher quelqu'un d'autre.

Ignorant mon ego qui, lui, aimait beaucoup cet intérêt soudain pour ma personne, je bondis hors du lit, tout excitée. Aujourd'hui, je travaille en horaire nocturne et ne commence mon service qu'à 16 heures. Jusque-là, ma vie m'appartient.

Aussi, je me décide à enfiler un legging, mes baskets fluo et, après avoir attaché mes cheveux en queue-de-cheval afin de ne pas les avoir dans le visage, j'attrape mon téléphone, mes écouteurs, avant de quitter mon modeste bungalow. Il n'est que 9 heures, ce qui signifie que les fêtards, comme les touristes, ne prendront pas d'assaut la ville ainsi que la plage avant deux bonnes heures au moins. C'est plus de temps qu'il m'en faut.

J'allume ma playlist préférée, un mélange de rock et de chansons plus actuelles, et pars à petites foulées, histoire de m'échauffer. Après des années à fumer plus que de raison, je sens que mon souffle est altéré et mes capacités sportives également. Pourtant, je me rappellerai toujours ma première cigarette, car, aussi étonnant que cela puisse paraître, c'était avec ma grand-mère.

C'est elle qui m'a élevée durant toute mon enfance, et malgré toute ma discrétion, elle a rapidement remarqué ma fascination pour ses Marlboro. Il faut dire qu'elle ne s'est jamais cachée de son tabagisme. Elle estimait que dissimuler quelque chose, surtout à un gosse, ne faisait qu'accroître le risque de dépendance dans un futur plus ou moins proche. C'est pourquoi un beau jour, alors qu'elle fumait sur le perron pendant que je l'épiais derrière les épais rideaux de la cuisine, elle m'a demandé de la rejoindre. Ce faisant, je suis arrivée à sa hauteur, penaude, la tête basse et les épaules rentrées. Et quelle n'a pas été ma stupéfaction quand elle m'a tendu… sa cigarette, objet si longtemps convoité.

— Tiens, essaie donc, puisque ça t'intrigue autant.

Au début, j'ai immédiatement pensé que c'était un piège et que, si je l'attrapais, je finirais punie avec interdiction de sortir. Pourtant, étonnamment, elle a insisté, jusqu'à ce que je m'en saisisse. Elle m'a expliqué comment faire et je me suis exécutée docilement. Dès la première bouffée, j'ai trouvé le goût écœurant, amer, et j'ai voulu la lui rendre. Mais, plus curieux encore, elle a refusé, m'obligeant à continuer. Ce n'est que lorsque j'ai fini la tête au-dessus de la cuvette que j'ai compris pourquoi elle avait agi de la sorte. Mamie n'était pas du genre à y aller par quatre chemins, mais elle faisait de son mieux pour bien m'élever, tout en m'apprenant les leçons de la vie. Car elle avait conscience, au fond d'elle, qu'elle ne serait pas éternelle, et qu'un beau jour, je me retrouverais seule.

— Bien, maintenant tu sais ce que ça fait de fumer à outrance. Tu vois, ça n'est pas bon. Ni pour toi, ni pour ton corps, m'a-t-elle dit tandis que j'étais avachie sur le canapé, le temps de me remettre de mes émotions et qu'elle se tenait à mes côtés, me caressant doucement les cheveux.

— Mais, mamie, pourquoi tu le fais, toi, alors ?

Ce n'est qu'en apercevant la lueur dévastatrice dans ses yeux que je compris que j'avais touché un point sensible. D'une voix lourde de sanglots, elle a répondu :

— Parce que c'est l'unique chose qui me lie encore à ton grand-père.

Sur le coup, je n'ai pas bien saisi le sens de sa phrase. En revanche, je n'ai plus retouché aux cigarettes, celles-ci ne m'attirant plus du tout. Mamie avait réussi son pari et elle n'en était pas peu fière. Seulement, le jour où je l'ai enterrée, je me suis rappelé cette phrase et j'ai longtemps pleuré. Lorsque je suis rentrée chez elle, chez nous, le premier détail qui m'a frappée, c'était le paquet entamé de Marlboro posé sur la table de la cuisine. Et, malgré tout mon chagrin et mon dégoût pour cette chose qui l'avait tuée à petit feu, j'en ai allumé une. Puis une deuxième. Puis une troisième. Et depuis, je n'ai jamais cessé. Ma grand-mère n'a pas eu une vie facile, pourtant elle a tout fait pour que la mienne le soit et, bien qu'il y ait des jours avec et des jours sans, je dois reconnaître qu'elle a réussi. C'est pourquoi, aujourd'hui encore, je continue de lui rendre hommage, car ce projet qui me tient tant à cœur, c'était surtout le sien.

Je suis perdue dans mes souvenirs quand une ombre massive vient dissimuler le soleil, ce qui m'exaspère. Je pivote doucement la tête et sursaute en avisant le colosse qui se tient tout près de moi, avant de porter la main à mon cœur. C'est malin, avec la musique je ne l'ai pas entendu s'approcher ! Incapable de prononcer un mot, j'observe Caden, qui trottine à mes côtés à petites foulées – ce qui est sacrément humiliant si l'on considère que moi, je suis à mon max, ou presque. Il m'adresse une grimace lourde de sens, et je m'arrête brutalement, prête à exploser.

— Qu'est-ce que tu fais là ? dis-je aussitôt entre deux inspirations laborieuses, à bout de souffle, croisant les bras sur ma poitrine pour me redonner un peu de contenance.

— Je cours, comme toi visiblement. Je n'en croyais pas ma chance, quand je t'ai reconnue, répond-il avec un sourire *bright* on ne peut plus agaçant.

— Tu m'espionnes ? fulminé-je, ne décolérant pas.

À ces mots, il explose de rire, comme si ma réflexion était la meilleure blague de l'année, mais, lorsqu'il réalise que je suis sérieuse, il toussote afin de calmer son euphorie et, plongeant les mains dans les poches de son short, il reprend d'une voix plus posée :

— Alors là, absolument pas. Je ne m'abaisserais jamais à une telle chose. En revanche, je reconnais être venu courir ici volontairement en espérant t'apercevoir.

Toujours sur la défensive, je rétorque aussitôt :

— Comment as-tu su où j'habitais ?

Cette fois, il n'y a plus une once de sourire sur son beau visage et, plus les secondes défilent, plus il semble décontenancé. Le Viking a perdu de sa superbe, on dirait.

— Hier quand tu es partie, j'ai juste regardé la direction que tu as empruntée, et je me suis dit que je passerais y faire un tour ce matin.

Des éclairs dans les yeux, je le toise méchamment, la tête haute, bien décidée à ne pas me laisser impressionner par sa carrure de rugbyman. Pourtant, si j'étais parfaitement sincère avec moi-même, j'admettrais qu'il est sexy, avec son short militaire et son débardeur blanc déjà trempé de sueur, laissant deviner non seulement ses muscles saillants, mais également les dessins qui ornent sa peau.

— Donc tu m'espionnes, conclus-je froidement.

— Je force le destin, nuance.

— Ne joue pas avec les mots !

— Je ne joue pas avec les mots, réplique-t-il d'un ton à la fois calme et impérieux, seulement j'ai besoin de toi, et je compte bien tout faire pour que tu changes d'avis. Je veux que tu me fasses confiance, Ava.

Je sens l'ironie picoter mes lèvres et je ne peux m'empêcher de rétorquer :

— C'est vrai que me suivre comme un bon harceleur qui se respecte, c'est le meilleur moyen pour que je m'ouvre à toi. Dis donc, t'es vachement doué en relations humaines, toi.

— T'es bien la première femme que je rencontre à ne pas avoir envie que je la traque, plaisante-t-il en s'esclaffant.

Ce n'est que lorsqu'il aperçoit mon expression scandalisée qu'il réalise la bêtise qu'il vient de proférer à voix haute. Monsieur le Viking voulait détendre l'atmosphère, il n'a fait que se prendre les pieds dans le tapis, une fois de plus.

— Retourne donc voir tes minettes, dans ce cas, puisqu'elles sont si réceptives, dis-je d'une voix hautaine et contrariée.

Je fais volte-face, désirant clore la discussion, mais il me rattrape en quelques enjambées à peine, avant de me barrer le chemin, me forçant de ce fait à m'arrêter de plus belle. Les yeux dans les siens, je déglutis en me rappelant à quel point ils sont hypnotiques, une nuance de bleu qui tire vers le gris… un combo redoutable, bougrement efficace. Comme la veille, je recule d'un pas, tandis qu'il avance à nouveau vers moi, son corps musclé effleurant presque le mien. Je retiens mon souffle pour ne pas sentir son parfum poivré, mélangé à celui de sa sueur, lesquels réveillent des désirs étranges en moi, comme l'envie d'être cajolée et adulée par un homme qui transpire la testostérone.

— Excuse-moi, Ava. Je ne voulais pas te manquer de respect. Je… T'es difficile à cerner, tu sais. On ne te l'a jamais dit ? tente-t-il maladroitement.

— Parce que, maintenant, ça va être ma faute si tu te comportes comme un con ? m'exclamé-je.

Comprenant que chaque parole ne fait qu'empirer son cas, il conserve le silence, impuissant. Nous demeurons immobiles, à nous observer comme deux idiots un long moment, lorsque Caden – qui, bien qu'il semble avoir touché le fond, creuse encore – reprend :

— Est-ce que tu m'autorises à finir mon *run* avec toi ? Si tu préfères, je me place derrière, tu ne remarqueras même pas ma présence.

L'idée est tentante, mais il va sûrement en profiter pour reluquer mes fesses, lesquelles sont moulées à souhait dans mon legging. Ne voulant pas lui faire ce plaisir, je rétorque :

— Tu peux, mais on reste côte à côte. Et pas un mot. C'est à prendre ou à laisser.

J'aurais probablement dû refuser, mais un accompagnateur, qui plus est un Viking qui essaie de me coloniser par tous les moyens, me motivera davantage que ma simple volonté. De plus, il n'est pas rare que je croise des types louches sur mon chemin. Au moins, avec un colosse comme Caden à mes côtés, je ne risque rien. Enfin, si tant est que le danger ne vienne pas directement de lui, bien sûr.

Sans ajouter quoi que ce soit, je reprends ma course, tandis qu'il se cale sur mon rythme. Je ne savais pas que les Vikings pouvaient se montrer si collants.

Chouette, chouette, s'exclame gaiement mon ego, ce qui m'arrache un sourire que je ne parviens pas à dissimuler.

Chapitre 5

J'ignore ce qu'il y a chez ce type qui me rend si réceptive, mais je n'ai jamais couru si vite, encore moins sans faire de pause. D'ordinaire, c'est soit l'un, soit l'autre. Soit je travaille l'endurance, soit le cardio, or, cela fait plus d'une heure que nous trottinons à allure régulière, côte à côte, sans prononcer un seul mot. J'en ai d'ailleurs profité pour relancer ma playlist, et Caden n'a émis aucun commentaire. Finalement, il est de bonne compagnie tant qu'il n'ouvre pas la bouche. Cette pensée me fait sourire, et il s'en aperçoit. Du coin de l'œil, je remarque qu'il s'apprête à dire quelque chose, mais s'abstient, probablement de peur de s'enfoncer plus encore. Si tant est que cela soit possible, bien sûr.

La douleur fuse un peu partout dans mon corps, mais je poursuis ma séance, déterminée. S'il n'avait pas été là, j'aurais abandonné depuis longtemps, c'est une certitude. Mais sa présence a réveillé mon esprit compétitif, même si je suis à peu près convaincue que nous pourrions courir une heure de plus sans qu'il soit fatigué. Il ne montre aucun signe d'épuisement, c'en devient démoralisant.

Au loin, j'aperçois le camping dans lequel je réside, situé à quelques kilomètres à peine de South Beach, mon lieu de travail. J'hésite à faire tourner Caden en rond, afin qu'il ne sache pas où j'habite, ou à poursuivre mon chemin jusque chez moi. Normalement, les bungalows comme celui que j'occupe sont réservés aux vacanciers et coûtent une petite fortune ; seulement le propriétaire, qui a le cœur sur la main (et surtout qui connaissait très bien mon grand-père), a accepté que j'y loge à l'année pour un prix dérisoire, après quelques heures à discuter de tout et de rien. Nous sommes plusieurs dans mon cas, essentiellement des jeunes couples ou des familles en mal d'argent. Étant donné qu'il y a plusieurs vigiles qui font régulièrement des rondes, j'en conclus que je ne crains pas grand-chose à indiquer à Caden où je vis. Peut-être même cela le fera-t-il fuir, qui sait ?

Convaincue, je remonte l'allée principale du camping, laquelle est désormais envahie de touristes. Si, durant l'hiver, l'endroit est calme et paisible, dès les vacances de printemps – suivies de peu par la saison estivale –, c'est un méli-mélo de visiteurs venus de tous les horizons, lesquels ne sont clairement pas là pour se montrer discrets. D'ailleurs, il n'est pas rare que la musique tambourine jusque tard dans la nuit. Au début, cela m'a valu de belles insomnies, tandis qu'aujourd'hui elle me berce. Je me nourris des éclats de rire et du rythme de la fête, m'enveloppant dans une bulle de bien-être. Car être entourée de gens heureux, je crois qu'il y a pire, pas vrai ?

Quand je m'arrête enfin devant mon bungalow, le numéro sept, normalement réservé aux saisonniers le temps de l'été, Caden me lance un regard étonné, et plus encore lorsque je sors une clé de ma poche afin d'ouvrir la porte. Je sens ses prunelles poser toutes sortes de questions, sans qu'il s'aventure toutefois à les prononcer à voix haute. Il semblerait, contre toute attente, qu'il ait compris que, parfois, le silence est d'or.

Je pénètre à l'intérieur, amusée par sa réaction ébahie, avant de me retourner vers lui, l'air triomphante :

— Tu rentres ou tu préfères rester dehors comme un idiot ?

S'exécutant, il obéit docilement, gêné. Sa soudaine timidité me fait jubiler. Il doit probablement penser que je suis fauchée, ou encore que je ne mange pas à ma faim, quelque chose comme ça. Je le devine à la pitié qui traverse un instant ses prunelles.

Rien de tout ça, monsieur le Viking ! Mais je sais ce que je veux, et pour y parvenir il me faut des économies. Et elles ne se feront pas sans quelques sacrifices.

Seulement, je ne lui ferai pas le plaisir de le lui expliquer. Je préfère le laisser mariner encore un peu.

— Tu vis ici ? finit-il par articuler.

— Non, dis-je aussitôt. J'ai piqué la clé à la réception afin d'avoir des vacances gratuites. C'est sympa, tu ne trouves pas ?

Bien que mon ironie ne lui échappe pas, il choisit d'en rire, si bien qu'un rictus apparaît sur ses lèvres. Je lève les yeux un instant vers lui et, lorsque nos prunelles se rencontrent, je sens mon ventre se contracter. Sûrement l'effet de la course à pied. Entrant dans mon jeu, les mains dans les poches, il poursuit, son regard toujours rivé au mien :

— Très astucieux ! Tu m'apprendras ? Je ne dirais pas non à des vacances gratuites, moi non plus.

Prise à mon propre jeu, je me mords le coin de la lèvre, follement amusée par sa repartie. Rares sont les personnes qui comprennent l'ironie, encore plus celles qui la pratiquent. Et j'adore ça. Je trouve qu'elle permet de désamorcer certaines situations gênantes, comme en cet instant, par exemple. Caden vient de marquer des points, il le sait. Je le lis à sa jubilation évidente.

— Bien, je vais me doucher. Je peux te laisser seul sans que tu fasses de bêtises ?

L'air angélique, il acquiesce, alors que je suis de plus en plus tendue. J'ignore pourquoi, le fait de voir ce colosse investir mon bungalow me rend subitement… nerveuse. Cela est probablement dû à son imposante carrure, laquelle ne passe pas inaperçue dans mon intérieur exigu.

— Je te fais confiance, dis-je, l'air de rien, avant de disparaître dans ma cabine de douche.

À ces mots, il se raidit, tandis que je savoure cette minivictoire. Plus que tout, c'est exactement ce que Caden cherche à conquérir, ma confiance. Et par cette simple petite phrase, je viens de lui verrouiller l'accès, a priori libre, à mon appartement. Car s'il se mettait à fouiller, il serait immédiatement expulsé de l'endroit, et il le sait. C'est pourquoi, toute guillerette, je me déshabille et file sous l'eau chaude, fière d'avoir eu le dessus sur lui.

Eh oui, Caden, je ne suis pas un oisillon sans défense, qu'on se le dise.

Je prends le temps de savourer ma douche et, une fois savonnée et rincée, je m'en extirpe, légèrement détendue. Car j'ai beau jouer les malignes, il n'en demeure pas moins qu'il y a un Viking séduisant dans mon salon. Rectification, il y a un Viking séduisant dans mon salon/cuisine/séjour et bureau. Après m'être vêtue à la hâte, je ressors, les cheveux encore mouillés.

Immédiatement, deux prunelles bleu-gris me déshabillent du regard, visiblement réjouies de la tenue que je porte, à savoir : un minishort en jean ainsi qu'un T-shirt de toutes les couleurs, noué au niveau du nombril. Caden, qui s'est assis sur mon canapé – probablement pour esquiver la tentation de vouloir toucher à tout –, se redresse aussitôt, nerveux. Il m'observe avec une telle intensité que je frissonne de la tête aux pieds, soudainement intimidée par son inspection silencieuse, laquelle fait naître des papillons d'excitation dans tout mon ventre. J'ignore pourquoi il me fait tant d'effet, ni pourquoi mon corps réagit autant alors qu'il se contente de me détailler, et je décide de mettre ça sur le compte de mon célibat, qui dure depuis bien trop longtemps.

— Ava, tu es…

Mais le regard sombre que je lui adresse lui cloue le bec, l'empêchant de terminer sa phrase.

— Quoi ? Je ne peux pas dire que tu es belle sans que tu t'énerves, maintenant ?

Croisant les bras sur ma poitrine, je rétorque, un brin insolente :

— Voilà. Parfaitement. Tu as tout compris.

Mon Viking, qui semble peser le pour et le contre, finit par lâcher après une courte hésitation :

— Ce short ne te va pas du tout. Il te grossit. Tout comme ton T-shirt, à vrai dire. Tes orteils ressemblent à des petits boudins, et tes fesses sont trop plates. Quant à tes lèvres, elles ne sont nullement attirantes, un peu comme tes seins. Je ne vois vraiment pas qui aurait envie de te toucher, encore moins de te faire l'amour, tant tes défauts viennent occulter le paysage.

Il s'interrompt, avant de terminer par un :

— C'est mieux comme ça ?

Ébahie qu'il ait osé proférer ne serait-ce qu'un seul de ces mots, je demeure immobile, ne sachant que répondre. Finalement, je me tourne vers mon miroir, m'examine sous toutes les coutures, avant de m'exclamer :

— Mes fesses sont plates ?

À son petit air fier et arrogant, je conclus qu'il jubile de m'avoir piégée. En fait, j'étais persuadée qu'il ne s'aventurerait pas à me dire quoi que ce soit qui puisse être vexant, tant il désire me rallier à sa cause. Mais entendre ces mots, même s'il ne les pense pas, me chamboule. Putain de psychologie inversée !

Puisqu'il n'a toujours pas commenté, je réitère ma question, ce qui a pour effet d'accentuer son sourire éclatant.

— Mes fesses sont parfaites ! dis-je finalement.

En guise de réponse, il se contente de hausser les épaules, ce qui ajoute à ma frustration. Le bougre ! Au fur et à mesure que les secondes défilent, le doute s'empare de moi, et je commence à me dire qu'il a peut-être raison, tout compte fait. Caden, lui, demeure stoïque, comme insensible à mon combat intérieur.

— Tu mens, finis-je par déclarer, de moins en moins convaincue. Je suis parfaite, tu me l'as dit toi-même. C'est d'ailleurs pour ça que tu désires que ce soit moi et personne d'autre, le modèle de ton stupide concours de tatouage.

— Je le reconnais, je me suis trompé. Ça arrive à tout le monde de commettre des erreurs. Désolé de t'avoir fait perdre ton temps, Ava. Je te souhaite une bonne continuation.

Sans prononcer un mot de plus, il tourne les talons et s'en va, sans autre forme de procès, m'abandonnant à mon triste sort.

Désemparée, j'observe la porte, interdite. Quoi ? C'est tout ? Il ne plaisantait pas, alors ? Il est vraiment parti ? Mon cœur tambourine dans ma poitrine, tandis que je ravale mes larmes.

N'est-ce pas ce que tu voulais, Ava ? Qu'il te fiche la paix ? Tu as obtenu gain de cause. Tu devrais être satisfaite, non ? Tu as gagné. Sauf que la victoire n'a jamais eu un goût aussi amer. Refusant de me laisser rabaisser sous prétexte que, quoi déjà ? Que mes fesses sont trop plates, et mes lèvres nullement attirantes ? J'attrape mon sac en bandoulière et y balance sans ménagement mes clés et mon téléphone. Il va voir de quel bois je me chauffe, celui-là ! Comment ose-t-il me parler de la sorte ? Il est qui, pour me dire ça ?

Folle de rage, j'ouvre la porte avec fracas, décidée à lui courir après afin de lui expliquer ma façon de penser. Mais alors que je pensais qu'il serait déjà loin, quelle n'est pas ma surprise quand je réalise qu'il m'attend sagement, les bras appuyés contre la balustrade qui délimite mon perron.

Dès lors qu'il m'aperçoit, il pousse un sifflement admiratif, qu'il ponctue d'un :

— Eh bien, si j'avais su qu'il suffisait de te manquer de respect pour enfin capter ton attention, j'aurais commencé par là. Bien, maintenant que tu es plus réceptive, est-ce que je peux t'inviter à déjeuner ?

— Mais je…

Bon, OK, il m'a bien eue. Incapable de formuler une réponse cohérente et sensée, je demeure immobile, telle une statue de cire, tandis qu'il s'approche doucement de moi. De son pouce, il caresse ma lèvre inférieure, pendant que son regard plonge dans le mien. Ce simple contact m'électrise et, bien que je veuille lui crier de ne pas me toucher, aucun son ne sort de ma bouche. Cette traîtresse me fait défaut, conquise par ses mouvements sensuels, démonstration alléchante de ce qu'il est susceptible de faire.

M'abandonnant un court instant au plaisir de ce rapprochement, plutôt qu'à la lutte, j'attends patiemment qu'il mette fin à son geste, ô combien prometteur. Quand il se penche doucement vers moi cependant, et alors que j'imagine qu'il va tenter de m'embrasser, augmentant considérablement mon rythme cardiaque, il s'arrête à quelques centimètres de moi et murmure :

— J'ai menti, Ava. Mais je ne te dirai pas à propos de quoi.

Puis il reprend une distance convenable, avant de s'enquérir :

— Bon, on y va ? Je meurs de faim !

Chapitre 6

Comment les rôles ont-ils pu s'inverser si vite ? Hier, je menais littéralement la danse. Ce matin également. Que s'est-il passé chez moi ? Comment a-t-il pu prendre le *lead* si rapidement, sans même que je le réalise ? Caden fanfaronne de m'avoir cloué le bec, et je déteste ça. Quant à sa phrase…

« J'ai menti. Mais je ne te dirai pas à propos de quoi. » Que dois-je en conclure ? A-t-il proféré une vérité dans son lot de mensonges ? Mais si oui, laquelle ? Je ne cesse de me passer la scène en boucle, et plus elle tourne, plus je le maudis.

Pourtant, je dois reconnaître que, en plus d'avoir blessé mon ego, il a piqué ma curiosité. Je suppose que ça explique comment je me suis retrouvée en terrasse, à siroter un diabolo-grenadine, tandis que nous attendons nos plats. Il m'a amenée dans un des restaurants les plus chics de Miami Beach, avec une vue imprenable sur le front de mer, rien que ça ! Caden fait la conversation, parle de tout et de rien, évitant sciemment la raison de ma présence ici. Il a visiblement changé radicalement de tactique, et ce qui m'effraie, c'est que celle-ci est de loin la plus redoutable. Car comme beaucoup de personnes, je suis attirée par ce que je ne peux pas avoir, et la résistance qu'il m'oppose depuis le début du déjeuner m'intrigue autant qu'elle me plaît. Un peu comme ses lèvres qui, tout à l'heure, frôlaient quasiment les miennes. Pourquoi ne m'a-t-il pas embrassée ? Pourquoi n'a-t-il rien tenté ? J'ai beau prétendre que ce n'est pas le cas, dans le fond, j'aurais aimé qu'il le fasse. Qu'il essaie, qu'il se confronte à un mur, qu'il réalise que je suis loin d'être une fille facile, et que non, il ne m'aura pas. C'est comme ça que ça aurait dû se passer. Au final, Caden a réussi à susciter en moi une frustration inédite, parce qu'en général c'est moi qui mène la danse, pas l'inverse. Dois-je en conclure que je ne tourne pas rond ? Probablement.

C'est quoi déjà le dicton ? « Suis-moi, je te fuis. Fuis-moi, je te suis » ? Mais pourquoi faut-il que cela s'avère si juste, bon sang ?

Afin de résister à la pesanteur qui s'est immiscée entre nous, j'attrape mon paquet de Marlboro, avant de fourrer une cigarette entre mes lèvres. Je cherche mon briquet dans tous les recoins de mon sac à bandoulière, mais ceux-ci sont tellement sombres et en bordel qu'il m'est impossible de le retrouver. Mon Viking, comme s'il se délectait de ma détresse, m'en tend un négligemment par-dessus la table, tandis que je le fixe, décontenancée. Ça ne va pas du tout, il faut absolument que je me ressaisisse, il fanfaronne beaucoup trop pour un mec qui a besoin de moi.

— Merci, dis-je néanmoins en attrapant l'objet convoité.

Ma cigarette allumée, je m'apprête à le lui rendre, mais il me prend une fois de plus de court.

— Garde-le, ça te sera certainement plus utile qu'à moi. D'autant plus que j'aime assez l'idée de m'immiscer dans tes pensées dès lors que tu fumeras, ce qui est constant, chez toi. Je me trompe ?

Il ponctue sa remarque d'un sourire enjôleur qui, je l'admets, me fait craquer. Plus je pose mes yeux sur lui, et plus je le trouve attirant. Non, rectification, je le trouve attirant depuis qu'il a osé me balancer en plein visage que ni mes fesses, ni mes seins, ni mes lèvres, ni quoi que ce soit d'autre chez moi ne lui convenait. Non, re-rectification, je le trouve attirant depuis qu'il a enlacé ma taille, me rappelant gentiment que ça faisait bien longtemps que je n'avais pas eu une telle proximité avec un homme et qu'en fait ça n'est pas si désagréable ; c'est même extrêmement plaisant. Y a pas à dire, je suis une femme pleine de contradictions.

— Tu espères sincèrement que, parce qu'il y a marqué « Ink Paradise » sur le côté du briquet, je vais t'accorder une pensée ? C'est mal me connaître, dis-je innocemment, la tête haute, tandis que je porte ma cigarette à la bouche.

— C'est une certitude. Si tu ne le fais pas sciemment, ton inconscient s'en chargera pour toi.

Il jubile et je ne peux le lui reprocher. Car lui comme moi savons pertinemment qu'il a raison. Néanmoins, je ne l'admettrai pas. Question de fierté mal placée, je suppose.

— Alors, Ava, reprend-il en changeant de sujet, l'air de rien. As-tu réfléchi à ce qui pourrait te faire participer au mondial du tatouage ?

— Je croyais que je n'étais plus assez bien, tout compte fait, répliqué-je en arquant un sourcil provocateur.

— Ce n'est pas la question.

— Mais c'est ma réponse.

Caden, qui est loin d'avoir dit son dernier mot, sort un jeu de cartes de ses poches, tandis que j'ouvre de grands yeux. Car plus je détaille le carton, plus je le trouve étrangement familier. Non, mais, je rêve ou… ?

— Je l'ai piqué chez toi, confesse-t-il le plus naturellement du monde en mélangeant les cartes.

— Tu as quoi ? répliqué-je, prête à embrayer avec une remarque bien cinglante.

Bien loin de se formaliser de ma réaction, cependant, il reprend avec une certaine nonchalance :

— Je savais que j'en aurais besoin, sans compter que c'est une parfaite excuse pour de nouveau m'inviter chez toi.

À ces mots, il m'adresse un clin d'œil qui, je le reconnais, fait légèrement s'emballer mon cœur. Plus je passe de temps avec mon Viking, plus il m'amuse. Même si, une fois encore, je ne l'admettrai jamais.

Caden distribue pendant que je fume ma cigarette, perplexe. Que peut-il bien avoir en tête ?

— Alors, continue-t-il, visiblement fier de m'exposer son idée, voilà comment ça va se jouer. Tour à tour, on va chacun tirer une carte et la mettre sur la table côté face, OK ? Le gagnant, celui qui aura la valeur la plus élevée donc, posera une question à l'autre, qui sera forcé d'y répondre. Et pour t'assurer que je n'ai pas triché, tu as le droit de sélectionner n'importe quelle carte de ton jeu. Ça te va ?

Oh ! la la ! Une sorte d'action ou vérité ? C'est moi, ou Caden devient de plus en plus excitant à chaque seconde ? Me concentrant pour ne laisser filtrer aucune émotion, je me contente de souffler la fumée vers son visage, avant de répondre, impassible :

— Et pourquoi pas ? On a droit à des jokers ?

— Pour ma part, je compte bien m'en passer. Mais va pour un joker chacun. Et interdiction de mentir, ajoute-t-il.

— Adjugé, acquiescé-je, déjà victorieuse.

— Vendu, fait-il, visiblement fier de son petit effet.

Il tire une carte et la pose, son sourire s'élargissant considérablement. Un valet de cœur, comme par hasard. Il fallait que son premier tirage soit fort. Bien loin de m'admettre vaincue, j'en pioche une à l'aveuglette et, d'un geste vif, la plaque sur la table. Je laisse ensuite glisser doucement ma main, découvrant la reine de pique. Fière de moi, je ne peux m'empêcher de le titiller :

— Finalement, tu as raison, il est extra ce jeu.

Puis, bien décidée à lui tirer les vers du nez, je reprends d'un ton provocateur :

— Sur quoi as-tu menti, tout à l'heure ?

— Aïe, on est encore là-dessus ? répond-il, amusé. Je ne pensais pas que ça t'aurait autant chamboulée.

— Alors ?

— Ce T-shirt ne te grossit pas.

J'ouvre la bouche, prête à lui rétorquer que c'est de la triche, lorsque je comprends qu'en réalité il m'a bien eue. Ma question n'était pas assez précise. Merde ! Réalisant que la partie va être plus corsée que ce que j'imaginais, j'écrase ma cigarette dans le cendrier, portant ainsi toute mon attention sur le jeu en cours. Car je compte bien lui clouer le bec, à ce Viking.

Nous tirons chacun une nouvelle carte, et je grimace en apercevant un sept de trèfle. Lorsqu'il dévoile son dix de carreau, je peste, plus pour moi que pour lui, et m'empresse de boire plusieurs gorgées de mon diabolo-grenadine, tandis qu'en face Caden exulte déjà, sa question à la bouche.

— Que désires-tu en échange de ta participation au mondial du tatouage ?

Je réfléchis à toute vitesse, tente de trouver un subterfuge, un moyen de biaiser comme il l'a fait, en vain. Rien ne me vient. Je pourrais bien sûr utiliser mon joker, mais à quoi bon ? Résignée, je soupire avant de lui livrer les mots tant attendus :

— Je cherche un local commercial, idéalement situé sur Wynwood, afin d'ouvrir ma propre boutique.

— Wynwood est un endroit très prisé, m'informe-t-il, comme si je l'ignorais.

— Je sais, oui. Mais c'est également un quartier très artistique et, de ce fait, un emplacement stratégique. Tu penses que c'est dans tes cordes, Sven ?

Son sourire s'élargit lorsqu'il entend ce surnom et, alors qu'il s'apprête à répliquer, il semble changer d'avis au dernier moment. C'est du moins comme ça que j'interprète la lueur malicieuse dans ses prunelles, tandis qu'il me fixe intensément.

— Pour le savoir, il te faudra gagner la prochaine manche, lâche-t-il, amusé.

Je le reconnais, la tactique de Caden est bougrement efficace. Plutôt que de me livrer la réponse sur un plateau d'argent, il me la fait miroiter, augmentant considérablement mon intérêt. Il est vraiment doué, et la résistance qu'il continue de m'opposer m'intrigue de plus en plus. Finalement, mon Viking semble être, contre toute attente, un adversaire de taille qui regorge d'inventivité pour me rallier à sa cause, ce qui n'est pas sans me plaire.

Comme pour lui donner raison, je m'empresse de saisir la carte suivante et la pose avec véhémence sur la table, face visible. L'as de pique ne pouvait que l'emporter, et ce malgré son roi de cœur. Victorieuse, je croise les bras sur ma poitrine avant de m'enquérir, provocante, et la tête haute :

— Tu penses sincèrement que mes fesses sont trop plates ?

Et, alors que j'étais persuadée de l'avoir coincé, il rétorque avec une certaine fierté :

— Joker.

Chapitre 7

Affalée derrière le comptoir à attendre les premiers clients, je ressasse mes idées, telle une ado transie. Honnêtement, je ne pensais pas que la journée prendrait un tournant aussi agréable. Caden a été de très bonne compagnie et il a su attiser ma curiosité au plus haut point, ce qui n'est pas peu dire. Et l'ingéniosité dont il fait preuve pour tenter de me convaincre est tout bonnement délicieuse. Comme le jeu qu'il a mis au point pour délier ma langue et me tirer les vers du nez. Astucieux ! Il fallait oser. Je n'ai même pas profité du panorama tant j'étais focalisée sur la victoire.

Milena arrive à ma hauteur et pose une main douce sur mon épaule, m'extirpant de ma bulle.

— Encore en train de penser à lui ? fait-elle.

— Il est… déroutant, dis-je après une courte hésitation.

Elle m'adresse le petit sourire angélique dont elle a le secret avant de reprendre :

— Tu sais, c'est la première fois que je te vois te laisser approcher par un homme. D'ordinaire, il serait déjà en orbite depuis belle lurette. Mais étonnamment, il est encore là.

Comprenant où elle veut en venir, je m'empresse de la détromper.

— Il n'est pas question de ça entre nous. Il ne cherche pas une copine, il aimerait recruter un modèle pour le mondial du tatouage.

— Bien sûr ! s'esclaffe-t-elle. Et je parie que son choix de mannequin est purement professionnel et en rien intéressé.

— Il m'a dit qu'il ne me trouvait pas à son goût, confessé-je, ce qui, étrangement, me contrarie encore.

— Et tu l'as cru ? rétorque Milena en badinant à mes côtés.

Plusieurs clients s'installent en terrasse, coupant court à notre conversation. Aussitôt, elle comme moi nous affairons, d'autant plus que ce soir, Gregor, mon patron, est là. Certes, il s'est enfermé dans son bureau, mais supposer qu'il ne nous surveille pas et ignore ce qui se passe dans son établissement serait une grave erreur. Que je ne commettrai pas, de toute évidence.

Entre la plonge, le service et la caisse, nous sommes cinq à travailler, rien de trop, car le bar ne désemplit pas. Milena s'occupe de l'intérieur, moi de la terrasse, et je regrette amèrement de ne pas avoir pensé à prendre un pull, ce midi, avant de partir déjeuner avec Caden. Même si les journées sont chaudes – parfois trop –, les nuits sont, a contrario, extrêmement fraîches. Et j'ai beau courir dans tous les sens, mon short et mon T-shirt ne suffisent pas à faire cesser mes tremblements.

Peut-être qu'une cigarette, en revanche… ?

C'est avec cette idée en tête que je me dirige vers une nouvelle table, composée de deux hommes et d'une femme. Ce n'est que lorsque j'arrive à leur hauteur que je réalise que je connais au moins l'un d'entre eux.

Amusée par sa présence – alors quoi, il ne peut déjà plus se passer de moi ? –, je me mordille la lèvre inférieure tandis que je le scrute intensément. Il s'est changé, de toute évidence, et il a eu l'intelligence de mettre un pull que je lui envie, couvrant l'intégralité de ses tatouages. Son regard semble plus sombre, mais en même temps il est tard, et les loupiotes installées çà et là créent une ambiance tamisée, contrastant avec le soleil lumineux de ce midi.

Je lui envoie un petit sourire timide auquel il ne répond pas, ce qui me surprend légèrement. Est-ce une autre de ses trouvailles pour augmenter mon intérêt pour sa personne ? Car, qu'on se le dise, je n'aime pas les montagnes russes, encore moins quand il s'agit de mes sentiments. Ce matin, il s'est montré si déstabilisant et inventif, il s'est donné tellement de mal… Pourquoi m'ignorerait-il ce soir ? Ça n'a pas de sens. À moins que l'inconnue qui les accompagne y soit pour quelque chose ? Mais ils n'ont pas l'air proches.

— Bonsoir, les salué-je un peu trop sèchement, ce qui semble les surprendre. Qu'est-ce que je vous sers ?

— Une bière pour moi, répond la femme, une jolie brunette au visage fin, aux cheveux coupés très court et au maquillage charbonneux.

— Pareil, reprend l'homme à ses côtés, légèrement enrobé, mais aussi percé et tatoué de partout, ou presque.

Je me tourne vers Caden, le regard vif, cherchant à comprendre ce changement radical de comportement. Notre échange me laisse sans voix.

— Je vais partir sur un cocktail, s'il vous plaît.

S'il vous plaît ? On est repassés au vouvoiement, sérieusement ? Si je n'étais pas convaincue que Gregor nous observe, je l'aurais déjà chassé de ma terrasse, mais si je fais ça, il y a de fortes probabilités que je perde mon job, et monsieur le Viking n'en vaut clairement pas la peine. Prenant une grande inspiration pour ne pas craquer, je rétorque :

— Lequel ?

— Peu importe, ils ont tous l'air bons.

Il sourit – *enfin !* –, mais cela me déstabilise encore plus. Quelque chose a changé, depuis tout à l'heure, il semble différent. Se pourrait-il qu'il soit schizophrène ? Mais à mesure que je réfléchis, une autre hypothèse s'immisce dans mes pensées, me faisant frémir. Comme ce matin, il fait ça pour attiser ma curiosité. En me rejetant une fois de plus, il espère que je lui courrai après. Mais là, il va trop loin. C'est ce que je n'arrête pas de me répéter quand, à peine les talons tournés, il m'interpelle de nouveau :

— Mademoiselle ?

Nos regards se croisent et, comme s'il avait décidé de m'achever lui-même, il s'enquiert :

— Vous pensez qu'il y a moyen d'avoir le numéro de votre collègue ? La jolie métisse ?

J'ouvre la bouche pour répliquer, mais la referme aussitôt avant de regretter une parole trop impulsive. Je regagne rapidement le bar pour y prendre appui un instant, décontenancée. Dès qu'elle aperçoit mon air déconfit, Milena s'avance jusqu'à ma hauteur et me caresse doucement le dos.

— *Cariña*, tout va bien ? me demande-t-elle.

J'ose formuler à voix haute ce qui sonne à mes oreilles comme la trahison du siècle.

— Il veut ton numéro.

— Qui ça ?

Mais à peine ai-je relevé mon regard vers elle qu'elle comprend. Elle m'observe, à la fois déchirée et énervée, et son visage ne cesse de passer d'une émotion à l'autre, comme si elle hésitait entre me réconforter et aller lui dire ses quatre vérités. Milena prend finalement les choses en main, ce qui, pour une fois, me va bien. D'ordinaire, je ne laisse personne m'approcher, et cet incident ne devrait pas autant me toucher. Que cela me serve de leçon ! Les hommes sont tous pareils. On ne peut pas leur faire confiance.

— Qu'est-ce qu'il a commandé ? s'enquiert-elle.

— Un cocktail, peu importe lequel, dis-je d'une voix lasse.

— Eh bien, c'est parfait ça, non ?

Je relève les yeux vers elle, ne comprenant pas en quoi c'est une bonne nouvelle, lorsqu'elle s'active derrière le bar. Aux différents ingrédients qu'elle prend, ça fait tilt dans ma tête, tandis qu'un sourire vient illuminer mon visage, me redonnant du baume au cœur. Pourquoi n'y ai-je pas pensé plus tôt ? C'est brillant !

À mon tour, j'attrape les bières pour ses deux acolytes, revigorée. *Tu ne paies rien pour attendre, Sven.*

— Et voilà ! s'exclame gaiement Milena en me tendant le verre sur un plateau. Dis-lui qu'il aura mon numéro à la condition qu'il boive tout, jusqu'à la dernière goutte. Sans aide, cela va de soi. Si je le surprends à tricher, ce sera *niet.*

Victorieuse, un sourire malicieux sur les lèvres, je reprends mon chemin vers la table ronde qu'ils ont investie. Je décapsule les bières pour ses deux amis, avant de poser le cocktail devant mon Viking avec un regard triomphant. Puis, d'un air provocant, je passe à l'offensive, bien décidée à lui clouer le bec.

— Ma collègue m'a chargée de te transmettre qu'elle accepte de te filer son numéro à condition que tu parviennes à tout boire jusqu'à la dernière goutte. Pas de triche, pas d'aide extérieure, cela va de soi. De toute manière, nous le saurons. Bonne chance !

Puis je tourne les talons, fière de mon petit effet, tandis que dans mon dos j'entends mon Viking jurer à peine la première gorgée avalée. Rares sont les clients à avoir vidé notre cocktail de la mort, plus communément appelé le « Dark Sweet Love ». Il faut dire que le piment finement haché qu'il contient fait partie des plus forts au monde. Mélangé avec quelques épices tout aussi prononcées, c'est un combo fatal ! C'est grâce à ce cocktail épineux que le Jip's est devenu célèbre à Miami. Car quiconque termine son verre se le voit offrir. Au début, nombreux sont ceux à avoir tenté de relever le défi, mais l'euphorie a été brève lorsqu'ils se sont rendu compte qu'il était, pour la plupart des gens, impossible de le boire en entier. Et Caden va en faire les frais.

Certes, il ne m'a rien promis. Il n'est pas non plus là pour me courtiser. Il a même reconnu ce matin que je ne lui plaisais pas – bien que, à un moment donné, ses lèvres aient été si proches des miennes que j'ai cru un court instant qu'il allait m'embrasser. M'enfin, de là à prétendre ne pas me connaître et à draguer ma copine devant moi… il y a un monde ! Pourquoi m'inflige-t-il ça ? Est-ce qu'il prend son pied à jouer avec mes émotions ? Ou est-ce le moyen qu'il a trouvé de se venger parce que je ne lui ai toujours pas rendu de réponse positive ?

Quoi qu'il en soit, son manque de délicatesse lui coûtera son mannequin pour le mondial du tatouage. S'il pense qu'il a encore une chance que j'accepte de l'aider après ça, il se fourre le doigt dans l'œil.

Milena à mes côtés, nous observons le Viking tenter de boire son cocktail, non sans grimacer toutes les trois secondes, ce qui nous fait ricaner. Cependant, sous ma bonne humeur se cache un petit cœur sanguinolent. Parce que j'ai un tempérament de feu, les gens s'imaginent souvent que je suis intouchable… s'ils savaient comme ils ont tort. Mon caractère est une carapace sans laquelle je serais déjà six pieds sous terre. C'est le seul moyen efficace que j'aie trouvé pour me protéger des personnes malintentionnées, dont Caden fait probablement partie.

Je soupire tandis que Milena passe un bras réconfortant autour de mes épaules.

— Ne le laisse pas t'atteindre, *cariña*. Tu es merveilleuse, tu le sais, n'est-ce pas ? Ce n'est pas toi le problème, c'est lui.

Je force un sourire, peu convaincue, en priant cependant de tout mon être pour qu'elle dise vrai.

Chapitre 8

Le bar a bien désempli, et la soirée touche à sa fin. Je suis en train d'essuyer le comptoir avec un chiffon préalablement humidifié lorsque mon Viking, suivi de près par ses deux acolytes, arrive pour régler la note. Il n'a de toute évidence pas l'air dans son assiette, et je ne peux contenir un rire moqueur. Bien fait pour toi, Monsieur Je-veux-jouer-sur-tous-les-tableaux-à-la-fois.

— Bien, je suppose qu'il est temps de payer, commence-t-il en passant sa main dans sa queue-de-cheval, visiblement gêné. J'ai pas réussi à terminer le cocktail.

— Étonnant, rétorqué-je sans daigner lever le nez vers lui.

— Est-ce que… est-ce qu'il y a un souci ? s'enquiert-il alors. Depuis tout à l'heure, c'est comme si tu m'en voulais personnellement.

À ces mots, je plante mon regard dans le sien, absolument stupéfaite par son culot. Je réalise qu'en effet ses yeux sont plus sombres que d'ordinaire. Curieux. Est-ce le cocktail qui l'a rendu si patraque ? Il a l'air plus doux, plus tempéré, plus posé. Mais je m'en contrefiche. Il l'a bien cherché, et je ne vais certainement pas le plaindre.

— Non, rétorqué-je sèchement, aucun souci. Tu peux dormir sur tes deux oreilles.

Mon Viking jette un regard par-dessus son épaule, en direction de la jeune femme qui les accompagne. Il quémande clairement du réconfort, et elle ne semble pas en mesure de lui en apporter. Elle se contente de lui envoyer un sourire compatissant, sans toutefois commenter.

— Humm, OK, finit-il par dire. Du coup, je suppose que ta copine… ? ajoute-t-il maladroitement.

— C'est non.

Il lâche un petit rire nerveux, visiblement de plus en plus mal à l'aise. C'est étrange, ce comportement… Soit c'est le meilleur acteur de sa génération, soit il est devenu amnésique. Où est passé le jeune homme espiègle et charmeur de ce midi ? Celui qui, par tous les moyens, tente de me persuader de participer à son stupide salon ? Mais je ne dois pas baisser ma garde, c'est une ruse, j'en suis convaincue. Une de plus pour parvenir à ses fins. C'est bête, méchant et pervers. Qui se comporte de la sorte de nos jours ?

Mon Viking m'informe qu'il va régler la totalité de la note par carte bancaire, et j'attrape le dispositif d'un geste vif. Pressée d'être débarrassée de lui, je tape à toute vitesse le montant sur le terminal et le lui tends. Il compose son code, attend quelques secondes que le paiement soit accepté, avant de récupérer ses affaires, tandis que j'épie chacun de ses mouvements.

Il n'y a plus une once de séduction chez lui, et je réalise que ce qui aurait dû me réjouir me peine. J'aimais bien son entêtement, même s'il n'a duré que quelques jours. Et ce midi… ça faisait bien longtemps que je n'avais pas été en si bonne compagnie. Et le voilà, quelques heures après, totalement métamorphosé. Il s'est probablement rendu compte que je n'étais pas si belle, pas si forte, et qu'avec moi ses chances de victoire étaient quasi inexistantes.

Il me salue brièvement, et je ne prends même pas la peine de lui répondre, les yeux perdus dans le vague. Milena arrive à ma hauteur, tandis que nos collègues commencent à rassembler leurs affaires, eux aussi prêts à décamper. C'est à ce moment que Gregor sort en trombe de son bureau et, aussitôt, tout le monde se fige, attendant le verdict de fin de soirée.

— Bon boulot, l'équipe ! Vous pouvez y aller, je ne vous retiens pas plus longtemps.

Plusieurs soupirs de soulagement retentissent et, alors que je m'apprête à aller récupérer mon sac dans la réserve, j'entends Gregor qui reprend :

— Ava, tu veux bien m'aider à faire la fermeture ?

Je m'immobilise, tandis que Milena m'envoie un regard compatissant. Évidemment, ce n'est pas une question, mais plutôt un ordre sciemment dissimulé. Je me retourne mollement vers lui, avant d'acquiescer. À vrai dire, je suis épuisée, et l'apparition soudaine de mon Viking m'a ôté le peu de forces qu'il me restait. Je ne serais pas allée courir de si bon matin, si j'avais su.

— Je peux me griller une clope avant ?

— Fais vite.

Pas besoin qu'on me le dise deux fois. Je saisis mon paquet de Marlboro dans mon sac en bandoulière et, lorsque j'attrape le briquet à l'effigie du Ink Paradise, mon cœur se serre. « J'aime assez l'idée de m'immiscer dans tes pensées dès lors que tu fumeras. » Tels étaient les mots de Caden, pas plus tard que ce midi. Que s'est-il passé depuis ? Qu'ai-je fait pour le faire changer d'avis si soudainement ? Énervée, je m'empresse d'allumer ma cigarette avant de jeter l'accessoire dans la première poubelle que je croise. Puis, je m'enfuis sur la terrasse du bar, où Milena m'attend pour me dire au revoir.

— Ça va aller ? demande-t-elle.

— Bien sûr. Ça n'est pas la première fois que je reste seule avec Gregor. Ne t'en fais pas.

Aussitôt, elle me prend dans ses bras et me donne une accolade, certes rapide, mais sincère.

— Tu es la meilleure, *cariña*, et ce n'est pas un homme qui te fera penser le contraire. J'ai pas raison ?

Je pouffe tristement, touchée par cette déclaration.

— Bien sûr que si.

Elle prend congé, et je fume ma cigarette en deux temps, trois mouvements, puis file retrouver Gregor dans le bar désormais désert. À peine ai-je franchi le seuil qu'il abaisse le rideau de fer derrière moi – car la devanture du Jip's étant entièrement vitrée, il est déjà arrivé que des petits rigolos s'amusent à la briser pendant la nuit. Puis il me tend un torchon et me demande de nettoyer chaque table ainsi que les chaises, avant de les poser à l'envers dessus, histoire de laver également le carrelage qui s'abîme au fur et à mesure des années qui passent.

— Tout va comme tu veux, Ava ? s'enquiert alors Gregor tandis qu'il s'active lui aussi de son côté.

Tiens, ça m'aurait étonné que cette fin de soirée ne tourne pas en séance de psychanalyse. Fatiguée d'avance, je tente d'esquiver l'interrogatoire qui me pend au nez en balayant sa question d'un « hum-hum ».

— Tu avais l'air distraite, pourtant, reprend-il en ignorant complètement mon manque de réaction et d'entrain. Tu as envie d'en parler ?

Montant le mobilier devant moi, je ne réponds pas tout de suite, accaparée par ma tâche. Voyant qu'il rouvre la bouche, certainement pour insister, je finis par bredouiller :

— Tout va bien, monsieur McClane, vraiment.

— Tu peux m'appeler Gregor, enchaîne-t-il, si bien que la chaise que je tiens m'échappe des mains, créant un énorme vacarme qui résonne dans toute la pièce.

Aussitôt, je m'excuse avant de la soulever à nouveau. Que je l'appelle par son prénom ? Mais à quoi joue-t-il ? Mamie m'a toujours appris à me méfier des hommes, et ce depuis mon plus jeune âge, et j'ignore pourquoi, une alarme vient de se déclencher dans ma tête, me criant de prendre mes jambes à mon cou. Bien sûr, je n'en fais rien. Gregor est mon patron, et j'ai besoin de ce job si je souhaite atteindre mon but.

— Entendu, monsieur McClane, dis-je, tendue.

Le moyen le plus efficace de le contredire poliment pour lui faire comprendre que je ne baisserai pas mes barrières. Pas celle-là, du moins. Certes, il nous est déjà arrivé de discuter de mon projet autour d'un verre de fin de soirée, ou encore dans son bureau, mais jamais au grand jamais il n'avait fait une telle requête. Que peut-il bien avoir en tête ? Muette, j'attends la suite, sur le qui-vive.

— Le mec qui était au bar, c'était ton petit ami ?

Mens, me souffle ma conscience.

— Oui. Pourquoi ?

— Excuse-moi, Ava, tu dois me trouver bien curieux tout d'un coup.

En disant cela, il a posé son torchon humide sur son épaule, et il se rapproche, jusqu'à n'être qu'à quelques mètres de moi. Il prend appui contre la table que j'astique, et je lui jette un regard qui signifie « garde tes distances ou je te les brise ». Manifestement, mon avertissement suffit, puisqu'il ne bouge plus.

— Un peu, oui, répliqué-je vivement.

Est-ce son récent divorce qui le rend si… étrange ? Jusqu'ici, Gregor a toujours été très correct, bien que souvent de mauvaise humeur, mais ces derniers temps je le trouve changé. Il est plus à cran, plus nerveux, et ces questions, d'où sortent-elles ? C'est comme si… comme s'il avait quelque chose en tête, comme si… Non, je me fais probablement des idées.

Un petit rire nerveux s'échappe de ses lèvres et, bien que le plateau ne soit pas nickel, je passe à la suite, désireuse de ne pas rester à proximité de lui.

— J'oublie tout le temps ta répartie légendaire, dit-il d'un ton léger. Je te demande ça, car tu es un très bon élément pour le bar, Ava, et indubitablement l'une de mes meilleures serveuses. Mais depuis un moment, je te trouve moins assidue, plus taciturne. Si c'est à cause de ce garçon…

Il marque une pause avant de reprendre :

— La saison bat son plein, Ava. Je n'ai pas de temps à perdre avec des employés qui ne se donnent pas à cent pour cent.

Il s'apprête à poursuivre lorsque je décide de lui clouer le bec. Est-il vraiment en train de me demander de ne plus fréquenter Caden ? Quand bien même ce dernier s'est révélé être un idiot qui ne paie rien pour attendre, ça ne le regarde pas.

— Mes relations personnelles ne concernent que moi, monsieur McClane, mais je vous assure qu'elles n'interfèrent en rien dans mon travail. Je tâcherai de redoubler d'efforts pour ne plus vous décevoir.

Mon ton est cassant, froid et distant, et malgré cela il se met à sourire, comme si nous discutions de la pluie et du beau temps.

— Tu ne m'as pas déçu, Ava, quelle question ! Je m'inquiétais pour toi, c'est tout. Et j'aurais beaucoup de peine si je devais te licencier. Je préférais t'en parler avant.

Je fais volte-face, piquée au vif. Me licencier ? Il a sérieusement envisagé de le faire ? Voyant ma mine déconfite, il s'esclaffe doucement.

— Mais tu n'as pas à t'en faire, puisque tu m'as assuré que ta vie personnelle n'influerait plus sur ton travail. N'est-ce pas ? Et ton projet, comment avance-t-il ?

Mens encore.

— Très bien ! À vrai dire, j'ai trouvé un local, je suis en train de tout finaliser, dis-je en me voulant enthousiaste.

— Vraiment ? répond-il en ne parvenant pas à masquer sa déception. Dois-je en conclure que c'est ta dernière saison parmi nous ?

Bluffe.

— Probablement, oui.

— Eh bien, sache que, si tu as besoin de quoi que ce soit, je suis à ta disposition.

— Merci, monsieur McClane, dis-je en reculant alors qu'il s'est de nouveau approché de moi.

— Gregor.

Je soutiens son regard, le visage fermé. J'ignore à quoi il joue, mais rien dans sa posture ni son attitude ne m'inspire confiance. Il fait un pas de plus dans ma direction, si bien que je sens son haleine sur ma peau, ce qui suscite un frisson de dégoût en moi. S'il n'était pas mon patron, je lui aurais asséné un coup de pied dans les parties. Mais je ne peux pas. Cela provoquerait mon licenciement immédiat, sans compter qu'il a le bras assez long pour me pourrir la vie et faire de moi un paria que personne ne voudra embaucher. Je dois la jouer plus fine que ça.

— Merci, Gregor, pour votre sollicitude. Si vous n'avez plus besoin de moi, je me sauve, il est déjà tard. Bonne soirée.

À ces mots, je le bouscule volontairement et, alors que je suis soulagée de remettre une certaine distance entre nous, il me retient fermement par le poignet.

— Bonne soirée, Ava. Tu sais où me trouver si nécessaire.

— Bonne soirée, dis-je en me dégageant vivement de son emprise avant de filer par la porte arrière.

Malgré les courbatures de la matinée, je n'ai jamais couru aussi vite de toute ma vie. Tout dans mon esprit s'embrouille. Cependant, notre discussion m'a fait l'effet d'un électrochoc. Je sais ce que je dois faire, et tant pis pour ma fierté.

Chapitre 9

Dénicher l'adresse du Ink Paradise sur Internet s'est révélé un jeu d'enfant. Trouver un moyen de s'y rendre, en revanche, a été plus ardu. C'est ainsi que je me suis retrouvée derrière le scooter d'un jeune étudiant légèrement alcoolisé – à cette heure tardive, il est difficile de faire la fine bouche. Il m'a déposée à l'entrée du quartier de Wynwood, et j'ai fait le reste en courant, autant pour arriver vite que pour me réchauffer. Aussi, arrivée face à sa devanture, je reprends mon souffle, les mains appuyées sur mes genoux, haletante. Il est 3 heures du matin, et la rue est entièrement déserte, ce qui la rendrait presque glauque, à vrai dire, avec tous ces salons de tatouage et ces boutiques d'artistes déjantés. J'aperçois des fenêtres au-dessus du studio et, après avoir ramassé plusieurs cailloux, je décide de les jeter contre celles-ci.

Je n'ai aucune certitude que Caden habite ici, peut-être vais-je réveiller quelqu'un qui n'a rien demandé, mais je m'en fiche. Le cœur battant à mille à l'heure, je persévère, dans l'espoir que cet imbécile daigne m'ouvrir. Il a eu le coup de foudre pour Milena ? Je peux le comprendre, elle est merveilleuse. Et après tout, il ne m'a rien promis. Il peut bien prétendre que je n'existe pas, je m'en moque éperdument. Tant qu'il me trouve mon local et que je peux fonder ma propre boutique, le reste m'importe peu. Nous serons deux étrangers l'un pour l'autre et cela me va bien. Je lui prête ma peau, il y appose son tatouage stupide en échange de la concrétisation de mon rêve et, après ça, je ne le reverrai plus jamais.

L'attitude bizarre de Gregor a réveillé la lionne qui sommeillait en moi. J'ignore ce que c'était, ce soir, mais ça ne me plaît pas. Je sais que son divorce s'est très mal passé et qu'il en a gros sur le cœur. Il a beau tout garder pour lui et ne rien partager avec son équipe, tout le monde ici le sait. Parce que l'un de mes collègues connaît quelqu'un, qui connaît quelqu'un, qui connaît son avocat ; et d'après ce que j'ai compris, elle ne lui a fait aucun cadeau. Mais de là à se comporter comme il l'a fait ? Ce n'est pas parce que son ex-femme est sans scrupule et qu'elle a essayé de le dépouiller qu'il faut toutes nous mettre dans le même sac. Était-ce un incident isolé qui ne se reproduira plus ? Ou est-ce sa libido inassouvie qui le rend si mauvais ? Quoi qu'il en soit, ma petite voix intérieure me dit qu'il est temps de passer à la vitesse supérieure et de prendre mon envol. Et seule, je n'y arriverai pas.

Je jette un autre projectile, déterminée, et la pièce s'illumine enfin. Soulagée, je cesse un instant, tandis qu'une silhouette imposante envahit le cadre. Ses cheveux sont détachés, ce qui me fait tout drôle. Adieu, la jolie queue-de-cheval laissant apparaître les côtés de son crâne parfaitement rasés, et bonjour les bouclettes blondes qui entourent son visage de part et d'autre. D'en bas, je perçois un regard las et endormi, et je balance un nouveau caillou, cette fois sur lui.

— Hey ! Non, mais ça va pas ? T'as perdu la tête ?

— Descends tout de suite, espèce de lâche ! Et n'espère même pas m'ignorer !

Sans dire un mot, il referme sa fenêtre et, persuadée qu'il est parti se recoucher, je m'apprête à réitérer mes attaques sur sa vitre quand une lumière envahit le studio de tatouage, juste devant moi. Je lâche mes projectiles, avant de m'avancer prudemment, et Caden m'ouvre une lourde porte noire, située à droite du Ink Paradise.

Malgré ma colère foudroyante due à son attitude outrageante, je ne peux m'empêcher de le détailler de la tête aux pieds. Il ne porte qu'un short gris, beaucoup trop grand pour lui, dans lequel il semble nager. À tel point que ce dernier tombe négligemment sur ses hanches, laissant apparaître un V alléchant qui, je le reconnais, m'émoustille contre mon gré. Son torse nu, quant à lui, est musclé à souhait et quasiment imberbe, à l'exception de quelques poils blonds qui parsèment ses pectoraux. Il est tellement sexy que j'en oublie un instant pourquoi je suis folle de rage. Heureusement, Caden est là pour me faire une piqûre de rappel.

— Si tu m'as réveillé à 3 heures du mat' pour me demander si tes fesses sont plates…, commence-t-il, grognon.

— Tu te fous de moi ? répliqué-je aussitôt. Qui a ignoré l'autre toute la soirée ? Qui a fait comme s'il ne me connaissait pas ? Qui n'a pas le cran d'assumer qu'il préfère ma collègue et qu'il regrette de m'avoir abordée ?

Caden me dévisage, impassible, pas le moins impressionné du monde, tandis que, pendue à ses lèvres, j'attends une réponse, le souffle court. Il finit par lâcher, non sans un petit rictus mutin :

— Je vois. Entre, ça caille dehors.

Sans ajouter un mot, il disparaît dans un couloir qui mène directement à un escalier en bois foncé. Il grimpe les marches deux par deux, sans même se soucier de savoir si je le suis. Intriguée par son comportement – décidément, cet homme est une énigme à lui tout seul –, je me lance à sa poursuite, désireuse d'entendre ses explications (mais en a-t-il au moins une ?). Pendant notre courte ascension, je ne peux m'empêcher de reluquer ses fesses rebondies et j'en viens à maudire ce short qui est définitivement trop large.

L'escalier donne sur une grande pièce de vie, laquelle occupe probablement toute la surface du salon de tatouage. L'endroit est éclairé par une immense applique murale, si bien qu'on se croirait en plein jour, ou presque. Je jette des coups d'œil dans tous les sens, pressée de découvrir l'intimité de Caden. Étonnamment, et bien qu'on ne se connaisse que depuis quelques jours, c'est exactement le genre de lieu dans lequel je l'imaginais évoluer.

Il y a des tas d'objets fascinants dans tous les coins, vintage pour la plupart, ainsi que d'anciens meubles remis au goût du jour, comme ce vieux canapé en cuir rouge qui semble tout droit sorti d'un restaurant à burgers des années 1970. Des effluves boisés flottent dans l'air, mélangés à un reste d'encens frais. Cette odeur me procure toujours autant de sensations, si bien que je frissonne, enveloppée par son parfum désormais familier et réconfortant. Ignorant royalement Caden, qui traverse l'appartement à grandes enjambées, je m'avance vers une guitare électrique accrochée au mur, lorsque mon Viking s'exclame vivement :

— Blake ! Tu peux venir un instant, s'il te plaît ?

Aussitôt, je pivote vers Caden, surprise. Il ne vit pas seul, donc ? Mon Viking, les mains enfouies dans les poches de son short trop grand, me regarde de manière insolente, un air victorieux sur le visage, et je dois faire un effort considérable pour arrêter de lorgner le V alléchant très marqué. J'ignore ce qui le fait jubiler à ce point et, alors que je m'apprête à lui demander de bien vouloir cesser de jouer avec mes nerfs, le dénommé Blake entre dans la pièce. Je blêmis.

J'observe Caden, qui s'avance doucement vers l'homme en question, savourant incontestablement son triomphe. Puis, il passe un bras autour de son cou avant de poursuivre, fier comme un coq :

— Ava, je te présente mon frère, Blake.

— Tu as un jumeau ? m'écrié-je en comprenant le malentendu qui s'est produit un peu plus tôt.

— Je ne vois pas ce qui te fait dire ça, reprend Caden, tout sourires.

Le doute n'est pas permis. Ils sont la copie conforme l'un de l'autre (à l'exception de Blake dont les yeux sont légèrement plus sombres que ceux de son frère), jusqu'à leur coiffure. Voilà pourquoi je trouvais les yeux de Caden différents, ce soir, parce que ça n'était pas les siens. Et cela explique pourquoi il paraissait plus doux, j'imagine. Mon regard se pose un instant sur les dessins qui ornent leurs corps. Ils se sont fait tatouer aux mêmes endroits. Mais maintenant que Blake a ôté son pull, je constate qu'ils sont différents. Une manière habile de les distinguer, je suppose.

Je porte les mains à ma bouche, secouée par cette révélation. Les dernières pièces du puzzle s'assemblent dans ma tête. Ce soir, ça n'était pas mon Viking que j'ai croisé, c'est pour ça qu'il a agi de la sorte. Parce qu'il ne me connaissait *vraiment* pas.

— Blake, je… je suis désolée, j'ai cru que…

— Y avait quoi dans ton verre, putain ? maugrée-t-il en se tenant le ventre, visiblement encore affecté par le breuvage que nous lui avons servi.

— Tu as goûté au « Dark Sweet Love », la boisson phare du Jip's. Un cocktail contenant un piment finement haché, dis-je en tortillant nerveusement mes doigts, voulant disparaître sous terre. Un des plus forts au monde. Oh ! mon Dieu, Blake, je suis sincèrement navrée !

Il grimace, essaie de sourire, mais n'y parvient pas.

— Y avait rien de *sweet* là-dedans, ni de *love* d'ailleurs, que du *dark*. Merde, y en a vraiment qui arrivent à boire ça ?

— Rarement, mais certains l'ont déjà fait, oui.

Alors que Blake s'apprête à répondre de nouveau, son visage pâlit, et il bafouille des excuses avant de s'enfuir en courant par là où il est venu. Mon mal-être ne cesse de croître, et je m'élance pour lui emboîter le pas quand Caden m'en empêche en se mettant sur mon chemin. Décidément, il a une certaine tendance à me barrer la route, profitant constamment de cette occasion pour se rapprocher de moi. Je peux presque sentir son souffle chaud sur ma peau, et ce que je trouvais répugnant chez mon patron se révèle extrêmement séduisant chez Caden. D'autant qu'il est presque nu et que mes mains sont à hauteur de ce V que j'affectionne particulièrement, lequel sculpte le bas de son ventre. Tâchant de masquer mon embarras, je prends une grande inspiration, ce qui se révèle en fin de compte une grave erreur. Car cela ne fait que remplir mes narines de son parfum sexy et irrésistible, me rappelant qu'il est un adversaire redoutable et que je dois garder mes distances, sous peine de commettre un impair. J'ai choisi de servir ce cocktail à son frère jumeau, lequel est au plus mal par ma faute, ce n'est donc pas le moment de se laisser troubler par une belle plastique, si attirante soit-elle.

— C'est bon, pas de panique, tente de me rassurer Caden. Quand son organisme aura tout rejeté, il ira mieux.

Je réitère mes excuses, tandis qu'il répète doucement :

— Ne t'inquiète pas, c'est un grand garçon.

Facile à dire ! J'ai volontairement imposé du piment à un homme qui ne l'a pas mérité. En termes de remords, je pense qu'on est pas mal. Je dois avoir l'air tourmentée, car Caden cesse immédiatement son petit jeu et pose deux mains réconfortantes sur mes épaules, ce qui me fait aussitôt frissonner.

— Ça va, Ava ?

— Je suis désolée, répété-je une fois de plus, ne sachant plus où me mettre.

Sans ajouter un mot, Caden me serre contre lui, et je me laisse faire, trop abasourdie pour réagir de quelque manière que ce soit. Il caresse doucement mes cheveux, tandis que je demeure parfaitement immobile, les bras pendants. J'enfouis mon front entre ses pectoraux fermes, me nourrissant de son parfum réconfortant et irrésistiblement attirant.

— Dis-moi plutôt, comment as-tu pu croire un seul instant que j'aurais été capable de te traiter de la sorte ?

Sans prendre la peine de m'écarter, je relève la tête vers lui, si bien que son souffle chaud vient frôler mes lèvres. C'est la deuxième fois aujourd'hui que je me retrouve si près d'un homme, et je frissonne, cette fois pour des raisons totalement différentes. Lorsqu'il n'essaie pas d'épater la galerie, Caden est vraiment à se damner. Je peux sentir son haleine fraîche et, bien qu'elle m'incite à me rapprocher davantage, je remets de la distance entre nous en reculant de plusieurs pas.

Certes, il y a eu un affreux malentendu, ce soir. En d'autres termes, Caden ne s'est pas comporté en goujat, contrairement à ce que j'avais imaginé. Cependant, il me semble que cette situation rocambolesque aurait pu être évitée s'il m'avait tenue informée dès le départ, non ? Pourquoi m'avoir caché son jumeau, s'il savait qu'il risquait de débarquer au Jip's ?

Puisque je n'ai toujours pas répondu, Caden reprend, presque dans un murmure :

— Tu as si peu confiance en toi, Ava ?

— Pardon ? m'enquiers-je doucement, persuadée d'avoir mal compris.

Pourquoi me demande-t-il ça ? Mais je n'ai pas le temps d'y songer davantage que déjà il poursuit :

— Qu'est-ce qui t'amène ici ? Et en plein milieu de la nuit ? Alors que tu pensais que je n'étais qu'un con ?

Je ne peux contenir le petit rire nerveux qui s'échappe de mes lèvres à peine ces mots prononcés. C'est vrai. Je suis venue le trouver alors que, d'ordinaire, je l'aurais massacré pour bien moins que ça. Seulement voilà, le comportement de Gregor m'a laissée pantoise… Qu'attendait mon patron de notre échange ? Une partie de moi refuse de connaître la réponse, ni même de la considérer.

— Rien, je… Tu as raison, je n'aurais pas dû frapper à ta porte. Pardon, à ta fenêtre.

Hors de question que je lui dise que j'ai eu la peur de ma vie, à quoi cela nous avancerait-il ? Je suis venue lui proposer un marché, un *deal*. Un local commercial en bonne et due forme en échange de ma peau pour le mondial du tatouage. Sauf que, dans ma tête, Caden ne se souciait pas de moi, ni de près, ni de loin. Et son air inquiet et empathique me déstabilise. Ça n'était pas censé se passer comme ça.

— Il est trop tard pour rentrer chez toi, Ava. Pourquoi tu ne dormirais pas ici, maintenant que tu es là ? Nous aurons tout le loisir de discuter demain, si ça te va.

— Non, merci, dis-je en prenant la direction de l'escalier.

Mais il s'interpose une fois de plus en m'attrapant doucement par le poignet. Je fais volte-face, mes iris plongés dans les siens, et j'oublie l'espace d'un instant ses doigts délicats entourant mon bras. D'ailleurs, je ne pense même pas à me dégager. Plus rien ne compte tandis que nous nous fixons intensément, mes prunelles s'imprégnant toujours un peu plus de ses yeux bleu-gris. Il n'y a plus une once de moquerie en lui ni de petits jeux. Il semble réellement soucieux de ma personne, et sa sollicitude me touche. Cependant, j'ai définitivement eu ma dose d'émotions pour ce soir, voire pour la semaine ! Caden se racle la gorge, me tirant de ma torpeur.

— Soit tu dors ici, soit je te raccompagne pour être certain que tu arrives à bon port. Mais je ne vais pas te mentir, il est tard, je suis crevé, et j'apprécierais de ne pas avoir à me rhabiller pour sortir. Alors ?

— Si tu crois que je vais finir la nuit avec toi…

— Absolument pas. Je te prête ma chambre.

Prise au dépourvu, je m'interromps, ne sachant que répondre à ça. Pourquoi est-il toujours aussi agaçant ? Et pourquoi faut-il qu'il ait réponse à tout alors que mes idées sont embrumées par la fatigue qui me submerge ?

— Et toi ?

— Le canapé est très confortable. Crois-moi, j'y ai déjà passé de nombreuses nuits. Tu sais, quand la chambre est loin et que la pièce tourne trop.

Voyant que je pèse le pour et le contre, Caden soupire avant de jouer son dernier atout.

— Très bien. On règle ça aux cartes, dans ce cas ? Si je gagne, tu dors ici, si je perds, je te ramène, ça te va ?

Chapitre 10

Lorsque je me réveille, la première chose qui m'interpelle, ce sont les draps frais qui ne sentent pas comme d'habitude. Une odeur de lessive, mélangée à un parfum à la fois poivré, épicé et boisé, me chatouille les narines. Je m'étire doucement, emmitouflée dans une couette légère, laquelle m'a tenue au chaud toute la nuit – ce qui était plus que nécessaire après la soirée frisquette de la veille. Me rappelant où je suis, je finis par me lever, même si, je l'avoue, j'aurais pu passer toute la journée dans ce lit, tant il est moelleux et confortable. D'un coup d'œil, j'avise mes vêtements balancés à la hâte sur un vieux fauteuil en cuir marron et soupire mollement. Bien que le soleil de Floride soit déjà haut dans le ciel, j'aurais préféré un bon gros sweat bien chaud, histoire de conserver les bienfaits de la couette.

Me demandant si Caden possède ce genre de choses dans sa garde-robe, je me dirige vers l'immense armoire qui occupe un mur de la chambre repeinte en blanc (comme en témoignent quelques traces bleu canard dans les coins). Lorsque je l'ouvre, je ne peux retenir un sifflement admiratif. Eh ben ! Ce mec a plus de fringues qu'une nana. Il ne m'en voudra donc pas si je me sers. Et puis, j'ai toujours trouvé ça sexy, une femme qui emprunte les vêtements d'un homme. Et Caden, appréciera-t-il ? Lui plairai-je dans ce pull cotonneux bordeaux ? Sans hésiter, je m'en empare et le passe par-dessus mes sous-vêtements. Il est si grand que les manches font une fois et demie la taille de mes bras, tandis qu'il descend jusque sous mes fesses, telle une robe un peu trop courte. Satisfaite et réchauffée, je coiffe rapidement mes cheveux en une queue-de-cheval haute, enfile mes bijoux à la hâte, avant de sortir dans le séjour.

Le spectacle qui s'offre à moi me laisse pantoise et je demeure immobile un bref instant, incapable de bouger ne serait-ce qu'un orteil. Caden est là, adossé contre l'îlot central de sa cuisine ouverte, en train de siroter ce que je devine être un café, tandis qu'il discute allègrement avec son jumeau qui, lui, croque avidement dans un toast fraîchement grillé. Mon Viking est toujours torse nu, et un coup d'œil vers ses abdominaux taillés au couteau me fait penser que c'est mieux comme ça. Il est beau à se damner, et ce ne sont pas les papillons qui grandissent et s'affolent dans mon ventre qui me diront le contraire. Que je le veuille ou non, son physique ne me laisse pas indifférente, bien au contraire. Puisqu'il ne m'a pas encore repérée, j'en profite pour admirer son corps parfait un bref instant, satisfaite de ce que je vois.

Cherchant à tout prix à retrouver un air totalement détaché, je me lance dans une comparaison des deux frères, de la même manière que si je m'amusais à jouer aux sept différences. Ce qui me sidère le plus, c'est leur ressemblance incroyable. Plus que des jumeaux, on dirait que quelqu'un a fait un copier-coller de Caden et l'a posté là, à côté de lui. J'avais déjà bien du mal à faire tenir un Viking en place, alors deux, n'en parlons pas.

Dès lors qu'il m'aperçoit, Caden stoppe net leur conversation pour me reluquer de la tête aux pieds, si bien que je me mets à rougir comme une adolescente, trahissant honteusement mon émoi intérieur. Depuis quand mon corps s'est-il désolidarisé de mon esprit, au juste ? Me dandinant d'une jambe sur l'autre, gênée, je m'avance vers eux, essayant de paraître détendue. Échec cuisant. Les deux colosses torse nu qui m'observent sans un mot m'intimident tellement que je me cogne le pied dans un meuble, avant d'étouffer un juron. Cela semble amuser mon Viking, c'est du moins comme ça que j'interprète le sourire qui s'étend sur ses lèvres.

— C'est marrant, c'est exactement comme ça que je t'imaginais de bon matin : ronchonne, à grognonner à peine levée.

— Caden, commence pas, s'il te plaît.

— Et qu'est-ce qu'on sert à un gremlin à son réveil pour éviter qu'il ne se change davantage en monstre ? continue-t-il d'un air taquin en ignorant superbement ma remarque.

— Un café corsé serait parfait.

— À tes ordres. En espérant que cela suffise à te retransformer en joli petit mogwai.

J'essaie de contenir l'euphorie que je sens monter en moi, en vain. La métaphore utilisée par Caden, mêlée à son expression badine, a raison de ma volonté, aussi j'explose de rire, ce qui ne fait qu'encourager sa bêtise. Puis je me tourne vers Blake, lequel n'a toujours rien dit. Je m'approche doucement de lui tandis que ses iris – nettement moins perçants et déstabilisants que ceux de son frère – me toisent fixement.

— Tu te sens mieux ?

— J'ai pas dormi de la nuit, mais au moins je n'ai plus le ventre en vrac, répond-il sur un ton si neutre qu'on pourrait penser qu'il parle de la pluie et du beau temps.

— Encore une fois, je suis sincèrement désolée. J'ai cru que Caden, en plus de faire celui qui ne me connaissait pas, draguait mon amie sous mes yeux et, j'avoue, on a voulu se venger. Pardon.

— Y a pas de mal, dit-il en esquissant un sourire timide. Mais la prochaine fois que tu as un doute, demande avant de foutre du piment dans mon verre.

Je ris doucement, soulagée qu'il ne soit pas rancunier. C'est incroyable qu'il ne m'en veuille pas. Il a l'air si différent de son frère, si doux. Semblables à l'extérieur, diamétralement opposés à l'intérieur. Car je suis à peu près certaine que, si Caden avait bu ce cocktail comme initialement prévu, cela aurait déclenché une guerre sans précédent. J'ignore pourquoi je pense pouvoir affirmer avec certitude que Caden est du genre rancunier, tandis que Blake… c'est simple, on dirait un de ces princes charmants qu'on voit dans les dessins animés pour enfants – et moi, comme par hasard, j'ai jeté mon dévolu sur le crapaud !

— Promis.

— Bien, je vous laisse. Caden, si je comprends bien, j'assure tes rendez-vous ce matin, c'est ça ?

— Tu serais un ange, rétorque ce dernier qui s'affaire à me préparer un café.

— Vous vous faites passer l'un pour l'autre ? demandé-je alors en prenant place sur une des chaises hautes de la cuisine.

— Faut bien des avantages à être jumeaux. Comment crois-tu que je réussirais à gérer un salon, tout en restant en ta compagnie toute la journée ?

— Mais… c'est légal ?

Caden pose une tasse fumante devant moi, avant de s'accouder à l'îlot, ce qui a pour effet de contracter ses biceps. *Oh ! la la !* Qu'est-ce qu'il fait chaud ici ! C'est toléré, autant de testostérone de si bon matin ? Ça ne devrait pas être interdit par la loi ?

— On ne fait rien de mal. Mon frère tatoue aussi bien que moi, nous avons fait tout notre apprentissage ensemble, et notre technique est similaire. Les gens savent que nous sommes jumeaux, ce qu'ils ignorent, en revanche, c'est à qui ils ont affaire. Il arrive que Blake prenne ma place, et inversement, quand l'autre a un empêchement de dernière minute, par exemple. Ça évite de reporter un rendez-vous, parfois réservé six mois à l'avance, tu vois ?

— Et vos clients ne remarquent rien ?

Mon Viking esquisse un rictus narquois, ses prunelles brillant d'une fierté qui, à elle seule, répond à ma question.

— Quiconque nous connaît un tantinet sait nous différencier. Pour le reste du monde, c'est impossible.

— Et moi ? Comment je fais pour m'assurer de l'identité de mon interlocuteur ?

Car, mieux vaut prévenir que guérir, et je n'aimerais pas que l'incident de la veille se reproduise. Une fois de plus, Caden m'offre un sourire éclatant qui réchauffe instantanément ma peau.

— C'est facile, tu regardes nos tatouages. Moi je suis le loup, mon frère, l'aigle.

Instinctivement, je baisse les yeux vers son avant-bras, sur lequel est exposé le majestueux animal. Il est à ce point détaillé et réaliste que j'en ai la chair de poule. Cela a-t-il une signification particulière pour lui ?

— Pourquoi avoir choisi ce dessin ?

Une lueur malicieuse traverse un bref instant ses prunelles, et je comprends qu'il ne soufflera mot. Visiblement, je suis parvenue à bout de sa patience avec mon interrogatoire sur sa vie personnelle. Il se lève, contourne l'îlot central pour venir glisser à mon oreille :

— Joli pull, au fait.

Bien décidée à lui arracher les vers du nez, je me retourne vers lui, fière de ma trouvaille.

— Pourquoi tu ne tirerais pas une carte, histoire de répondre à ma question ?

Chapitre 11

J'étais persuadée que mon valet de carreau suffirait à le faire répondre, c'est pourquoi je fais une moue contrariée tandis qu'il crâne avec son roi de pique. En mauvaise perdante que je suis, je me réfugie dans mon café, pendant que Caden prend place face à moi, tout sourires.

— Qu'est-ce qui t'a amenée ici, hier soir ?

J'avale une grande gorgée, plongée dans mes pensées. Dois-je lui dire sincèrement ce qui ne va pas ? Est-ce une bonne idée de mentionner Gregor, ou faut-il simplement aborder la question du « local commercial », qui fait partie de notre deal ; un donné pour un rendu ? Comme s'il pressentait mes doutes intérieurs, mon Viking intervient :

— Pas le droit de mentir, Ava, c'est la règle numéro un.

Je lève les yeux vers lui, avant de lui tendre ma tasse désormais vide. Il soupire, se met debout pour me resservir et, lorsqu'il la repose devant moi, il reprend d'un ton impatient :

— Alors ?

Si je lui dis que je suis venue accepter son offre, ça n'est pas vraiment un mensonge, si ? Ce n'est que la réaction logique au comportement flippant de mon boss. Décidée, c'est la version que je lui livre.

— C'est d'accord.

Voyant qu'il écarquille les yeux, preuve qu'il a un doute sur ce à quoi je fais référence, je complète ma phrase.

— Pour le mondial, c'est OK pour moi. Mais en échange, je veux mon local commercial. Ici, à Wynwood.

Son sourire fier ne m'échappe pas et son enthousiasme me fait comprendre que j'ai pris la bonne décision. Mamie me disait souvent d'écouter mon instinct, de suivre les signes. Ces derniers temps, j'ai fait tout l'inverse. Je me suis entêtée à essayer de mener à bien mon projet toute seule, sans l'aide de personne. Mais cet homme qui s'est dressé sur mon chemin n'est-il pas envoyé par la Providence ? Cette idée me réconforte. Par la Providence, sûrement pas ; par mamie, il y a de fortes chances, oui. Comment dire, je ne crois pas au paranormal, ni aux apparitions de revenants qui viendraient hanter les vivants pour se venger. Pour moi, tout ce fatras est issu de superstitions destinées à se faire peur, ou encore à expliquer les faits étranges laissés sans réponses. En revanche, je suis persuadée que nos ancêtres ont le pouvoir d'influer sur nos vies. J'aime à penser que mamie est toujours présente, quelque part autour de moi et que, quand les choses traînent trop, ou quand je prends les mauvaises décisions, elle fait tout pour me remettre dans le droit chemin. Sûrement n'existe-t-elle plus que dans ma conscience, mais d'une manière ou d'une autre, elle est là, et cela suffit à me réconforter.

— C'est tout ? me demande Caden, qui a du mal à cacher son excitation. Tu ne réclames rien d'autre ?

— Je voudrais aussi te proposer un partenariat, je suis certaine que le concept séduirait de nombreux adeptes.

— Pour ça, il faudrait que tu commences par m'en dire plus sur ton projet.

— D'abord le local, répliqué-je vivement, un sourire mutin aux lèvres.

Caden prend un air étonné qui m'amuse.

— Tu souhaites travailler avec moi, mais tu refuses de m'en dire plus ? Voilà qui ne me paraît pas très correct, dit-il pour m'inciter à changer d'avis.

— En effet, approuvé-je avec un hochement de tête. Mais tu vois, mes fesses plates et moi-même aimons nous faire désirer. Alors, nous ne sommes peut-être pas attirantes, comme tu le dis si bien, et nous ne te plaisons peut-être pas, en revanche, nous sommes têtues et solidaires. Et ne compte pas sur les cartes pour t'aider, notre langue ne se déliera pas, à moins que tu ne nous trouves le local de nos rêves.

À ces mots, Caden explose d'un rire franc qui me laisse sans voix. Il est incroyablement sexy lorsqu'il ricane de la sorte. En fait, son visage semble rajeunir à chaque nouvel éclat, comme s'il gagnait en sagesse.

— Têtues, c'est le moins qu'on puisse dire. Rancunières aussi, visiblement.

— Extrêmement rancunières ! confirmé-je en croisant les bras sur ma poitrine.

— Et si je te dis que te voir siroter un café dans ma cuisine, avec pour seul vêtement mon pull et probablement rien en dessous, te rend particulièrement désirable, ça change la donne ?

La bouffée de chaleur qui me submerge de toutes parts répond pour moi, à l'évidence. Au fur et à mesure que je passe du temps avec Caden, il gagne en sex-appeal, encore et encore. Si bien qu'en cet instant je reconsidère franchement ma déclaration. Si je l'embrassais, là, tout de suite, cela romprait-il le charme ?

Je suppose qu'on ne va pas tarder à le savoir, car mon Viking vient de déserter sa chaise pour se poster juste devant moi. Faisant tourner mon tabouret rotatif, il pose chacune de ses mains sur les accoudoirs, encadrant mon corps de ses bras musclés. Mon cœur loupe un battement, tandis que j'arrête de respirer un bref instant, subjuguée par ce que je vois. Ajoutez à cela qu'il est toujours torse nu, et vous obtiendrez une Ava totalement pétrifiée, et excitée, aussi. Aussitôt, j'humecte mes lèvres, mon regard planté dans le sien. Son parfum vient chatouiller mes narines, ce qui m'arrache un petit sourire satisfait. Quelle exquise torture que la proximité de son corps, si près du mien. Qu'on se le dise, entre ses tatouages, ses pectoraux musclés à souhait, les poils dorés sur son torse, ses abdominaux coupés au couteau, sa mâchoire carrée, sa barbe naissante, ses iris qui tirent vers le gris, sa queue-de-cheval et son crâne à moitié rasé, Caden transpire la testostérone… de tous les côtés ! Honnêtement, rien qui soit déplaisant à regarder.

Je n'ai pas besoin d'un homme dans ma vie, mais un tout petit baiser de rien du tout ne peut pas me faire de mal, si ?

Un glapissement s'échappe de mes lèvres, ce qui semble amuser mon Viking. Bien que sa tête soit quasiment collée à la mienne, je ne m'approcherai pas de lui, question de fierté. Mais s'il ne s'avance pas lui non plus, on va rapidement avoir un souci.

Mets fin à mon supplice, Caden, par pitié !

— Je brûle de t'embrasser, Ava.

Alors qu'est-ce que tu attends, tête de nœud ? pensé-je aussitôt sans pour autant le formuler à voix haute. *Se faire désirer, se faire désirer, ne pas craquer, Ava, c'est lui qui a envie de toi, pas l'inverse, ne le laisse pas gagner.*

Pourtant, l'envie de presser ma bouche contre la sienne est forte. Très forte. Trop forte. Néanmoins, je parviens à ne pas bouger tandis qu'il s'avance davantage. Afin de résister à la tentation, je ferme les paupières, concentrée sur la proximité de nos deux corps. Comme hier, son haleine caresse mon visage et rien que ce contact m'électrise. Il fait chaud, ici, non ? Mais alors que nous ne sommes plus qu'à quelques centimètres du divin baiser qui nous attend, il reprend :

— Pas de chance, moi aussi, j'aime me faire désirer.

J'ouvre instantanément les yeux tandis que son souffle s'éloigne subitement. Mes prunelles trouvent les siennes, lesquelles brillent de malice. Je rêve… il ne va quand même pas oser m'abandonner dans cet état ?

— Je me demande qui de nous deux craquera le premier, lâche-t-il en s'écartant de nouveau, comme si de rien n'était.

Mais l'excitation masculine est difficile à masquer, encore plus lorsqu'on ne porte qu'un short trop large. Déçue et extrêmement frustrée – bien que je refuse de l'admettre –, je rétorque :

— Quelle question ! Ton corps parle pour toi, et il s'exprime clairement, je te signale.

— Et alors ? Ça n'est pas une réaction physique incontrôlée qui me fera perdre la boule, j'ai plus quinze ans.

Touchée. Un point pour le Viking.

— Et puis, vu ton caractère de feu, si tu ne me désirais pas un minimum, tu m'aurais déjà castré, ou pire encore. J'en conclus que j'ai donc toutes mes chances.

Deux points pour lui.

Néanmoins, je demeure silencieuse, le laissant poursuivre son plaidoyer.

— Enfin, tu as fermé les yeux par peur de t'abandonner. Et ça ne fait que quelques jours qu'on se côtoie, imagine quand ça fera des semaines ! Voilà pourquoi je pense que ce sera toi qui m'embrasseras la première. Et quand ce moment sera venu, je te comblerai tellement que tu te demanderas pourquoi tu n'as pas craqué avant.

J'ouvre la bouche, avant de la clore.

Échec et mat.

Chapitre 12

Aujourd'hui, comme hier, je ne prends mon service qu'en fin d'après-midi, car je suis encore de nuit. Que dira Milena lorsqu'elle apprendra ce qui s'est passé avec Gregor ? Je suppose que je ne tarderai pas à le découvrir, parce que, en plus de cancaner sur le dos de mon boss, je compte surtout la mettre en garde sur son comportement étrange. Je m'en voudrais terriblement s'il lui arrivait quelque chose que j'aurais pu éviter.

Caden a été d'excellente compagnie toute la matinée, et ce malgré ses efforts désespérés pour me faire craquer. Mais à ce jeu, je suis très douée et, bien que ses lèvres soient de plus en plus attirantes, je ne l'embrasserai pas. Non, non, non. Lui, en revanche, pourrait bien le faire. En tout cas, je fais tout pour. Car pendant que nous parcourons le vaste quartier de Wynwood à la recherche de mon local idéal, nous ne cessons nos chamailleries. Nos corps se frôlent sans cesse, nos doigts se cherchent et se trouvent parfois, s'entrelaçant une seconde tout au plus, avant de faire comme si de rien n'était. Caden me fixe plus que jamais de ses yeux perçants, passant de temps à autre la langue sur ses lèvres, tandis que je lève un sourcil, signifiant « ça ne marchera pas ». Car, comme l'a si bien relevé mon Viking, mon caractère suffit généralement à tenir les prétendants à l'écart. Et c'est pour cette même raison que je n'ai eu que très peu d'amoureux pendant ma courte existence. Parce qu'une fille trop indépendante qui n'a pas besoin d'un homme pour guider sa vie, ça leur fait peur. Caden a vu juste sur un point, il est sacrément têtu, mais je le suis davantage.

Après plusieurs heures à observer les vitrines, prendre des photos ou encore relever les coordonnées des gens à contacter, nous voilà arrivés devant les Wynwood Walls ; des murs sur lesquels plusieurs artistes sont venus exprimer leur talent, pour notre plus grand plaisir. Cette place est connue dans le monde entier, de quoi rendre les habitants de Miami fiers.

— J'adore cet endroit, murmure Caden dans le creux de mon oreille, ce qui me tire un frisson à chaque fois.

— Tu ne peux pas parler comme une personne normale ? dis-je en faisant un pas vers l'arrière, ce qui le fait sourire.

— Je pourrais, répond-il dans un rictus insolent en avançant de plus belle. Mais ce serait te faciliter la tâche et, autant que tu le saches, ça n'arrivera pas.

— Donc, tu comptes me postillonner constamment dessus ? T'es sympa, toi.

— C'est la première fois de ma vie que je vois un gremlin frémir juste quand je lui glisse quelques mots, souffle-t-il de nouveau, ses lèvres frôlant mon lobe, et je dois dire que je trouve ça terriblement excitant.

Tournant la tête afin de lui faire face, je me colle volontairement contre son torse, ma poitrine effleurant ses pectoraux. Je le sens se raidir, ce qui m'arrache un sourire victorieux. Puis, dans un mouvement infiniment lent et suave, j'entoure son cou de mes bras. Mes doigts viennent s'entortiller dans ses cheveux blonds et je rétorque d'une voix sensuelle :

— Attention, Sven. Si tu mouilles un gremlin, il se transformera en une multitude de petits monstres. Crois-moi, tu ne tiendrais pas deux minutes.

— J'ai déjà eu un aperçu de ce que ces créatures démoniaques sont capables de faire lors de notre première rencontre. Je me suis préparé psychologiquement à ce qu'ils refassent surface tôt ou tard.

— Lèche-moi l'oreille tant que tu le voudras, ça ne me fait ni chaud, ni froid.

À ces mots, Caden me susurre sensuellement :

— Menteuse.

Évidemment, mon corps (ce traître qui n'a rien compris au plan) se met à frémir de désir tandis que je me mords la lèvre inférieure. Lorsque mes yeux se posent sur la bouche de mon Viking, j'envisage sérieusement quelques secondes de l'embrasser, avant de m'écarter de lui. Ce défi de « qui va craquer le premier » est plus difficile que prévu, tout compte fait.

— Viens, je te montre ma fresque préférée, lâche Caden qui, Dieu merci, semble nous accorder une pause dûment méritée.

Parce qu'il a beau faire style qu'il est cool et détaché, dans le fond, je sais qu'il meurt d'envie de m'étreindre, lui aussi. En fait, plus nous nous résistons l'un à l'autre, plus le désir grandit en chacun de nous. J'en ai la certitude. Je le sens. Ce petit jeu du chat et de la souris est de loin la chose la plus excitante que j'aie jamais vécue. D'ailleurs, paradoxalement, c'est depuis qu'il m'a assuré que je n'étais pas à son goût – et apparemment à celui de personne – que j'ai commencé à baisser ma garde. Foutus Vikings, ils savent y faire !

Arrivés devant le graff dont il parlait, nous demeurons un instant immobiles, contemplant l'œuvre exposée. On y voit un homme enlacer un loup. Son poil se confond avec la chevelure de celui qui est agenouillé contre lui, comme s'ils fusionnaient. Incapable de retenir ma question, je m'enquiers sans lâcher la fresque des yeux :

— Elle te vient d'où, cette fascination pour les loups ?

Il hésite à répondre, continue de fixer le mur peint de bleu, de blanc et de noir, les mains dans les poches.

— De ma mère, finit-il par dire au bout de plusieurs longues secondes. C'était son animal préféré. Quand nous étions enfants, elle nous avait offert un husky, à Blake et à moi. C'était notre petit loup à nous. Bien sûr, c'était un chiot, et il n'avait rien d'un prédateur, mais à nos yeux il était parfait.

Je relève qu'il a utilisé le passé pour parler de sa mère, mais choisis de ne pas rebondir là-dessus. S'il ne souhaite pas aborder le sujet, ce n'est pas à moi de le faire. C'est pourquoi je me focalise sur ses prunelles époustouflantes, brillant de l'émotion que soulève ce souvenir.

— Tu as l'air de quelqu'un qui a eu une enfance heureuse, dis-je doucement.

— Très heureuse. Jusqu'à l'adolescence, notre vie était on ne peut plus parfaite.

— Que s'est-il passé ensuite ?

Il m'adresse un regard désolé et je pose une main réconfortante sur son épaule et, cette fois-ci, il ne s'agit pas d'un jeu de séduction, mais d'un réel geste de compassion et d'apaisement. Caden me remercie par un sourire discret, que je lui rends.

— Rien de bien passionnant, conclut-il, sous-entendant que la conversation s'arrête ici. Et toi, parle-moi de ton enfance ?

— *Idem*, rien à en dire, dis-je en évitant la question à mon tour.

Il lâche un petit rire nerveux et je l'imite ; nous sommes tous deux visiblement gênés par nos souvenirs respectifs, douloureux et encombrants. Je passe un très bon moment en compagnie de Caden, je n'ai pas envie de tout gâcher en ruminant mon vécu. Non pas qu'il ait été tragique, mais « heureux » n'est pas non plus le mot adéquat. Disons que j'ai mal commencé dans la vie, et j'espère bien qu'elle se terminera mieux, même si j'ai tout mon temps.

Nous continuons d'observer les œuvres qui recouvrent les Wynwood Walls lorsqu'une femme attire mon attention. Depuis tout à l'heure, nous ne cessons de tomber sur elle. Se pourrait-il qu'elle nous suive ? Mais pourquoi ferait-elle ça ? Avec ses cheveux roux éclatants, joliment ondulés, ses taches de rousseur sur le visage et ses yeux verts, elle a l'air de tout sauf d'une harceleuse. Mon regard croise le sien et aussitôt elle se détourne, comme prise en flagrant délit… mais de quoi, au juste ? Peut-être est-elle en admiration devant la carrure impressionnante de Caden ? Voilà qui me semble cohérent, en tout cas.

Je la vois qui tourne les talons, puis disparaît dans la foule. Mon Viking pivote dans sa direction, cherchant ce qui a pu attirer mon attention, avant de me considérer de nouveau. Comprenant sa question muette, je m'explique :

— Y avait une fille qui nous observait, mais elle est partie.

Caden ricane et j'arque un sourcil, les bras croisés sur ma poitrine.

— Quoi ? dis-je, légèrement vexée par sa réaction.

— Pas étonnant qu'elle se soit enfuie si elle a croisé ton doux regard. Elle a dû craindre pour sa vie.

— Très drôle, Caden.

Je soutiens son regard un court instant, avant de consulter mon téléphone. Je soupire mollement, fatiguée d'avance par ce qui m'attend au travail.

— Je vais devoir filer, je prends mon service bientôt. Tu m'appelles si tu as une réponse pour un des locaux ?

— Si tu me donnes ton numéro, avec plaisir.

— Tu n'en as pas besoin, tu as mon compte Instagram, c'est amplement suffisant pour le moment.

À l'air contrarié de mon Viking, je comprends que cette réponse ne le satisfait pas. Il plonge les mains dans ses poches, me toise fixement un court instant, puis reprend :

— Donc, tu refuses de m'expliquer ton projet, de me confier tes coordonnées, mais tu souhaites que l'on s'associe ?

— C'est ça, confirmé-je en ne lâchant pas son regard.

— Tu sais qu'il va me falloir une énorme contrepartie pour accepter de telles conditions ?

— Énorme comment ?

En voyant son sourire, je déchante. Que peut-il bien avoir en tête ?

— Il me semble que vous devez des excuses à mon frère, ton amie et toi. Nous pourrions passer la soirée tous les quatre, après votre service. Ce serait un bon moyen de vous racheter, toutes les deux.

Je repense à Blake et au cocktail qu'il a ingéré par notre faute, et mon ventre se tord de culpabilité. Le pauvre… Si seulement nous l'avions su plus tôt.

— Et si je refuse ?

— Pas de souci. Mais il te faudra simplement renoncer à notre collaboration, ainsi qu'à ton local commercial.

— Si tu fais ça, tu perds ton modèle pour le mondial du tatouage sur-le-champ, argumenté-je, bien que la conversation me paraisse mal engagée pour ma part.

— Je pourrai sans problème en choisir un autre. Toi, en revanche, tu parviendras très difficilement à tes fins sans mon aide.

— Tu mens, rétorqué-je en l'assassinant des yeux.

— Si tu avais la possibilité de trouver le local de tes rêves sans personne, tu m'aurais éjecté à la seconde où tu m'as rencontré. J'ai tort ?

Je me mords la lèvre inférieure, mes pensées fusant à mille à l'heure. Évidemment qu'il a raison. Et cet idiot en a parfaitement conscience. Pourquoi fallait-il qu'en plus d'une belle plastique Caden ait la tête bien remplie ? Sachant pertinemment qu'il a tout compris, il s'approche de moi et, de sa main, caresse doucement mes cheveux. Puis, il se penche vers mon oreille et y susurre sensuellement :

— Alors, à ce soir, petit mogwai. Il me tarde de te revoir.

Chapitre 13

Installée dans un coin à l'arrière du bar, j'ai prétexté fumer une cigarette pour isoler Milena et lui expliquer mon différend de la veille avec Gregor. Au fur et à mesure que je parle, son visage se décompose. Lentement, elle porte la main à sa bouche, outrée.

— Dire que je t'ai laissée toute seule avec lui, gémit-elle, les larmes aux yeux.

— Tu ne pouvais pas savoir. Je me suis retrouvée des tas de fois en tête à tête avec Gregor. Jusque-là, il n'avait jamais eu le moindre geste déplacé.

— Pourquoi il a fait ça ? dit-elle, refusant d'admettre la situation. Tu crois que c'est parce que tu lui plais ?

— Peut-être, marmonné-je, peu convaincue. Tout comme il est également possible qu'il cherche à se venger du monde entier. Comme si nous étions responsables de son divorce… Dans le doute, Milena, évite-le autant que tu le peux, d'accord ?

Je porte ma cigarette à mes lèvres et tire dessus, avant de souffler doucement la fumée. Derrière nous, tout le monde s'agite dans tous les sens et, après un regard lassé, je finis par écraser ma Marlboro dans le cendrier le plus proche. Puis nous rejoignons nos collègues, lesquels se pressent pour contenter les clients. Il faut dire qu'un bar situé en bord de plage, à South Beach, surtout en plein été, est l'endroit incontournable pour passer la soirée, et ça, les Miaméens l'ont bien compris. Les touristes également, d'ailleurs. Le Jip's ne désemplit jamais, à mon grand regret.

Heureusement, Gregor, comme à son habitude, s'est réfugié dans son bureau, aussi n'ai-je aucun risque de le croiser malencontreusement. Telle une ritournelle que nous connaissons par cœur, Milena se poste derrière le comptoir, tandis que je fais des allers-retours entre elle et la terrasse. Les cocktails sont plébiscités ce soir, surtout les mojitos qui ont particulièrement la cote. À tel point que la jolie Cubaine se voit contrainte d'appeler du renfort afin de pouvoir suivre la cadence. Mais tout le monde est franchement dépassé. Entre la plonge, le service en intérieur, l'encaissement des commandes… personne n'est disponible pour venir en aide à Milena qui peine à tenir le rythme.

Sur un immense plateau, je dispose une dizaine de verres, avant de repartir les distribuer. Lorsque j'arrive dehors, une femme attire mon attention. Grande, rousse, élancée, je reconnais sans mal celle que nous n'avons pas cessé de croiser un peu plus tôt dans la journée. Illico, je m'avance vers elle pour engager la discussion, mais elle ne m'en laisse pas l'occasion. Me coupant l'herbe sous le pied, elle s'empresse de commander un Coca, et je n'ai d'autre choix que de m'exécuter. Je distribue tous les cocktails qui remplissent mon plateau et fonce au bar pour récupérer le fameux soda pour cette mystérieuse inconnue. Volontairement – et bien que cela soit fortement déconseillé vu la fréquentation de ce soir –, je ne me saisis que de son verre pour avoir le temps d'échanger avec elle. Qui est-elle ? Et surtout, pourquoi ai-je l'impression qu'elle me suit ? Voilà la question qui m'obsède. Car, même si, lorsque nous étions aux Wynwood Walls, j'ai pensé à une coïncidence, maintenant que je la retrouve ici, je n'y crois plus. Il y a forcément quelque chose qui pousse cette femme à se trouver constamment face à moi, non ?

Je slalome le plus rapidement possible entre les tables avant de constater, effarée, qu'elle a déserté la sienne. Aussitôt, je jette des coups d'œil dans tous les sens, en vain. L'inconnue a disparu. Et je sais qu'elle n'est pas partie aux toilettes, car je l'aurais à coup sûr croisée sur le chemin. Là où elle était, je remarque qu'elle a laissé une note manuscrite et je m'en empare prestement :

Appelez-moi dès que possible. Et surtout, ne vous approchez pas des jumeaux. C.P.

Stupéfaite, je regarde fixement le message, auquel elle a fièrement ajouté son numéro de téléphone. C'est quoi ce délire au juste ? Et pourquoi devrais-je rester loin de Caden et de Blake ? Se pourrait-il qu'elle soit jalouse et qu'elle tente de m'intimider ? Mais je reviens rapidement à la réalité. Autour de moi, les clients attendent d'être servis, et je me remets au travail, froissant le papier dans la poche arrière de mon jean. Je m'occuperai de ça plus tard.

Décidément, rien ne va, ce soir. En effet, à peine suis-je de retour en salle que je me fige. Gregor a quitté son bureau pour venir aider Milena à préparer les cocktails, chose qu'il n'a jamais faite auparavant. Je perçois les yeux paniqués de mon amie et mon sang ne fait qu'un tour. Sans réfléchir plus longtemps, j'avance jusqu'à elle et m'enquiers d'une voix qui ne laisse aucune place à la discussion :

— Tu peux me remplacer dehors ?

Elle me jette un regard désemparé, hésite un court instant, avant de s'exécuter sans un mot. Je connais Milena, je sais qu'elle n'aime pas cette situation et qu'elle préférerait m'aider. Mais j'ai aussi conscience que, en cas de problème, je saurai me défendre, elle non. Elle est trop douce pour ça, trop gentille, et j'ai bien trop peur qu'elle ne se laisse avoir.

Gregor me sourit, comme s'il pensait que j'ai fait ça sciemment pour passer du temps avec lui. *Pauvre idiot !* Je prends place à ses côtés et m'active à préparer les cocktails, tout en tâchant de rester à bonne distance. Malheureusement, le bar est relativement étroit et nous nous croisons souvent, pour attraper la menthe ou encore la glace pilée. Au bout d'une dizaine de minutes, il finit par prendre la parole :

— Tu as l'air tendue, Ava. Tout va bien ?

Tout en disant cela, il s'est rapproché de moi et pose la main sur mon épaule. Je me dégage vivement, écœurée par notre proximité, tout en reculant afin de conserver un minimum d'écart entre nous. Je lui lance un regard meurtrier qui ne lui fait ni chaud, ni froid.

— Ça va, monsieur McClane, merci, rétorqué-je sèchement.

— Dans ce cas, fais-moi un joli sourire, c'est comme ça que je te préfère.

Mon cœur bat à tout rompre, mes mains sont moites et mes jambes semblent sur le point de vaciller, tant je suis abasourdie par la situation. Tout mon corps est en alerte, prêt à prendre la fuite à la première tentative déplacée. Je suis à ce point sur le qui-vive que mes poings se crispent inconsciemment, parés à riposter si besoin. Que se passe-t-il ? Comment Gregor, qui est pourtant un homme intelligent, a-t-il pu penser un seul instant que je serais réceptive à ces piètres tentatives ?

Comme pour répondre à sa remarque intrusive, mon visage se tend, tandis que je serre les dents, essayant tant bien que mal de me maîtriser pour ne pas me faire virer sur-le-champ. Je ne suis pas naïve au point de croire qu'il me pardonnerait une humiliation publique. Si je l'ouvre, si je lui dis réellement ce que j'ai sur le cœur, ici et maintenant, devant tous ces clients, plus personne ne voudra jamais plus m'embaucher. Gregor a trop d'influence pour que je me risque à le contrarier. C'est ce qui rend la situation si complexe. Sans quoi, je l'aurais remis à sa place depuis belle lurette.

Tandis que je cherche une échappatoire, une ombre massive fait irruption dans le bar et je me détends presque immédiatement. Sans réfléchir plus longtemps, je m'empresse de contourner le comptoir pour me jeter sur mon Viking – en priant pour que ça ne soit pas son frère, mais pas le temps de vérifier.

— Mon amour ! m'exclamé-je bien fort, tandis que je me love contre lui de manière exagérée.

Si Caden se crispe en s'entendant appeler de la sorte, il a l'intelligence de faire comme si de rien n'était, comme si cette situation était tout à fait banale et habituelle. Au bras protecteur qu'il enroule autour de moi, j'en conclus qu'il a compris qu'il se tramait quelque chose. Aussitôt, son parfum rassurant m'enveloppe, tandis que mon rythme cardiaque retrouve un semblant de normalité. Caden dépose un rapide baiser sur mes cheveux blond polaire, avant de toiser Gregor d'un air mauvais.

— On s'est installés dehors, m'informe-t-il, je compte bien te kidnapper dès la fin de ton service.

Il a parlé distinctement, probablement pour être entendu par mon patron. Savoir que Caden est là et qu'il m'attend me soulage instantanément. Vu sa carrure imposante, Gregor ne devrait pas chercher les problèmes, pas ce soir, du moins.

— Super, dis-je avec enthousiasme.

— Ava, je ne te paie pas à roucouler, peste alors mon chef, qui n'a rien loupé de notre improvisation.

À ces mots, Caden me lâche et, à contrecœur, je retourne derrière le comptoir. Je me remets à préparer les cocktails lorsque mon Viking s'approche de Gregor. Je lève de grands yeux écarquillés vers lui, tandis qu'il tend sa main vers mon patron. Ce dernier la serre et, à la grimace qui déforme son visage, j'en conclus que Caden la broie plus qu'autre chose.

Bien joué !

— Enchanté, monsieur. Je suis le petit ami d'Ava.

J'ai beau savoir que tout est faux, qu'il dit ça uniquement pour lui faire comprendre que je ne suis pas libre, au mot « petit ami », mon cœur s'emballe et mes lèvres s'assèchent. Je pose les yeux sur Caden pendant que lui continue de toiser durement Gregor. Ouah. Il est carrément sexy quand il joue les protecteurs. Je ne cesse de le détailler de haut en bas et m'arrête un moment sur son bras tatoué, sur lequel trône fièrement le loup. Plus le temps passe, plus je le trouve irrésistiblement attirant. Mais une pensée, ou plutôt une phrase, s'immisce en moi, semant la zizanie dans mon cœur.

Surtout, ne vous approchez pas des jumeaux.

Chapitre 14

À croire que l'intimidation de Caden a fonctionné, car Gregor a regagné son bureau peu de temps après leur échange, non sans avoir aboyé sur tout le monde – et en particulier sur moi. Mais honnêtement, je préfère me faire hurler dessus que de m'entendre dire que je suis jolie, que je dois sourire, ou je ne sais quelle autre absurdité qui a pu franchir ses lèvres ces derniers jours.

Le service enfin terminé, Gregor ne prend même pas la peine de venir nous saluer, et c'est tant mieux. Avec Milena, nous quittons le bar soulagées. Dehors, il fait nuit noire, et seuls quelques groupes de personnes dispersés sur la plage l'éclairent çà et là, avec des lanternes ou avec leurs téléphones.

Comme convenu, Blake et Caden nous attendent, et ce n'est que lorsque je les repère que je réalise que je n'ai toujours rien expliqué à Milena. Je me tourne vers elle, cherchant mes mots, mais elle me devance.

— Je sais ce que tu vas me dire, *cariña*, déclare-t-elle, amusée.

— Vraiment ?

— Ils passent difficilement inaperçus, figure-toi. Je les ai reconnus dès que j'ai posé un pied dehors. À ton avis, pourquoi il est venu à ta rescousse, ton prince charmant ?

J'ignore ce qui me fait perdre ma voix, que Milena ait tout raconté à Caden ou qu'elle l'appelle « mon prince charmant » ? Je la fixe, abasourdie, si bien qu'elle explose de rire en voyant ma mine déconfite.

— Tu lui as dit ? lâché-je un peu trop sèchement, ce qui met fin à son euphorie.

— Il ne fallait pas ? fait-elle, paniquée.

Elle m'observe tristement, et je me culpabilise aussitôt. Je ne sais pas pourquoi ça m'embête que Caden soit au courant pour Gregor. Sûrement parce que je préférerais gérer cette histoire toute seule, comme à mon habitude. Je refuse qu'un homme vole à mon secours. Même si, je le reconnais, j'ai fortement apprécié son intervention tout à l'heure.

Tu es pleine de contradictions, ma vieille, me souffle alors ma conscience, *et Milena n'a pas besoin de subir ta mauvaise humeur.*

— Ça ne fait rien, dis-je en essayant d'adopter un ton plus doux.

Mais Milena ne l'entend pas de cette oreille. Je le vois à son air contrit. Elle croise les bras sur sa poitrine, peinée, et sa culpabilité hautement visible me tord le ventre.

Quelle idiote tu fais, Ava. Elle a fait ça pour t'aider, et c'est comme ça que tu la remercies ?

— Tu sais quoi ? demandé-je sur un ton plus léger en la serrant contre moi. Je propose qu'on laisse Gregor aux oubliettes pour le moment et qu'on passe la soirée avec ces charmants messieurs. D'autant que Blake, le frère de Caden, semble avoir craqué sur toi.

Diversion réussie ! Aussitôt dit, la voilà qui rougit tandis qu'elle m'observe, désemparée.

— Quoi ? glapit-elle.

— Détends-toi, dis-je alors que nous arrivons à leur hauteur, je ne te lâcherai pas d'une semelle… à moins que tu ne le veuilles, bien sûr.

Mais à peine ai-je prononcé ces mots que les yeux de Milena se nouent à ceux de Blake, et c'est comme si plus rien n'existait autour d'eux. Ce qui est on ne peut plus gênant, car je me sens immédiatement de trop, Caden aussi, de toute évidence. Nous nous fixons comme deux idiots, n'osant bouger, de peur de déranger les tourtereaux qui semblent nous avoir totalement occultés à la seconde où leurs regards se sont croisés.

— Je suis désolée pour le cocktail, fait Milena d'une toute petite voix.

— Excuses acceptées, répond Blake du tac au tac. Du coup, étant donné que j'ai tenté de relever un défi qui ne m'était pas destiné, est-ce que j'ai gagné le droit d'avoir ton numéro ?

La jolie Cubaine rit doucement, amusée et émoustillée à la fois.

— Bien sûr.

Caden, qui s'est rapproché de moi, me susurre à l'oreille :

— C'est gênant, non ?

Cette proximité me fait, malgré moi, frémir tout entière, et son souffle chaud, qui caresse ma peau, répand une onde de plaisir dans chacun de mes membres. Bien décidée à ne rien laisser paraître, je prends sur moi pour lui répondre, m'assurant de ne pas être entendue des deux autres :

— Très.

Comme s'il avait choisi de m'achever, mon Viking entrelace ses doigts aux miens et, après avoir délicatement repoussé mes cheveux vers l'arrière, murmure :

— Que s'est-il passé, ce soir ? Quand je suis entré dans ce bar, j'ai vu un pauvre petit mogwai sans défense et terrifié.

Comme d'habitude, j'essaie d'avoir l'air détachée, prétendant que je suis totalement indifférente à sa présence, alors qu'en vérité j'ai l'impression que ma main est devenue incandescente tant sa peau chatouille délicieusement la mienne, donnant vie à mille papillons qui dansent au creux de mon ventre.

— Je maîtrisais parfaitement la situation, répliqué-je avec la plus grande mauvaise foi du monde.

Caden rit doucement, amusé par mon mensonge. Il n'est pas dupe et il sait que je le sais. Tandis que, à quelques mètres de nous, Blake et Milena continuent de roucouler comme si plus rien n'avait d'importance, il ajoute sensuellement :

— Embrasse-moi, Ava.

Il est si proche, et ses lèvres sont si appétissantes, que je considère réellement cette option un court instant. La tentation est grande, surtout après l'avoir vu martyriser la main de Gregor et après qu'il m'a qualifiée de « petite amie ». Ma volonté est sur le point de vaciller, lorsque je me remémore que c'est exactement ce qu'il cherche. Pour lui comme pour moi, tout cela n'est qu'un jeu. Et je suis ce qu'on appelle communément une mauvaise perdante. Si séduisant et si sexy soit-il, je ne céderai pas. Même si mon corps tout entier me hurle de le faire, pour tout un tas de raisons plus sympathiques les unes que les autres.

Prenant une grande inspiration, je réduis quasiment à néant la distance entre ses lèvres et les miennes et, alors qu'il sourit de satisfaction, se délectant de sa victoire imminente, je m'arrête à quelques centimètres avant de répliquer :

— Dans tes rêves, Sven.

— Mon cœur a failli lâcher, Ava.

— Quelle tristesse, dis-je en roucoulant.

— Si je tombe dans les pommes, tu me feras du bouche-à-bouche ?

— Non, rétorqué-je d'un air triomphant. J'appellerai les secours en espérant qu'ils arrivent à temps pour te sauver la vie. Dans le cas contraire, je me dirais que c'est franchement dommage, mais que tu aurais pu éviter cette situation.

— Vraiment ? s'enquiert mon Viking en collant son buste au mien. Et comment, je te prie ?

— Embrasse-moi, répliqué-je vivement sur un ton beaucoup trop suppliant à mon goût.

Ses yeux brillent d'excitation tandis qu'il déglutit péniblement. Il joue avec ses lèvres, les pince, avant de reporter son regard sur les miennes. Finalement, et au sourire espiègle que j'aperçois, je comprends que la partie est loin d'être gagnée.

— J'aime beaucoup ce qui se passe, Ava, et sache que je regrette vraiment en cet instant d'être si mauvais perdant.

Puis il murmure à mon oreille :

— Ça veut dire non.

Chapitre 15

Éclairés par les lumières de la ville, nous déambulons sur la plage tout en prenant soin de laisser une distance correcte entre nous et Milena et Blake, qui roucoulent comme des amoureux. Ils sont si mignons tous les deux. On dirait qu'ils se connaissent depuis des années. Ils se cherchent du regard, rougissent, détournent les yeux, avant d'exploser de rire, gênés. Eh bien, qui aurait pu imaginer qu'un Viking puisse être si réservé dès lors qu'il se trouve en belle compagnie ? En tout cas, pas moi. C'est fou comme les jumeaux sont différents à ce niveau-là. Caden est du genre à rouler des mécaniques et à se faire désirer, tandis que Blake bafouille régulièrement, hésite, s'empourpre… Qu'est-ce que je disais ? Le prince charmant qu'on voit dans les dessins animés.

Caden, qui ne loupe rien de la performance de son frère, est peut-être le seul à ne pas s'étonner de leur incroyable harmonie.

— Pourquoi on n'est pas comme ça, nous ? lance-t-il à la volée, plus pour lui-même que pour moi, visiblement.

Néanmoins, que cette phrase me soit destinée ou non, je décide d'y répondre :

— J'en sais rien, peut-être parce que nous sommes tous les deux têtus. Il ne tient qu'à toi de m'embrasser, hein…

Un sourire rusé se dessine sur sa bouche tandis qu'il tourne légèrement la tête dans ma direction, avant de répliquer sur un ton espiègle :

— J'crois pas, non. Je préfère attendre que tu craques. Ce qui arrivera, je le sais.

— Ah, vraiment ? Et pourquoi ça, je te prie ? dis-je en feignant d'être vexée, alors que je dois mordre ma lèvre inférieure pour ne pas exploser de rire.

Mais au lieu de me livrer une explication, Caden choisit de contourner la question.

— Tu veux que je te dise pourquoi on ne sera jamais comme eux ?

— Essaie toujours.

— Pour la simple et bonne raison que, si je t'avais draguée ouvertement comme Blake le fait avec ta copine, tu m'aurais renvoyé sur orbite dans la seconde. Tu fonctionnes de manière contradictoire. Tu désires ce que tu ne peux pas avoir, je me trompe ? Et en ce qui me concerne, tu pourras t'y évertuer de toutes tes forces, tu ne m'auras jamais.

Et le voilà qui se met à siffloter, comme si nous parlions de la pluie et du beau temps, alors qu'il vient littéralement de lâcher une gigantesque bombe. Je suis à ce point estomaquée par son culot et son ego surdimensionné que j'arrête de marcher un instant, la bouche ouverte en un O parfait, le cœur battant à vive allure.

— Pardon ? répliqué-je si fort que même Milena et Blake se retournent. Non, mais, tu te prends pour qui, au juste ? Tu joues les coqs prétentieux et intouchables, mais qui drague l'autre depuis le début ? Et qui m'a dit que j'étais extrêmement désirable dans son pull et qui était dans tous ses états ?

Plusieurs personnes nous observent, stupéfaites, d'autres ricanent bêtement, mais je m'en contrefiche. Haletante, car j'ai parlé (« hurlé » serait plus exact) sans respirer, je le toise méchamment, le mettant au défi de répondre. Ce qu'il fait, le bougre !

— C'est vrai. Mais j'ai aussi ajouté que tes fesses étaient trop plates et que tes lèvres et tes seins n'étaient nullement attirants.

Il prononce ces mots avec un tel détachement que, n'y tenant plus, et bien décidée à lui rabattre son caquet, je le pousse de toutes mes forces afin de le jeter à la mer. Caden rit à s'en décrocher la mâchoire, moi non, et pour finir, il me fait un croche-pied qui a raison de mon équilibre et de mes vêtements secs. Une chance que j'ai pensé à transférer le mot de l'inconnue dans mon sac à bandoulière avant de quitter le Jip's. Le contact avec l'eau glacée me fait hurler tandis que mon Viking continue à se moquer ouvertement de mon sort. Puis il s'assied à mes côtés, trempant au passage son short, et notre proximité me réchauffe instantanément.

Avec une lenteur exquise, il avance dangereusement ses lèvres vers les miennes, tandis que, ne voulant pas le laisser s'approcher de moi, je recule la tête. Sauf qu'il semble très peu chamboulé par mon rejet et accentue son mouvement dans ma direction. Au bout du compte, je me retrouve allongée contre le sable mouillé et les cheveux dans l'eau. Caden, prenant appui sur ses avant-bras, couvre mon corps du sien, comme s'il était en train de s'entraîner au gainage. Nous sommes si proches que je peux sentir chaque parcelle de sa peau sur la mienne, et j'ai l'impression que mon cœur est sur le point de lâcher tant il tambourine dans ma poitrine. À quoi joue-t-il ? Alors qu'il vient de me répéter, publiquement de surcroît, que je ne lui plaisais pas du tout ?

— Est-ce que tu commences à comprendre ce que je voulais te dire concernant ton caractère ? susurre-t-il à mon oreille, faisant naître un frisson brûlant dans tout mon corps.

Je fais non de la tête, car parler est trop risqué. Ouvrir la bouche, alors qu'elle est quasiment collée à la sienne, est dangereux. Caden se mord la lèvre, tandis que mon cœur bat à tout rompre. Finalement, c'est une bonne chose que l'eau soit si froide dès lors que le soleil se couche, ça limite mon embrasement.

— Je sais ce que tu veux, poursuit-il sur un ton toujours aussi provocant, tu aimerais découvrir ce que je pense réellement de toi, et de ton corps. Embrasse-moi, Ava. C'est le seul moyen d'avoir ta réponse. Je te promets qu'à la seconde où tes lèvres toucheront les miennes tu seras fixée.

Bien que mon mental soit mis à rude épreuve, mon contrôle est total. Caden est beau à mourir, surtout maintenant que son T-shirt gris est trempé et qu'il dévoile ses abdominaux proéminents qui continuent d'effleurer ma poitrine, gonflée de désir. Je déglutis péniblement, agacée qu'il ait toujours l'avantage. Sauf qu'une idée germe dans mon esprit, m'arrachant un sourire victorieux. Puisqu'il se croit si fort, je ne vais pas le louper. Plongeant mes doigts dans le sable mouillé pour m'assurer que je ne cède pas à cette divine tentation, je rétorque :

— Tu as raison, au moins je serais fixée. Mais tu as omis un léger détail ; tu ne me plais pas du tout.

Vaincu avec ses propres armes.

Au regard écarquillé de Caden, j'en conclus que j'ai touché là où ça fait le plus mal, et je m'en réjouis. Afin d'enfoncer le couteau un peu plus loin, j'enchaîne :

— Je t'aide pour le mondial, et toi tu m'aides à mettre sur pied mon projet. Tu comprends, entre nous, ça ne sera jamais que professionnel.

Je profite de sa surprise pour le repousser, et il se laisse tomber dans l'eau sans offrir la moindre résistance. Débarrassée de son poids, je me redresse vivement, sous l'œil ébahi de Milena et de Blake. Je dois faire peine à voir avec mes vêtements trempés et mes cheveux dégoulinants recouverts de sable mais qu'importe, j'essaie autant que faire se peut de paraître détendue. Enfin, ça, c'était compter sans le fait qu'un colosse m'attraperait par les cuisses pour me balancer sur son épaule comme si je n'étais qu'un vulgaire sac de pommes de terre.

— Allez, viens, associée, je te ramène à la maison !

— Caden, pose-moi par terre ! hurlé-je pour la forme.

— *Nope*, se contente-t-il de répondre en ignorant superbement tous les regards qui ont convergé sur nous.

— Sven, tu m'épuises. Lâche-moi !

— À la bonne heure, on est deux dans ce cas.

Chapitre 16

Je le déteste. Du moins j'essaie, de tout mon cœur. Mais plus je tente de le haïr, plus je succombe. C'est la première fois qu'un homme me résiste, et je dois admettre que c'est terriblement excitant. Et dire qu'il m'a si bien cernée, la ténacité dont il fait preuve est bluffante. Caden m'a ramenée jusque chez lui, et j'avoue que je n'ai même pas cherché à protester, enfin si, mais pour la forme, pas par conviction. En réalité, son appartement est grand et confortable, bien plus que mon bungalow. Et impossible de me mentir à moi-même, malgré le message étrange et mystérieux de la jeune femme de tout à l'heure me disant de le fuir, j'aime profiter de sa compagnie.

Lorsque je sors à mon tour de la douche (car, ici pas de galanterie, monsieur est passé en premier), je renfile son pull cotonneux du matin avant de partir le rejoindre dans le salon. Milena et Blake se sont visiblement éclipsés puisqu'il est seul. Il joue avec des cartes, ce qui m'amuse. Alors comme ça, il veut plus de révélations ? Souhaitant me faire désirer, j'attrape dans mon sac une Marlboro et la coince entre mes lèvres, puis réalise que je n'ai plus de quoi l'allumer.

— Tu aurais un briquet ? demandé-je à mon Viking.

— Qu'as-tu fait de celui que je t'ai donné l'autre jour ?

— Je l'ai perdu, dis-je, l'air de rien.

— Tu l'as perdu ou tu l'as jeté quand tu croyais que je n'étais qu'un sale con qui jouait sur plusieurs tableaux à la fois ?

Incapable de me retenir, j'explose de rire. Il est sacrément fort ! Suis-je si facile à cerner, tout compte fait ?

— C'est bien ce que je pensais, se contente-t-il de répondre en se levant.

Il farfouille dans un placard et, après quelques minutes de recherches intensives, il se retourne pour m'en lancer un à travers la pièce. Je le réceptionne gracieusement, ce qui m'étonne. D'ordinaire, je ne suis pas très agile. Puis j'ouvre la fenêtre afin que son appartement ne sente pas le tabac, détail qu'il semble apprécier puisqu'il hoche la tête discrètement en guise de remerciement.

— Pour ta gouverne, une femme, c'est déjà bien assez compliqué à contenter comme ça pour vouloir en fréquenter deux. Et quand la femme en question est ascendant gremlin, je ne t'en parle même pas ! Là, c'est carrément un emploi à temps plein.

Il ponctue sa moquerie d'un clin d'œil, lequel me touche droit au cœur, à croire que Cupidon vient de décocher une flèche. Car il a beau jouer la carte de l'humour, je n'en demeure pas moins très réceptive à ses propos. Caden est vraiment un homme bien, du moins du peu que je sache. Mais alors, qui est cette femme et que cherchait-elle ? Peut-être une ex hystérique et jalouse, je ne vois que ça. Sinon, pour quelle autre raison aurait-elle agi de la sorte ? Je pourrais demander à Caden, mais je ne veux pas prendre le risque de l'énerver avec des histoires qui ne sont probablement plus d'actualité. Je passe un bon moment en sa compagnie, je n'ai pas envie de tout gâcher. Je préfère gérer ça moi-même, dès que j'aurai un instant.

— Tu joues ? s'enquiert-il en me tendant un paquet de cartes.

J'opine du chef et l'attrape silencieusement. Ma cigarette coincée entre mes lèvres, je suis concentrée. Quelles questions vais-je bien pouvoir lui poser ? Il y en a tant sans réponses. Et plus je passe du temps avec lui, plus elles s'accumulent. Pourquoi le mondial lui tient-il tellement à cœur ? Pourquoi m'avoir choisie, moi, parmi toutes les filles de Miami et des alentours ? Pourquoi suis-je poursuivie par une hystérique ? Et, bien sûr, celle qui me brûle le plus les lèvres : pense-t-il sincèrement que mes fesses sont plates ? Est-ce que je lui plais ou ne suis-je qu'un divertissement ? J'ai l'impression qu'il me faudra mille ans pour savoir tout ça.

Sans attendre que je réagisse, Caden pioche une carte et la pose sur la table basse, installée devant le canapé en cuir rouge sur lequel il s'est installé.

— As de carreau, s'exclame-t-il en plantant ses yeux bleu-gris dans les miens.

Je l'imite pour la forme, espérant égaliser, même si j'ai très peu de chances d'y parvenir. Et, en effet, mon trois de cœur me le confirme. Je fais la moue, gérant ma frustration en tirant de toutes mes forces sur ma Marlboro. Caden, qui prend le temps de savourer sa victoire, laisse passer plusieurs secondes avant de s'enquérir :

— Pourquoi vis-tu dans ce bungalow ? Toute seule ?

— Ça, ça fait deux questions, dis-je en soufflant ma fumée par la fenêtre. Laquelle choisis-tu ?

— Pourquoi vis-tu dans ce bungalow ? répète-t-il avec un ton sérieux que je ne lui connais pas.

À son air grave, je comprends qu'il imagine déjà le pire, c'est pourquoi, plutôt que de faire durer le suspense, je préfère abréger ses souffrances.

— Pour mettre un maximum d'argent de côté afin de mener à bien mon projet.

— Mais pourquoi un camping ? insiste-t-il.

— Parce qu'on ne peut pas réussir sans quelques sacrifices, et j'y paie très peu de loyer comparé à ce que me coûterait un appartement dans Miami. Certes, le confort est rudimentaire, mais grâce à ça j'arrive à épargner plus de la moitié de mon salaire chaque mois. Je ne fais aucune sortie, aucune dépense inutile.

À ces mots, mes yeux se posent sur ma cigarette, et je souffle en m'autorisant une pensée pour ma grand-mère.

— Enfin, à part ça, quoi.

— Tu sais, si tu le voulais, tu pourrais emménager ici, enchaîne-t-il le plus sérieusement du monde.

— C'est gentil, mais je n'ai pas besoin qu'on me fasse la charité, répliqué-je du tac au tac.

Visiblement, mon Viking a préparé sa réponse, puisqu'il reprend aussitôt :

— Si tu crois que je dis ça à toutes les filles que je connais, tu te trompes. C'est une vraie proposition, tout ce qu'il y a de plus réfléchi.

— Merci, dis-je en continuant de savourer ma cigarette, mais c'est toujours non.

Avant qu'il enchaîne avec une tonne d'arguments qui pourraient, éventuellement, me faire changer d'avis, je pioche une carte au hasard et balance sans ménagement mon huit de trèfle sur la table basse. Caden, sans un mot, pose un six de pique, puis frappe violemment sa cuisse (chose qu'il regrette, visiblement, vu comment il se masse ensuite pour estomper la douleur).

Nul besoin de réfléchir, je connais ma prochaine question.

— Pourquoi veux-tu autant gagner le mondial du tatouage ?

— C'est une grande distinction pour un tatoueur et un réel honneur. Qui ne rêverait pas de ça ?

Il essaie de se la jouer détaché et détendu, mais une légère crispation au niveau de sa mâchoire ainsi que ses poings qui se ferment n'échappent pas à ma vigilance. Tiens, c'est nouveau, ça. Y a-t-il quelque chose qu'il ne me dit pas ? Je songe un instant à le titiller jusqu'à ce qu'il me révèle le fond de sa pensée (si tant est que j'aie vu juste, bien sûr), puis je me rappelle que j'ai moi-même volontairement passé sous silence le pourquoi du comment j'ai accepté son deal, refusant d'évoquer à quel point mon patron m'a fait paniquer.

On a tous notre jardin secret, et tant que cela ne m'impacte pas directement il n'y a aucun inconvénient à ce qu'il conserve une part de mystère (même si ma curiosité, ce vilain défaut, me somme de trouver la réponse à mes questions à tout prix).

— Tu as raison, approuvé-je, mais tu as l'air si… déterminé. J'étais persuadée qu'il y avait autre chose. Je veux dire, tu es allé jusqu'à me proposer une contrepartie financière pour que je participe, non pas que l'honneur n'ait pas de prix, mais…

Caden lève les yeux vers moi, si bien que j'ai l'impression qu'ils cherchent à me conter mille choses. Quels secrets peuvent bien dissimuler ses prunelles bleu-gris, si audacieuses et pétillantes ? C'est ce que je m'apprête à lui demander lorsqu'il se lève, avant d'aller à ma rencontre, réduisant presque à néant l'espace entre nous.

Comme trop souvent depuis que nous avons fait connaissance, sa bouche frôle la mienne et, alors que je me dis qu'on ne m'y reprendra plus à espérer un baiser qui ne viendra pas, je réalise qu'inconsciemment j'ai arrêté de respirer un bref instant, tous mes sens en alerte, focalisée sur cet incroyable Viking qui me rend folle.

J'humecte mes lèvres, réaction logique à sa proximité, qui me trouble et les assèche, avant de soutenir son regard pesant, lequel me scrute fixement, sans qu'il cligne jamais des yeux. Il y a des moments, comme pendant que nous parlons par exemple, où j'oublie que j'ai affaire à un Viking des plus sexy, devenu l'objet de mes fantasmes.

— Et si je te disais, reprend-il en susurrant sensuellement chaque mot, ce qui augmente considérablement ma chaleur corporelle, que le mondial n'était qu'un prétexte pour me rapprocher de toi et passer du temps en ta compagnie ?

J'ai l'impression qu'il s'amuse à rendre chaque syllabe aguichante, et ce qui d'ordinaire m'aurait fait lever les yeux au ciel m'émoustille plus que je ne veux bien l'admettre. Quand il agit de la sorte, il a beau être très cliché, je ne peux nier, ça fonctionne ! Plutôt deux fois qu'une. Et je me maudis intérieurement d'être aussi faible. Pourquoi les Vikings ont-ils toujours autant la classe, en toutes circonstances ? Pourquoi est-il si parfaitement adorable, m'incitant à renoncer à tous mes principes, les uns après les autres ?

— Je te répondrais que je n'en crois pas un mot, dis-je en faisant un effort surhumain pour ne pas regarder ses lèvres ni me laisser troubler par la proximité des siennes, mais que tu baratines à merveille.

Un rictus fier apparaît sur son beau visage, qu'il ponctue d'un :

— Ah ouais ? Suis-moi, si tu l'oses. Je vais te montrer si je mens.

Et sans ajouter quoi que ce soit, il m'abandonne avant de se diriger vers sa chambre, tandis que je demeure immobile un instant, la poitrine palpitante tant sa présence me perturbe. J'ignore ce que Caden a en tête, mais il semblerait que la partie de cartes soit terminée. Je m'interroge sur son but profond, même si au fond je pense (j'espère) connaître la réponse.

On dit que la curiosité est un vilain défaut ? Pourtant, je rêve d'y succomber.

Chapitre 17

Après plusieurs minutes à tenter de recouvrer mes esprits et reprendre le contrôle, je suis Caden jusque dans sa chambre à coucher. J'ignore ce à quoi je m'attendais, mais manifestement pas à le trouver en train de se déshabiller. Visiblement, ma présence ne semble nullement l'intimider, puisqu'il continue lentement, mais sûrement, son effeuillage, ôtant chaque vêtement l'un après l'autre.

Dis donc, sympa, cette contre-soirée, glapit ma conscience, trop heureuse du spectacle qui se déroule sous nos yeux. Je fais mine de tousser, pour la forme, et mon Nordique plante son regard dans le mien sans un mot. Il est à présent torse nu, si bien que je peux reluquer sans peine ses tatouages, et je ne me gêne pas pour le faire, cela va de soi.

— Un problème, Ava ?

— Aucun. J'adore les défis, dis-je en faisant référence à son invitation à le suivre.

Un petit rictus apparaît sur ses lèvres tandis qu'il ôte son short, révélant son boxer.

De mieux en mieux. C'est moi ou il commence à faire chaud dans cette pièce ?

— C'est bon, la vue te plaît ? fait-il en se redressant fièrement, gonflant ses pectoraux au passage.

— Fais pas celui qui contracte ses abdos pour impressionner la galerie, tu n'en as pas un seul !

— Bien sûr, raille-t-il, preuve qu'il n'en croit pas un mot.

— Qui aurait envie de te contempler ? dis-je en le désignant de haut en bas. Tu n'as rien pour toi, Sven. Ou alors, vraiment pas grand-chose. Le strict minimum passable, tout au plus.

— Venant d'une nana aux fesses plates, sache que ça ne me fait ni chaud ni froid.

J'écarquille les yeux tandis que Caden explose de rire, amusé par sa propre boutade. Ça y est, je me remémore pourquoi je ne l'aime pas. L'avantage non négligeable qu'a mon Viking, c'est qu'il balance des piqûres de rappel assez régulièrement. Impossible de prendre la grosse tête en sa présence. L'espace d'une seconde, j'envie Milena et la façon dont Blake la couve du regard, alors qu'ils ne se connaissent que depuis quelques heures. Même si Caden a vu juste sur toute la ligne : s'il avait agi de la sorte, je l'aurais envoyé paître comme tous les autres avant lui.

Mes prunelles s'attardent un instant sur sa silhouette alléchante, avant de revenir sur son visage. Ses traits carrés et ses épaules de rugbyman lui confèrent une allure de colosse, hautement appréciable pour ma part. Mais ce que j'aime le plus chez lui, ce sont ses cheveux blonds tirés vers l'arrière et réunis en queue-de-cheval, ainsi que son crâne rasé sur les côtés. Ça, c'est vraiment sexy et relativement inhabituel. Si Caden ne rentre pas dans la catégorie des hommes virils, alors personne ne mérite d'y figurer.

Sans même attendre de réponse de ma part, le voilà qui se glisse dans son lit avant de tapoter l'oreiller qui se trouve à côté de lui.

— Tu viens ?

Je souris, fière de moi. C'est le moment de mettre à exécution mon plan diabolique et audacieux. En ce qui me concerne, je suis bien déterminée à le faire craquer ici et maintenant. Caden va m'embrasser, qu'il le veuille ou non, et ce pas plus tard que ce soir. Fini les petits jeux, je suis décidée à gagner cette guerre.

— J'arrive.

À ces mots, je me campe au pied du lit et, avec une lenteur exquise, j'entortille mes doigts autour des pans de son pull trop long pour moi. Je le relève doucement, sous le regard stupéfait de Caden qui n'en croit pas ses yeux.

— Ava, qu'est-ce que… qu'est-ce que tu fais ?

Monsieur fait beaucoup moins le malin, désormais, tandis que je lâche négligemment son chandail géant à mes pieds, la mine innocente. Je le scrute d'un air victorieux, pendant qu'il déglutit péniblement. Il donne l'impression d'être au bord d'un précipice, tant son expression est figée et tous ses sens, en alerte.

— J'aime bien dormir nue, dis-je, l'air de rien. Ça ne te dérange pas, j'espère ?

En disant cela, je fais tomber une à une les bretelles de mon soutien-gorge sur mes bras, ce dernier ne tenant plus que par la fermeture arrière. Mon Viking serre les draps si fort entre ses poings que je me demande si la literie va survivre à ce traitement, mais pour le moment, oui, elle résiste tant bien que mal.

— Ça ne me semble pas être une bonne idée, maugrée-t-il, tendu.

— Tu n'as rien à craindre, lui rappelé-je, puisque ni mes seins ni mes lèvres ne sont attirants, et que mes fesses trop plates te rebutent. Tu vois ? Tu peux dormir sur tes deux oreilles.

Il cesse de respirer un instant, les pupilles rivées sur moi, et quand mon soutien-gorge atterrit au sol, à côté de son pull, il ne peut s'empêcher de détourner les yeux, soudainement pris d'une timidité beaucoup trop mignonne. Je l'entends marmonner un gros mot, tandis qu'il s'efforce de fixer un angle de la pièce, à l'opposé de moi. Lorsque mon tanga en dentelle noire suit le même chemin, je jurerais voir une goutte de transpiration perler sur son front. Ça y est, j'ai trouvé le point faible de mon colosse !

Fière de mon petit effet, je me glisse sous les draps pendant que Caden, lui, continue de regarder partout sauf dans ma direction. Bien décidée à ne pas le laisser s'en tirer à si bon compte, je me rapproche légèrement de lui, et mon pauvre Viking sursaute, visiblement à cran.

— Bon sang, Ava, c'est de la triche !

— Je ne vois pas le problème, puisque tu n'arrêtes pas de me dire que je ne te plais pas et que, je cite, ni toi ni personne n'êtes susceptibles de vous intéresser à moi.

Je bats volontairement des cils, charmeuse et innocente, et après de longues minutes à fixer son point imaginaire, Caden finit par plonger ses yeux fascinants dans les miens. Là, il m'observe intensément pendant ce qui me semble une éternité, si bien que j'ai le souffle court. En réalité, je minaude, mais je n'ai qu'une envie, c'est qu'il craque. Nous sommes bien trop proches pour que je prétende que cela ne me fait aucun effet. Et notre attirance mutuelle n'est plus à prouver. Lui comme moi nous désirons ardemment, cela ne fait aucun doute. Mais y a-t-il autre chose ? A-t-il des sentiments à mon égard ? Difficile à dire. Y aura-t-il un lendemain ? Aucune idée. Mais ce que je sais en revanche avec certitude, c'est qu'en cet instant nous voulons la même chose. Je n'ai jamais autant eu envie d'un homme, et cela ne fait qu'accroître la tension qui règne entre nous.

Tendrement, Caden caresse ma joue avant de m'allonger doucement sur le matelas. Sa bouche se rapproche lentement de la mienne, tandis qu'il prend soin de ne pas me toucher, probablement pour ne pas craquer. Il me fixe avec une telle intensité que je finis par rougir, intimidée par ce regard de braise.

— Tu es très forte, Ava. Vraiment très forte. Si je te fais l'amour sans t'embrasser, est-ce qu'on peut dire que j'aurai réussi à tenir ?

Je me mords la lèvre, embarrassée. Modifier les règles ? Après tout, pourquoi pas, si cela peut nous permettre de passer du bon temps, tous les deux. Je pèse le pour et le contre, menant un réel combat intérieur. Se faire désirer jusqu'à ce qu'il craque ? Ou accepter une trêve torride ? Bien que la seconde option soit fortement alléchante, je prends sur moi pour répondre :

— Si tu me touches, tu auras officiellement perdu.

La déception qui se lit dans ses prunelles est si grande que je regrette instantanément mes paroles. C'est quoi, notre problème à tous les deux ? Pourquoi sommes-nous obligés de nous infliger ça ? Nous n'aurions pas pu flirter comme des gens normaux ? Non, bien sûr. Il fallait que lui comme moi soyons de mauvais joueurs préférant se frustrer mutuellement que d'accepter leur défaite. Ridicule.

— Caden, murmuré-je, inquiète qu'il ne réponde rien.

Il continue de me fixer, sa main caressant doucement ma joue, son souffle chaud effleurant mes lèvres.

— Personne ne m'a jamais autant résisté, ni excité à vrai dire.

Mon cœur bat la chamade, tandis que je suis pendue à ses paroles, attendant désespérément la suite.

— Tu es une femme fascinante, Ava, certainement la plus forte et la plus audacieuse qu'il m'ait été donné de rencontrer. Mais je crois que nous devrions arrêter ce petit jeu.

À ces mots, je déchante. Je ne voyais pas du tout les choses sous cet angle. Pourquoi dit-il ça ? Pourquoi maintenant alors que la tension est à son comble ?

— Quoi ? chuchoté-je d'une voix légèrement étranglée.

— Si nous continuons comme ça, je vais tomber fou amoureux de toi, et ça n'est jamais bon pour les affaires. Pas vrai, future associée ?

Sa phrase me fait l'effet d'une gifle, littéralement. Il a raison. Il a entièrement raison. Comment ai-je pu me laisser détourner si aisément de mon but initial sans rien faire pour y remédier ? Je ne dois pas perdre de vue mon objectif : monter ma propre boutique et vivre le rêve de ma grand-mère. C'est pour ça que j'ai fait tant d'efforts et autant de sacrifices. C'est pour ça que je trime si dur au travail depuis si longtemps. Comment, en quelques jours à peine, Caden a-t-il pu devenir si important pour moi que j'en oublie mon but ultime ? Ça ne me ressemble pas.

Comme si mon esprit était d'humeur à jouer les trouble-fête, c'est le moment qu'il choisit pour me remémorer les mots de la jeune femme rencontrée plus tôt au bar : « Ne vous approchez pas des jumeaux. »

Rompant le charme, je m'extirpe du lit et me rhabille prestement. Caden, qui s'est redressé, s'enquiert aussitôt, alarmé :

— Qu'est-ce que tu fais ?

— Tu as raison. On ne devrait pas tout mélanger. Sinon, on ne sera jamais capables de travailler ensemble. Tu me tiens au courant pour le local dès que tu en sais plus ? Quant à moi, je te promets que, dès lors que tu auras tenu parole, je respecterai la mienne en te laissant faire mumuse avec ma peau pour le mondial.

Je m'enfuis de sa chambre comme une voleuse, le cœur battant à tout rompre. Je dois partir d'ici, le plus vite possible. Car plus je passe du temps avec Caden, moins je me reconnais. Ce qui m'effraie autant, à vrai dire, c'est que l'espace d'un instant son corps sur le mien était devenu plus important que tout le reste, et ça, c'est tout sauf envisageable. Hors de question d'imiter ma mère, je refuse de vivre dans l'espoir qu'un homme daigne enfin s'intéresser à moi et de l'attendre inlassablement, tapie dans l'ombre. Non, non et non !

Mon Viking me suit à grandes enjambées, tandis que je traverse son salon aussi rapidement que si la mort elle-même me poursuivait.

— Ava, je plaisantais. C'est ridicule, reviens te coucher ! Où est-ce que tu penses aller à cette heure de la nuit ?

— Je vais dormir chez moi, quelle question !

J'ai atteint le grand escalier lorsqu'il m'attrape fermement le bras. Je me retourne et, le moins qu'on puisse dire, c'est que son regard a changé. Ses yeux perçants me toisent rudement, et j'en conclus qu'il est agacé par ma réaction qu'il juge, visiblement, disproportionnée.

— Ne raconte pas n'importe quoi. Je n'aurais pas dû dire ça, excuse-moi. Tu sais quoi ? Je ne le pensais même pas, de toute façon !

À l'air outré qui se peint sur mes traits, Caden comprend son erreur et, alors qu'il s'apprête à la rectifier, je lui coupe l'herbe sous le pied.

— Alors là je suis rassurée, vraiment. Tu as raison, j'étais totalement flippée à l'idée de t'imaginer tomber amoureux de moi, mais s'il n'y a aucun risque que ça se produise, tout va bien, hein ?

— C'est pas ce que je voulais dire, grommelle-t-il. Ava, tu n'as pas écouté un mot de ce que je t'ai raconté avant ?

— J'ai écouté, dis-je en essuyant une larme qui coule sur ma joue. Et j'ai compris, Caden.

Prenant une grande inspiration, je décide de jouer la carte de l'honnêteté. De toute façon, fichue pour fichue, autant y aller franco.

— Tu voulais savoir pourquoi je loge toute seule dans un camping, hein ? Je vis seule parce que ma mère m'a abandonnée à l'âge de trois ans sur le perron de mes grands-parents, voilà pourquoi. Elle m'a amenée jusque chez eux, m'a fait un bisou, avant de me promettre de vite venir me chercher, mais devine quoi ? Je l'attends encore. Elle m'a honteusement laissée pour tenter de reconquérir mon géniteur, un homme qui ne l'a jamais considérée à sa juste valeur et qui refusait de s'encombrer d'un enfant. Mon grand-père est décédé peu de temps après, si bien que ma grand-mère m'a élevée seule. Mais aujourd'hui, elle n'est plus là. Et sans cette femme et tout l'amour qu'elle m'a donné, je ne m'en serais jamais sortie, tu comprends ? Alors peut-être que tu ne tomberas jamais amoureux de moi, parce que, pour toi, tout ça n'est qu'un jeu, mais ça n'est pas mon cas. Et je ne commettrai pas la même erreur que ma mère. Je n'abandonnerai pas mon avenir pour un homme qui, peut-être, ne me le rendra jamais. Je vaux mieux que ça, Caden !

Évoquer ces souvenirs douloureux a eu raison de moi, si bien que les larmes ruissellent sur mes joues. Caden, lui, ne dit rien. Il m'observe intensément, l'air meurtri, sans un mot. Il tente de me prendre dans ses bras, mais je recule légèrement.

— Ce projet sera certainement ridicule pour des tas de personnes, mais c'est important pour moi, conclus-je en essuyant mon visage du revers de la main. Bonne nuit, Caden.

Je m'en vais sans me retourner, et il ne cherche pas à me rattraper, ce qui me soulage et me déçoit à la fois. Pour lui, tout ça n'était qu'un jeu du chat et de la souris. Pendant que moi je tombais réellement sous le charme. Quelle idiote ! Il y a pourtant eu des signes annonciateurs qui auraient dû m'inciter à rester à distance de cet homme, comme le message de cette jeune femme mystérieuse, par exemple.

Réveille-toi, Ava, avant qu'il soit trop tard.

Chapitre 18

À cette heure nocturne, la ville est déserte, et seul le bruit de mes talons qui claquent m'accompagne. Que s'est-il passé, là-haut ? À quel moment Caden est-il devenu aussi essentiel à mes yeux ? Pourquoi n'ai-je rien vu venir ? Pourquoi l'ai-je laissé faire ? Telles sont les questions qui tournent en boucle dans ma tête tandis que je me fonds dans les ombres de la nuit, marchant à vive allure. Toute ma vie, j'ai grandi avec l'obsession que, quoi que je fasse, je ne devais pas finir comme ma mère, et voilà qu'un homme m'a détournée de mon objectif, qui plus est avec une facilité déconcertante. C'est à n'y rien comprendre. C'est la première fois que je m'attache aussi vite. Certes, j'ai déjà eu quelques petits amis par le passé, mais rien qui ressemble de près ou de loin à ma relation avec Caden. Je me contrôlais toujours et me débrouillais pour rester un minimum détachée, pour éviter de tomber dans ce piège qu'est l'amour et qui vous fait perdre la tête.

Dans ma poche, mon téléphone se met à sonner, et je n'y prends pas garde. C'est sûrement Caden qui me demande de faire demi-tour, chose que je ne ferai pas. Puis je réalise qu'il n'a pas mon numéro, car j'ai refusé de le lui donner, il n'a donc aucun moyen de me contacter hormis via mon compte Instagram. Au moment où je m'en saisis, l'écran change et m'annonce un appel en absence inconnu. *Étrange.* Je n'ai cependant pas le temps de penser à qui peut bien chercher à me joindre que, déjà, il se remet à sonner. Je décroche, quoique sur la réserve.

— Allô ?

— S'il vous plaît, ne raccrochez pas ! gémit une voix à l'autre bout du fil.

Il me faut un moment pour assembler toutes les pièces du puzzle et deviner l'identité de mon interlocutrice, si bien que je m'arrête en pleine rue, tous mes sens en alerte.

— Comment avez-vous eu mon numéro ? demandé-je sèchement.

— J… j'ai demandé à votre patron, tout à l'heure, et il a accepté de me le donner. Ava, il faut absolument que vous écoutiez ce que j'ai à vous dire.

Est-ce vraiment une bonne idée que d'entendre ce qu'une ex hystérique et jalouse tient à me dire sur le compte d'un homme que je ne connais que depuis quelques jours ? Probablement pas. Mais étant donné que les événements semblent se liguer pour me maintenir à distance de Caden, quoi qu'il m'en coûte, je décide de lui laisser une chance.

— Pourquoi me suivez-vous ?

— Je ne voulais pas vous faire peur ni vous harceler, mais je vous ai croisée par hasard avec Caden lorsque vous courriez ensemble et je… à votre place, j'aurais aimé qu'on me prévienne.

— Mais qu'on me prévienne de quoi ?

— Il est au cœur d'un conflit familial qui le dépasse, Ava. Fréquenter les jumeaux, c'est se retrouver mêlé à cette histoire. Tôt ou tard, vous finirez forcément par être touchée. En ce qui me concerne, les Smith ont détruit ma vie, après quoi ils m'ont exclue de la leur, sans aucun état d'âme.

Lorsque j'arrive au camping, je suis surprise d'y être déjà tant j'étais perdue dans mes pensées. Le moins qu'on puisse dire, c'est que le coup de fil de Clémence (c'est comme ça que se prénomme la jolie rouquine qui s'entêtait à me suivre partout) m'a remuée. Nous sommes restées au téléphone un bon quart d'heure, tandis que je l'écoutais attentivement sans lui couper la parole. De toute manière, qu'aurais-je pu répondre ? Dans l'immédiat, je suis exténuée, et il n'est jamais bon de tirer des conclusions hâtives sans prendre le temps de la réflexion.

Alors que je n'ai qu'une envie, c'est de m'écrouler dans mon lit, je réalise avec stupeur que la soirée est loin d'être terminée. En témoigne une femme assise sur le perron de mon bungalow, simplement éclairée par la petite loupiote installée au-dessus de la porte d'entrée.

Cette journée ne prendra-t-elle donc jamais fin ?

Je m'avance vers elle, à cran. Je n'ai plus la force d'entendre quoi que ce soit, à vrai dire. Entre Caden qui me demande de cesser notre jeu, sous peine de tomber amoureux de moi, puis cette Clémence qui m'explique comment les Smith ont ruiné sa vie. Qu'est-ce que ça va être, cette fois-ci ?

Lorsque j'arrive à sa hauteur, elle lève la tête vers moi, et la première chose qui me frappe, ce sont ses yeux bleu-gris qui contrastent à merveille avec sa peau pâle et ses cheveux blonds. Elle ressemble à s'y méprendre à…

— Bonsoir, Ava, lance-t-elle d'une voix grave très sensuelle, interrompant le court de mes pensées.

— J'ignore qui vous êtes et, honnêtement, je m'en contrefiche ! Tout ce que je sais, c'est qu'il est 3 heures du matin et que j'aimerais dormir !

Elle rit, nullement impressionnée par mon sale caractère.

— On m'avait prévenue pour ton sens de la repartie, reprend-elle sans ciller.

— On ? C'est qui, on ?

— Je suppose que mes frères ne t'ont pas parlé de moi, dit-elle en se redressant doucement.

Malgré la pénombre, je distingue sans difficulté sa silhouette élancée, sa blondeur, ses yeux clairs, sans oublier les tatouages qui recouvrent intégralement son bras droit, exactement comme… Non, c'est impossible. Pourquoi Caden m'aurait-il caché ça ? C'est ridicule.

— Tu as rencontré le loup, puis l'aigle, pas vrai ? Moi, je suis Eryn, le papillon, continue-t-elle en arborant fièrement son bras, sur lequel de majestueuses ailes colorées apparaissent, dressant ainsi le portrait impressionnant du petit insecte.

— Je ne comprends rien, lâché-je en essayant de relier toutes les informations apprises ces dernières heures. Je le saurais si Caden et Blake avaient une sœur.

Et puis, c'est quoi cette manie de se présenter sous la forme d'un animal totem, franchement ?

— Vraiment ? insiste-t-elle. Parce qu'ils ont une fâcheuse tendance à me déclarer comme morte à quiconque mentionne mon prénom.

Elle rit tristement, tandis que son discours sonne faux à mes oreilles. Je n'imagine pas un seul instant mon Viking se comporter de la sorte. Malheureusement, la voix de Clémence vient faire écho à celle de mon interlocutrice, balayant mes convictions d'une traite : « Les Smith ont détruit ma vie, après quoi ils m'ont exclu de la leur, sans aucun état d'âme. »

— Qu'est-ce que vous voulez ? dis-je, soudainement tendue.

— Un tatouage, c'est pour la vie, Ava. Je ne suis pas sûre que tu souhaites te faire apposer une encre indélébile sur la peau, qui te rappellera jusqu'à la fin de tes jours un homme dont tu regretteras d'avoir fait la connaissance.

Je recule d'un pas, n'aimant pas du tout la tournure que prend cette conversation. Ce jour arrivera-t-il seulement ? Certes, j'ai quitté son appartement précipitamment, mais de là à envisager qu'un jour je maudirai notre rencontre, voilà qui me semble exagéré. D'autant qu'en ce qui me concerne je n'ai qu'une envie, c'est de me jeter sur lui et de le couvrir de baisers (et plus si affinités) jusqu'à en être repue (mais ça je ne l'admettrai jamais).

— D'une, j'ignore comment vous êtes au courant de toutes ces choses, et je trouve ça carrément flippant. De deux, je ne vois pas en quoi tout cela vous regarde. Je suis une grande fille, Eryn, et je n'ai pas besoin qu'on me prenne par la main.

Elle sourit, ce qui me déstabilise. Elle agit comme si elle était sûre d'elle. Comme si elle savait pertinemment que la partie était gagnée d'avance. Aurais-je oublié de mentionner que je ne rêve que d'une chose, c'est de m'écrouler sur mon lit ?

— Et si je te disais qu'il existe un moyen d'obtenir ton local commercial, Ava, et sans passer par la case *tattoo* ? Est-ce que ça changerait la donne ?

Partie 2 : *Caden*

Chapitre 19

Je n'ai pas fermé l'œil de la nuit. Quel con, ma parole, mais quel con ! Je savais que je ne devais pas parler de sentiments, que ça lui ferait peur. Qu'est-ce qui m'est passé par la tête de lui dire ça ? Et comme si ça ne suffisait pas, voilà qu'ensuite je lui balance que je n'en pensais pas un mot ? Bravo, Caden, génial ! Si elle ne te prend pas pour un amoureux transi, elle va te considérer comme un goujat. Dans les deux cas, tu peux dire adieu à ton futur hypothétique aux côtés de la sulfureuse Ava. Je ne suis même pas persuadé qu'elle veuille encore me voir, après ça, mais je dois essayer, coûte que coûte.

Au début, j'étais obnubilé par ma victoire au mondial, que dis-je, notre victoire. Mais très vite, j'ai réalisé que, au-delà d'un physique très avantageux qui ne me laisse pas indifférent, elle représente tout ce que j'aime chez une femme. Absolument tout. Et qu'elle fasse preuve d'autant de résistance à mon égard n'a fait qu'accroître mon envie d'elle. J'ai même déjà pensé aux prénoms des enfants que nous n'aurons probablement jamais, mais ça non plus je ne peux pas le lui dire. Dans le cas contraire, elle aurait pris ses cliques et ses claques, et m'aurait abandonné sur le banc de touche, comme tous les autres avant moi, j'imagine. La jouer distant, lui dire qu'elle ne m'attire pas, c'était mon meilleur plan d'attaque. Et ça marchait très bien jusqu'à ce que je craque bêtement… J'aurais mieux fait de m'avouer vaincu, de l'embrasser, voire de…

Je soupire, las de ressasser les mêmes pensées non-stop. Ça ne sert à rien, de toute manière, le mal est fait. Et dormir dans des draps qui sentent encore son odeur est un supplice. C'est pourquoi, bien qu'il soit tôt, je décide de me lever. Rapidement, j'enfile un short, attache mes cheveux et quitte ma chambre, devenue bien trop silencieuse à mon goût.

Machinalement, j'attrape mon téléphone portable, qui charge sur le comptoir de la cuisine, espérant y trouver un message de mon irrésistible mogwai. Mais l'absence de notification sur l'écran me rappelle qu'elle a refusé de me laisser son numéro, ce qui ravive ma colère.

— Fais chier ! hurlé-je en tapant contre le marbre froid, ce qui, en plus de n'être d'aucune utilité, provoque une douleur qui me lancine dans toute la paume.

— Tu as perdu ta cavalière ? se moque gentiment mon frère en me rejoignant, dans la même tenue que moi.

Mon air meurtri répond à ma place, si bien qu'il pose une main réconfortante sur mon épaule. Blake est l'unique famille qu'il me reste et, sans lui, Dieu seul sait où je serais, aujourd'hui. Probablement en train de me prendre le bec avec ma petite sœur chérie, c'est ce qu'on a toujours fait de mieux. J'ignore où elle se trouve, en cet instant, mais le fait qu'on n'ait plus de nouvelles d'elle ne me dit rien qui vaille. Elle n'a pas pu oublier notre deal, la connaissant, c'est impossible. Elle doit préparer un coup tordu derrière notre dos, je ne vois que ça. Pour l'heure, et tant qu'elle n'est pas une menace directe, j'ai plus urgent à faire. Je dois arranger les choses avec Ava.

— Tu veux en parler ? reprend Blake sur un ton beaucoup plus sérieux.

— J'ai merdé, frérot.

Mon jumeau se saisit de deux capsules, enclenche notre machine à expresso préférée, avant de poser devant moi une tasse fumante, ce pour quoi je le remercie par un léger hochement de la tête.

— Merdé comment ? insiste-t-il.

— Elle était complètement nue dans mon lit, Blake. Elle n'attendait qu'une chose, c'était que je l'embrasse. Elle ne demandait que ça, et moi, tout ce que j'ai trouvé à lui dire, c'était qu'il fallait qu'on arrête notre petit jeu avant que je tombe raide dingue amoureux d'elle.

— Ah, se contente de lâcher mon jumeau.

— J'ai ajouté que ça n'était jamais bon pour le business.

— Caden, souffle-t-il, comme s'il s'apprêtait à m'enguirlander.

— Je sais, putain. Je sais.

— Et elle, elle le sait ?

— Quoi donc ? rétorqué-je du tac au tac.

— Que tu es déjà fou d'elle. Elle le sait ?

J'observe mon frère, ébahi, ne sachant que répondre à ça. Je ne vois pas pourquoi ça m'étonne encore, après toutes ces années. Blake est mon jumeau, et nous avons toujours été liés par une complicité indescriptible, lui et moi. Un seul regard suffit pour nous comprendre, c'est pourquoi il est mon meilleur confident. Je soupire avant de prendre une grande gorgée de café.

— Je suis un très bon acteur, dis-je en guise de réponse. Surtout qu'avant de la laisser partir j'ai prétendu que je n'en pensais pas un mot. Donc, elle est probablement officiellement convaincue que je ne suis qu'un enfoiré qui cherche juste à tirer son coup et rien d'autre. En plus de la tatouer, bien sûr.

— Beau palmarès, frangin.

— Ça, tu l'as dit.

Nous nous taisons un instant, chacun perdu dans ses réflexions, lorsqu'une fine silhouette apparaît dans mon champ de vision. À en croire son teint lumineux et le sourire éclatant qu'elle destine à mon jumeau, j'en conclus qu'ils ont passé une bien meilleure soirée que nous.

D'ailleurs, elle me donne aussitôt raison en s'avançant doucement vers Blake, avant de déposer un timide baiser sur ses lèvres.

— Salut, toi, dit-il d'un ton suave et séducteur.

— Salut, répond-elle en ponctuant sa phrase d'une nouvelle étreinte.

Ils enchaînent quelques mamours discrets, se frottent le bout du nez l'un contre l'autre, à mon grand désespoir. Cela ne me dérangerait pas autant si je n'avais pas fait n'importe quoi la nuit dernière. J'ai l'impression que Milena m'entend, car elle se tourne enfin vers moi et, après m'avoir gratifié d'un bonjour, elle ajoute, quelque peu chiffonnée :

— Ava n'est pas là ?

Une fois mon récit terminé (j'ai passé sous silence les détails croustillants et me suis contenté de l'essentiel), Milena semble perdue dans un flot de pensées incessantes, comme en témoignent son air crispé ainsi que la petite ride entre ses sourcils froncés.

— Ava ne parle pas beaucoup d'elle, comme tu as pu le constater.

Effectivement. Et cette information ne m'est de ce fait d'aucune utilité. Cependant, et par égard pour elle, je ne le souligne pas. Blake, en revanche, relève mon agacement et me le fait savoir d'un coup de pied par-dessous l'îlot de la cuisine, ce qui m'arrache un juron étouffé.

— Je crois…, continue Milena qui fait comme si elle n'avait rien entendu. Je pense qu'elle est terrorisée à l'idée de tomber amoureuse.

— Elle te l'a dit ? répliqué-je, sur le qui-vive.

— Jamais directement, non.

— Mais elle t'a déjà parlé de moi ?

Je ne peux m'empêcher de poursuivre mon interrogatoire, à l'affût de la plus petite information qui pourra jouer en ma faveur. Avec Ava, et ce depuis notre premier échange houleux, je ne fais que marcher sur des œufs. Et j'ai l'impression que le moindre faux pas peut potentiellement être le dernier.

— Elle m'a simplement dit que tu étais déroutant.

— Déroutant ? répété-je avec perplexité. Et c'est une bonne chose ?

— Je crois bien, oui.

Elle m'adresse un sourire à titre d'encouragement, et j'essaie de mettre de l'ordre dans mes idées, lesquelles fusent dans tous les sens.

— Et maintenant, que suis-je censé faire ?

— Exactement ce qu'elle t'a demandé, s'exclame fièrement la Cubaine. Elle veut que vous ayez une relation strictement professionnelle ? Adopte un comportement irréprochable.

Je caresse ma barbe naissante du bout des doigts, songeur. En somme, ce que je faisais déjà pour la prendre à son propre jeu. Sauf que je n'en ai aucune envie. Comment pourrai-je rester de marbre avec elle alors que, il y a quelques heures, elle était nue dans mon lit ? Ça n'a aucun sens.

Comme si le destin lui-même avait décidé de me venir en aide, mon téléphone se met à sonner. Je reconnais immédiatement le numéro que nous avons cherché à joindre inlassablement avec Ava, aussi je décroche sans plus attendre.

— Allô ?

— Oui, bonjour, monsieur. Vous m'avez appelé hier à propos d'un local commercial. Il vous intéresse toujours ?

S'il m'intéresse ? C'est un euphémisme. Je bondis, surexcité. La voilà, ma chance. Si je lui trouve l'endroit de ses rêves, cela me remet aussitôt dans la course. Mieux, je deviens directement le favori !

— J'arrive, annoncé-je avant de raccrocher.

Un seul regard vers mon frère lui suffit pour comprendre mes intentions, ainsi que le message qui se dissimule derrière celles-ci.

— Ne me dis rien, tu veux que je m'occupe du studio à ta place aujourd'hui, c'est ça ? s'enquiert-il, amusé.

— T'es le meilleur ! lancé-je en pointant un doigt vers lui.

— La sagesse de l'aigle, frangin. La sagesse de l'aigle.

Chapitre 20

Je n'ai jamais été aussi heureux de remplir de la paperasse. L'homme qui se tient devant moi doit avoir la quarantaine, peut-être un peu plus. Dégarni, il caresse son crâne chauve tandis qu'il me regarde signer le contrat. Eh bien, ça a été rapide ! Une matinée, tout au plus. Lui veut louer son local en urgence pour raisons financières, si j'ai bien compris, et moi, j'en ai besoin pour impressionner ma belle et remonter dans son estime. Je suis à ce point désespéré que je ne tique même pas devant la caution exorbitante qu'il exige, alors qu'en temps normal j'aurais fait aussitôt demi-tour.

Mais je ne peux pas faire ça, car ce local commercial, sur la seconde avenue du quartier de Wynwood, est, selon Ava, idéalement situé. Entouré d'un *barber shop* façon vintage et d'un bar tout droit sorti de *Grease*, dont les serveuses sont affublées de rollers et de vêtements criards de cette même époque, elle l'a décrit comme étant « l'endroit de ses rêves ». Et quel meilleur moyen pour conquérir le cœur d'une femme que de l'aider à les réaliser ? En tout cas, pour l'heure, je n'ai rien trouvé de mieux.

— C'est quel type de commerce que vous souhaitez installer ici ? m'interroge-t-il avec une certaine nonchalance.

— Euh… bonne question.

— Vous ne savez pas ?

Il devient aussitôt méfiant, et je comprends qu'il s'inquiète l'espace d'un instant de mes intentions, mais également de ma capacité à prendre soin de son local.

— C'est-à-dire… mon associée aime se la jouer perso, alors…

— Ah ! vous êtes venu parce qu'une femme vous l'a demandé, c'est ça ?

J'ignore en quoi c'est une bonne nouvelle, mais visiblement c'en est une, puisqu'il semble soulagé. Aussi m'empressé-je de sauter sur l'occasion.

— C'est ça.

Il sourit, me gratifie d'une bourrade sur l'épaule, tandis que je me demande à quel moment il a cru que nous étions devenus amis. Je ne suis pas tactile avec les inconnus et j'aime bien conserver un minimum d'espace personnel. Cependant, je garde le silence et le contrôle sur moi. J'ai trop besoin de ce foutu lieu pour faire le difficile.

— Les femmes…, reprend-il, songeur. Le plus grand mystère de la création…

Il est à ce point perdu dans ses pensées qu'il ne fait plus du tout attention à moi, ce qui me va plutôt bien. Je n'ai qu'une idée en tête, finaliser la transaction, récupérer les clés du local, foncer reconquérir Ava et l'embrasser comme si ma vie en dépendait. Tout me plaît, dans ce plan, sauf la perspective de succomber à la tentation. Si c'est pour m'entendre dire pour le restant de mes jours que j'ai craqué le premier, non merci. Il faut que je trouve un moyen de contourner la règle que nous nous sommes fixée.

— Si tout est OK pour vous…, dis-je, voyant qu'il s'éternise.

— Il est à vous, répond-il en me tendant les clés.

Je dois me faire violence pour ne pas les lui arracher des mains. En me raccompagnant à la porte, il me raconte sa vie dans les moindres détails, m'explique comment sa femme a décidé, du jour au lendemain, de tout plaquer pour faire le tour du monde. Voilà pourquoi il a besoin de revenus fixes, et ce le plus tôt possible. Je donne un minimum le change, mais veille à ne pas relancer la conversation pour autant. Une fois de nouveau dans la rue qui s'anime, je le salue avant de m'enfuir comme un voleur.

Miami n'est pas une si grande ville quand on la connaît bien, néanmoins, hors de question d'y aller en courant comme l'autre jour. Aujourd'hui, la moto est de rigueur. Je dois trouver Ava le plus vite possible. Comme il me tarde de lui annoncer la bonne nouvelle !… de voir la joie se peindre sur ses traits, de sentir son corps contre le mien, de la faire *frissonner.*

Arrivé devant son bungalow, je gare ma bécane en biais, avant d'ôter mon casque. Je me recoiffe à la hâte, m'assure d'être présentable, puis frappe à la porte.

— Ava ? Ava, tu es là ?

J'attends, impatient, mais déchante rapidement en réalisant qu'elle ne m'ouvre pas. Peut-être est-elle partie courir ? Si oui, elle ne devrait plus en avoir pour longtemps. Je me remémore son planning de la journée, mais elle ne travaille pas. Elle n'est donc pas au bar. Sans parler du fait que, à mon avis, moins elle voit son patron, mieux elle se porte.

N'ayant pas de meilleure option, je décide de m'installer sur son perron, mon casque trônant fièrement à côté de moi. Au fur et à mesure que les quarts d'heure défilent, en revanche, je me rembrunis de plus en plus. Où peut-elle être ? Je pourrais prendre ma moto et sillonner le quartier à sa recherche, mais à quoi bon ? Elle peut se trouver n'importe où, sans parler du fait que, en dehors de son lieu de résidence et de son travail, je ne connais pas ses habitudes. Je ne saurais même pas par où commencer.

Le bois sur lequel je suis installé depuis plus d'une heure est on ne peut plus dur, si bien que je ne sens plus mes fesses. Je me redresse pour m'étirer, lorsque la porte derrière moi s'ouvre à la volée. Stupéfait, je tombe nez à nez avec Ava, dont le regard noircit en m'apercevant.

— C'est pas vrai ! T'es encore là ? lance-t-elle, agacée.

— Euh… salut, dis-je en levant la main, m'attendant manifestement à un autre accueil.

Elle était chez elle tout ce temps ? Et elle m'a volontairement fait poireauter ? Et c'est elle qui est énervée ? C'est la meilleure, celle-là !

— Qu'est-ce que tu veux, Caden ?

Elle m'assassine du regard, tandis qu'elle croise les bras sur sa poitrine avec un air provocant, ce qui n'est pas sans me rappeler nos premiers échanges. Mais je pensais que nous avions dépassé ce stade, depuis le temps.

— J'ai loupé un épisode ? ne puis-je m'empêcher de demander.

Pourquoi semble-t-elle furieuse ? Parce que je lui ai dit que j'allais tomber amoureux, mais que par la suite je me suis débiné ? Bien que sa réaction me paraisse disproportionnée (quoique), je ne vois pas d'autre explication possible.

— Je n'ai pas été assez claire hier, peut-être ? Si nous voulons travailler ensemble, nous devons cesser de nous fréquenter. Donc je répète ma question, qu'est-ce que tu fiches ici ?

Je me renfrogne, agacé de devoir gérer ses sautes d'humeur de bon matin. Allons bon, quelle mouche l'a piquée ?

— On t'a arrosé d'eau pendant la nuit, c'est ça ? C'est pour ça que j'ai affaire à un insupportable gremlin alors qu'il n'est même pas midi ?

Elle me toise durement, sans que son visage esquisse ne serait-ce qu'une micro-expression. Qu'est-ce qu'elle peut m'exaspérer, quand elle est comme ça. Et dire que j'ai travaillé toute la matinée pour elle, pour l'aider à réaliser son rêve, et voilà comment elle me remercie. Si j'avais su, j'aurais pris mon temps avant de venir la trouver.

— Très drôle, Caden. Je meurs de rire.

Elle prononce ces mots, mais elle est toujours aussi figée. Je souffle, de manière à ce qu'elle ne puisse ignorer que son attitude m'afflige, avant de poursuivre sur un ton plus neutre :

— J'ai dans mes mains les clés d'un magnifique local commercial. Car pendant que tu faisais du boudin, je travaillais pour toi.

Merde, Caden ! Tu étais censé venir faire amende honorable, pas lui faire la morale. Hélas, je n'ai pas pu résister. Je n'arrive pas à prétendre que tout va bien tandis que ses émotions jouent aux montagnes russes. OK, hier, je me suis comporté comme un imbécile, *mea culpa*. Mais bon, de là à se venger en me faisant faire le pied de grue devant chez elle pendant plus d'une heure, avant de m'envoyer sur les roses, c'est fort, tout de même !

— Oh.

C'est tout ce qu'elle parvient à dire, je n'ai même pas le droit à une phrase complète. Mais son expression s'est légèrement radoucie. Je suppose que c'est déjà ça de gagné.

— Tu peux encore changer d'avis, continué-je sur ma lancée, même si je ne saurais pas quoi faire d'un local vide. Sinon tu peux venir avec moi et réaliser ton rêve. Alors, qu'est-ce que ce sera, chère associée ?

Chapitre 21

Pourquoi n'y ai-je pas pensé plus tôt ? Une balade à moto avec Ava, voilà qui suffit à me redonner le sourire. Après que je l'ai coiffée d'un casque – j'en garde toujours un dans le top-case – et lui ai prêté ma veste en cuir, nous sillonnons les rues de Miami en direction de sa future boutique.

J'avoue profiter de notre proximité et du fait qu'elle ne puisse pas s'enfuir pour m'amuser un peu. Évidemment, je me suis assuré avant qu'elle n'avait pas peur à moto, sans quoi je ne me serais jamais permis d'agir de la sorte. Mais le fait est qu'Ava, tout comme moi, est une tête brûlée, une sublime tête brûlée que je rêve d'embrasser avant de la combler de bonheur. Aussi, je freine au dernier moment, avant d'accélérer comme un dingue, en somme, tout ce qui pourra me rapprocher de ma belle, ne serait-ce qu'un court instant. Ava s'en trouve de ce fait régulièrement projetée contre moi dès que je ralentis l'allure, et j'en viens à maudire mon propre cuir, lequel m'empêche de sentir sa poitrine harmonieuse se coller contre mon dos. Heureusement que nous avons tous les deux un casque, sinon elle comprendrait à mon sourire espiègle que tout cela est prémédité. Ses mains délicates agrippent fermement ma taille, ce qui me ravit. Je m'arrête à un feu rouge, et alors que je m'apprête à caresser son bras du bout des doigts, je me rappelle qu'elle est furieuse contre moi et qu'elle refuse tout contact, aussi dois-je produire un effort surhumain pour me contenir, maltraitant la poignée de ma bécane afin de calmer ma frustration.

Lorsque nous arrivons (malheureusement trop vite à mon goût) devant ce qui sera la future vitrine de son magasin, je me gare à la hâte, puis l'aide à ôter son casque de moto. Je prends volontairement mon temps, profitant de ce rapprochement. Je contemple un instant son beau visage, encadré par ses cheveux blond polaire, avant de me ressaisir. Je ne dois pas tout ficher en l'air, comme l'a si bien suggéré Milena : je dois me faire désirer. Elle veut une relation professionnelle ? Soit. Je vais lui faire regretter ses paroles.

— Bienvenue chez toi, dis-je en reculant de plusieurs pas.

Elle me remercie silencieusement avant de reporter toute son attention sur la vitrine vide du local, sur laquelle des banderoles « à louer » apparaissent. C'est alors qu'un joli sourire s'épanouit sur ses lèvres, si bien que mon cœur s'emballe. Le premier de la journée.

— Ava !

Elle se tourne vers moi, juste à temps pour réceptionner le trousseau de clés que je viens de lui lancer. Sans un mot, elle déverrouille la porte, et je la suis à l'intérieur. C'est maintenant que tout se joue. Je lui fais visiter, répétant précisément ce que le propriétaire m'a dit plus tôt dans la matinée. Je prends soin de conserver une certaine distance avec elle, tente de ne pas m'attarder sur ses lèvres appétissantes, encore moins sur son décolleté. D'ailleurs, le débardeur qu'elle porte aujourd'hui est à ce point échancré que c'est à croire qu'elle l'a fait exprès. Ce dernier permet de deviner la naissance de ses seins, et le soutien-gorge dessous ne cache rien de ses courbes, ou très peu. Je dois prendre sur moi pour ne pas me laisser troubler par cette femme grisante, dont le moindre mouvement transmet une sensualité qui dépasse l'entendement. Est-elle consciente de son emprise sur la gent masculine ? Est-ce délibéré de sa part ? Mais du peu que je connais d'Ava, j'opterais plus pour de l'ignorance. Je pense qu'en réalité elle n'en a aucune idée. Et cette conviction la rend encore plus sexy.

Une fois la visite terminée, je m'appuie négligemment contre ce qui ressemble à un ancien comptoir, avant de croiser les bras sur mon torse, contractant volontairement mes muscles. Je note que son regard est aussitôt attiré, si bien qu'elle ne me lâche plus des yeux. OK, c'est un coup bas, mais à la guerre comme à la guerre. Et j'ai remarqué que mes tatouages l'intriguent. En particulier le loup majestueux qui recouvre une bonne partie de mon avant-bras droit. Pourquoi ne pas en profiter ? Après tout, elle n'a aucun scrupule à porter un T-shirt échancré, je ne vois pas pourquoi je me gênerais.

— Et si tu me décrivais un peu plus ton projet ? dis-je calmement.

À ces mots, elle sursaute, comme si je venais de la prendre en flagrant délit. À son tour, elle croise les bras sur sa poitrine, comme pour chercher à mettre de la distance entre nous. Sauf que j'ai tout mon temps, et que cette fois je ne lâcherai pas si facilement.

— Caden, on en a déjà parlé, réplique-t-elle sur la défensive.

— C'est exact. Seulement, je ne peux pas t'aider, encore moins t'appuyer, si tu ne me dis pas de quoi il s'agit. Je suis prêt à collaborer avec toi, mais pour ça il te faudra d'abord me convaincre de la viabilité de ton projet.

Les dés sont jetés. Que va-t-elle répondre à ça ? Va-t-elle s'énerver ? Me balancer les clés du local au visage ? Je suppose qu'on ne va pas tarder à le savoir.

— Je te demande pardon ?

— C'est le patron du Ink Paradise qui parle, ton potentiel futur associé, pas l'homme avec qui tu as flirté ces derniers jours. Je n'investirai pas d'argent dans un projet auquel je ne crois pas. Alors, je t'écoute, Ava. Expose-moi ton concept, tes arguments, ton business plan, ton financement, comment tu comptes rendre ta boutique rentable…

Elle tique en m'entendant me décrire comme « l'homme avec qui elle a flirté », mais ce n'est que pure vérité, je n'ai rien inventé. Si elle veut se voiler la face, libre à elle de le faire mais, que je sache, je ne l'ai pas forcée à se dévêtir, la nuit dernière. Et c'est bien elle qui m'a imploré de l'embrasser.

Si ça n'est pas du flirt – soyons honnêtes : c'est même bien plus que ça –, qu'est-ce donc à ses yeux ?

— Investir ? fait-elle, comme si elle n'avait retenu que ça. Mais qui te parle d'investir ? Il me semblait avoir mentionné un partenariat.

— Je me suis déjà porté caution pour le local, argumenté-je calmement. Sans compter que, très sincèrement, Ava, les banques de nos jours sont de plus en plus frileuses pour prêter de l'argent. Sans soutien financier, tu n'iras pas bien loin. Et ce, malgré tes économies, dis-je pour contrer l'objection qu'elle s'apprête à me balancer.

— Je ne veux pas de ton fric, riposte-t-elle d'un air dur.

— T'inquiète pas pour moi, voyons ! Si je décide d'investir dans ton projet, c'est parce qu'au bout du compte je récupérerai mes sous. Aussi, je me permets de réitérer ma demande, expose-moi ce que tu envisages, associée.

Ava paraît totalement décontenancée par mon changement d'attitude. Le fait que je lui parle d'argent et de rentabilité semble la désorienter. Pourtant, c'est elle qui voulait une relation strictement professionnelle… Si ça ne tenait qu'à moi, nous serions encore dans mon lit, à l'heure qu'il est. Mais j'aurais dû me douter que ça ne serait pas si simple.

— Tu me prends au dépourvu, finit-elle par déclarer, les épaules raides. Je n'ai rien préparé.

— Tu n'as pas tout ça en tête ?

— Évidemment que si. J'ai même déjà contacté des fournisseurs et obtenu des devis. Mais je ne me lancerai pas dans une présentation incertaine. Car, si je comprends bien, je n'aurai qu'une seule chance de te convaincre, c'est ça ?

Quelle question, bien sûr que non ! Des chances, je lui en laisserai une centaine s'il le faut, mais ce n'est pas ce qu'elle aimerait entendre, et je suis bien placé pour le savoir. Aussi je prends sur moi pour répondre de manière neutre, comme si j'incarnais un personnage tout droit issu d'une pièce de théâtre.

— C'est ça.

Tu mens comme un arracheur de dents, Caden. Espérons que ton plan fonctionne, sinon adieu la belle et sulfureuse Ava Gardner.

— Alors je te propose de te faire une présentation argumentée et détaillée ce soir, dans ce local.

— Ce soir ? dis-je, étonné du timing qui me paraît très court.

— Le temps de faire les derniers ajustements.

— Quels ajustements ?

Mais plutôt que de me répondre, Ava, comme si elle avait attendu ce moment toute la matinée, tire de sa poche un mètre de couturière, si bien qu'on se croirait en plein spot publicitaire. Elle trimballait ça avec elle depuis tout ce temps ? Mais pour quoi faire ?

Sans prononcer le moindre mot, elle se rapproche de moi, décroise mes bras toujours contractés de ses mains délicates, avant de mesurer mon biceps avec le plus grand des calmes.

Puis, elle sort son téléphone portable, y note tout un tas de choses, avant de lancer :

— Je peux ?

— Y avait d'autres moyens de me prendre en photo, tu sais ? dis-je pour détendre l'atmosphère tandis qu'elle mitraille mon tatouage sous toutes les coutures. Il suffisait de demander.

— Pas besoin, j'ai déjà ton Instagram, tu te rappelles ?

— Et comment, dis-je en remettant délicatement une mèche de cheveux derrière son oreille.

Je la sens tressaillir sous mes doigts, tandis que je peste intérieurement de n'avoir pas réussi à m'empêcher de la toucher. C'est plus fort que moi ! Alors que je m'en sortais si bien. Mais depuis que j'ai posé les yeux sur elle, la toute première fois, j'ai immédiatement su que cette femme occuperait une place importante dans ma vie et dans mon cœur. Il m'est arrivé par le passé d'enchaîner les flirts ou les rencards légers, mû par l'envie d'un moment agréable et charnel, mais à aucun moment Ava n'a fait partie de cette catégorie. C'est pourquoi rester loin d'elle m'est à ce point insupportable. J'ignore pourquoi, je ressens constamment le désir de la toucher, de la caresser, de la sentir frémir sous mes doigts… Ses réactions, comme si elle était un petit animal blessé, suscitent en moi un désir irrépressible de la protéger, de la serrer dans mes bras et de prendre soin d'elle aussi longtemps qu'elle m'y autorisera. Car ce qui est sûr, c'est que moi, je n'en aurai jamais assez d'elle. Quand bien même l'étreindrais-je jusqu'à mon dernier souffle, je ne suis pas certain que cela suffise à me rassasier.

— J'ai tout ce qu'il me faut, lâche-t-elle avec précipitation tandis qu'elle range son téléphone et son mètre dans ses poches arrière. Alors, à ce soir.

Je n'ai pas le temps de répondre qu'elle tourne les talons et s'enfuit à la hâte, me laissant un goût amer en bouche. Je déteste cette sensation de ne plus rien contrôler et d'être totalement assujetti à sa volonté, car c'est exactement ce que je suis, en cet instant ; suspendu à ses lèvres comme si ma vie en dépendait. Pourquoi a-t-il fallu que je lui dise que j'allais tomber amoureux ? Alors qu'il me suffisait de l'embrasser ? Pourquoi a-t-il fallu que je sois si mauvais joueur ? Ma fierté me coûte cher, et je ne suis même plus certain que ça en valait la peine. J'aurais dû succomber quand elle me l'a demandé, j'aurais dû me repaître d'elle et la combler. J'aurais peut-être perdu une guerre d'ego, mais je n'en aurais pas été plus malheureux, oh ! non. Bien au contraire. Car en cet instant, elle serait dans mes bras, lovée contre moi, et plus rien n'aurait d'importance.

— Je te raccompagne ? dis-je, ravi à l'idée de renouveler notre virée à moto.

Mais à son air audacieux, je comprends que la réponse ne me plaira pas.

— Je préfère prendre le bus, si ça ne te fait rien, répond-elle machinalement en me rendant mes affaires.

— Laisse-moi te raccompagner, insisté-je malgré tout, ça te fera gagner du temps, je te promets de conduire doucement, sans aucun à-coup…

J'insiste, alors que je sais qu'elle ne changera pas d'avis, tout comme je sais que ce n'est pas ma conduite, le problème. Depuis que nous nous sommes rencontrés, Ava veut me montrer qu'elle mène la dansc et honnêtement elle le fait mieux que personne.

— Caden, j'ai dit non.

J'opine du chef, preuve de ma capitulation. Je la regarde s'éloigner, un pincement au cœur, priant pour qu'un jour elle s'abandonne dans mes bras, et ce pour de bon. Au moment où elle s'apprête à disparaître de mon champ de vision, je la vois qui se retourne, jette un coup d'œil dans ma direction et, lorsqu'elle remarque que je suis rivé à sa silhouette, elle s'en va, la tête haute, comme si de rien n'était.

Pourtant, j'aurais juré, même d'ici, qu'elle a rougi.

Dieu que je hais les gremlins !

Chapitre 22

Une journée de travail – une demi-journée serait plus exact – ne m'aura jamais paru aussi longue. Pourtant, les rendez-vous s'enchaînent, les clients tout autant, et l'ambiance est au beau fixe. Installé dans ma cabine, et après avoir minutieusement transféré mon stencil[1] sur la cuisse de ma cliente, je m'affaire à la tatouer. Et cette dernière, qui visiblement n'avait aucune envie de me faciliter la tâche, a décidé de complexifier son dessin au dernier moment. Voilà comment nous sommes passés d'un papillon fait de motifs tribaux, relativement classique, à un papillon noir avec des nuances émeraude dont les ailes ouvertes représentent un crâne humain. *Charmant*. Elle m'a expliqué qu'au-delà de l'idée néfaste qu'on s'en fait, il s'agit surtout d'un symbole de renouveau et de résurrection, ou encore d'entrée dans la vraie vie. J'ai pas tout compris à vrai dire (enfin, j'ai surtout écouté un mot sur deux), mais elle est ravie, c'est tout ce qui m'importe. Pendant ce temps, je converse avec Owen, l'autre artiste que nous avons embauché il y a maintenant un an, à travers la cloison. Ces dernières sont très fines et ne remontent pas jusqu'au plafond, ce qui d'une part ne nous donne pas le sentiment d'étouffer, et d'autre part nous permet, comme en cet instant, de discuter malgré le bruit de nos dermographes respectifs.

1. Feuille aidant à faire le transfert du dessin sur la peau.

Chacun a un espace de travail qui lui est entièrement réservé pour être le plus efficace possible. Owen, à l'instar de mon frère et moi, se consacre exclusivement aux tatouages, même si pour l'heure il n'est chargé que des petites et parfois des moyennes pièces. Les dessins plus conséquents, ou qui comportent plus de détails et donc requièrent une certaine minutie, sont réalisés soit par Blake, soit par moi. Mais il est rare que nous bossions ensemble. Souvent, l'un s'occupe de l'accueil pendant que l'autre travaille, et inversement. La dernière de l'équipe, Catalina, est une jeune femme adorable que nous avons prise sous notre aile.

Elle nous vient tout droit du Brésil et est arrivée aux États-Unis il y a un an à peine ; elle ne parle pas encore très bien notre langue. Cependant, elle s'entraîne à l'anglais, jour après jour, et c'est une personne sérieuse sur qui nous pouvons compter. Son truc à elle, ce sont les piercings. Elle en connaît un rayon sur le sujet et ne cesse de nous impressionner par ses connaissances et son professionnalisme. Blake est aussitôt tombé sous le charme, moi aussi, à vrai dire. Avec elle, nous retrouvons la complicité que nous aurions aimé avoir avec notre frangine, et que nous avons malheureusement perdue au fil du temps. Nous n'en avons jamais parlé, mais je crois que lui comme moi avons fait un transfert sur elle. Nous voulions une petite sœur, ça oui, mais aucun de nous n'aurait pu prévoir que les choses se passeraient si mal…

— Alors, boss, tu nous le présentes quand, ton modèle pour le mondial ? C'est que, l'air de rien, ça approche ! s'enquiert Owen de l'autre côté de la cloison.

— Bientôt. C'est promis. Il y a eu quelques contretemps, mais on avance, tout doucement.

— Le contretemps, c'est que toi aimer elle, pas vrai ? glousse Catalina.

Installée à l'autre bout du salon, elle s'occupe avec patience du lobe d'une jeune fille qui s'est malheureusement infecté, car on ne fera jamais assez de prévention. Elle s'est percée elle-même avec ses copines, grâce à un kit bon marché qu'elle a acheté 10 dollars sur Internet. Non, mais franchement !

— Oh ! oui, reprend Blake, accoudé sur le comptoir de l'accueil en s'esclaffant. Caden beaucoup aimer Ava. Pas vrai, Caden ?

— Vous êtes cons ! lancé-je à la volée avant de me reconcentrer sur mon tatouage.

Car j'en arrive maintenant à la partie délicate du papillon, et plaisanter n'est plus permis. Ma cliente souhaite des décorations très raffinées pour remplir les ailes, ce qui n'est pas une mince affaire. D'autant qu'elle n'arrête pas de gigoter dès lors que le faisceau d'aiguille entre en contact avec sa peau, ce qui ne me facilite vraiment pas la tâche. C'est dans ces moments-là que je remercie ma mère de m'avoir enseigné la patience, et mon père de nous avoir entraînés, Blake et moi, jusqu'à ce que nous développions des muscles profonds puissants. De ce fait, j'exerce une pression légèrement supérieure à d'habitude, afin de bien tendre le derme tout en limitant ses mouvements.

Je réitère dans le plus grand des calmes mes recommandations :

— Essayez de ne pas bouger, s'il vous plaît. Vous avez fait le plus dur.

— Je sais, mais ça fait mal.

Je prends sur moi pour ne pas montrer mon agacement. À ce jeu-là, Blake est bien meilleur que moi, lui est un altruiste né. Mais à force de patience et de répétition, j'arrive désormais à parfaitement masquer mon ressenti. Aussi m'enquiers-je d'une voix douce :

— Vous souhaitez que nous fassions une pause ?

Il me semblait pourtant vous avoir mise en garde, madame, vous rappelant que la cuisse, ça faisait mal. Mais non, comme d'habitude, vous pensez m'apprendre mon métier. Sérieux !

— Non, non. On continue. Je suis courageuse, plaisante-t-elle.

Si vous l'étiez vraiment, vous ne gigoteriez pas comme ça.

— J'ai bientôt fini, dis-je pour la rassurer.

C'est faux, je ne fais que commencer, mais elle s'est détendue l'espace d'un instant, ce qui me facilite la tâche pendant plusieurs minutes au moins.

Après une bonne demi-heure supplémentaire d'acharnement, de courbes, de détails et de minutie, je lui montre le résultat, satisfait. Ça n'aura pas été une mince affaire, mais j'y suis parvenu. Elle explose de joie, me complimente à n'en plus finir, tandis que j'applique généreusement l'huile végétale avant de filmer sa cuisse de cellophane. Puis je récite mes recommandations pour aider à la cicatrisation. Elle m'écoute d'une oreille distraite, et je dois m'y prendre à plusieurs reprises afin d'être certain qu'elle ait tout entendu.

Je jette mes gants, nettoie mon matériel, avant d'aller la rejoindre à l'accueil. Elle discute allègrement avec Blake, et d'un simple regard en coin mon jumeau me fait savoir qu'il jubile de m'avoir vu autant galérer. Il me congratule d'une tape sur l'épaule, ce qui m'arrache un sourire.

Notre cliente s'éternise, fait les yeux doux à mon frère, mais ce dernier est on ne peut plus insensible à son charme – elle n'en a pas, de toute évidence. En même temps, après sa nuit avec Milena, la collègue cubaine d'Ava, au physique très agréable, pas étonnant qu'il ne soit guère réceptif. Mon jumeau est un romantique transi, et s'il m'est parfois arrivé de merder avec certaines de mes conquêtes d'un soir au point d'être traité de goujat, de macho et j'en passe, lui n'a jamais dérogé à la règle qu'il s'est fixée, à savoir : pas de sexe hors des relations longues. Que Milena se rassure ; s'ils ont couché ensemble, c'est que Blake se projette avec elle, pour des mois, voire des années, à son bras.

— C'est bientôt l'heure, frangin, s'exclame gaiement Blake une fois notre cliente partie. Stressé ?

— Absolument pas. Je devrais ?

Mais Blake ne répond pas. Au lieu de ça, il vérifie que ni Owen ni Catalina ne peuvent nous entendre, avant de poursuivre en baissant la voix :

— Tu comptes lui parler de l'enjeu du mondial ?

— Non. Je ne tiens pas à la mêler à tout ça.

Blake ne dit rien, mais à son air grave je comprends qu'il ne lâchera pas l'affaire si rapidement. Il reprend calmement :

— En la choisissant comme mannequin, tu l'impliques. Que tu le veuilles ou non. Explique-lui, Caden. Je ne la connais pas bien, mais je pense qu'Ava est le genre de femme qui aime savoir dans quoi elle s'embarque. Tu ne crois pas ?

Je conserve le silence, crispant la mâchoire de contrariété. Si Ava découvre l'envers du décor, je suis quasiment certain que cela la fera fuir. Déjà que ça n'a pas été une mince affaire de la convaincre (d'ailleurs, ai-je seulement réussi ?). Blake, qui, comme à son habitude, lit dans mes pensées, pose une main réconfortante sur mon épaule, avant de reprendre :

— Je sais que tu l'aimes bien, Caden. Et c'est justement pour ça qu'il faut que tu lui en parles avant qu'elle l'apprenne par quelqu'un d'autre. Ne répète pas les erreurs du passé. Pense à Clémence.

— Clémence est une sale petite pimbêche manipulatrice qui s'est bien jouée de moi ! dis-je, furieux, élevant soudainement la voix. N'ose même pas les comparer. Elles n'ont rien à voir, toutes les deux !

— Tout ce que je dis, continue-t-il, sans jamais perdre son calme, c'est que si tu avais prévenu Clémence, alors peut-être que…

— Que quoi ? Qu'elle ne m'aurait jamais trahi ? Qu'elle n'aurait jamais préféré l'argent à moi ? À nous ? C'est vraiment ce que tu penses ? Car elle n'a pas hésité à me poignarder dès qu'elle en a eu l'occasion, je te signale ! Ava ne ferait jamais ça, j'en suis persuadé.

— Caden… je suis de ton côté, ne l'oublie pas. Je ne souhaite que ton bonheur. Préviens-la. Pour une fois, écoute ton frère. OK ?

J'opine du chef, mais Blake n'est pas satisfait pour autant. Car il sait que je n'en ferai qu'à ma tête. Il sait que je ne lui dirai rien. Parce que si intense soit-elle, ma relation avec Ava ne tient qu'à un fil, et je ne veux pas tout gâcher. Et tant pis s'il a raison. C'est un risque que je suis prêt à prendre.

Chapitre 23

Quelle idée d'être arrivé en avance. Voilà trente minutes que je joue bêtement avec mon téléphone, relevant la tête toutes les dix secondes pour m'assurer qu'elle n'est pas là. Mais manifestement, Ava souhaite se faire désirer, car il n'y a toujours pas l'ombre d'une blondinette en vue. Je suis nerveux, ce qui n'arrange rien à mon attente. D'ordinaire, je suis relativement sûr de moi durant mes rencards, je sais que mon physique ne passe pas inaperçu et que je plais majoritairement aux femmes. Mais ça, c'était avant de la rencontrer. J'ai rarement eu aussi peu confiance en moi. J'ai l'impression d'avoir fait un bond en arrière de quinze ans, lorsque je débarquais au lycée, tremblant comme une feuille à l'idée de ne pas réussir à m'intégrer. Comme cette époque me paraît loin, désormais. Bien sûr, mes craintes se sont très vite révélées infondées. Blake et moi nous sommes rapidement fait remarquer et connaître comme « les jumeaux », recevant des invitations pour toutes les soirées cool organisées sur le campus. Je n'étais pas très doué en cours, et mes professeurs me le reprochaient sans arrêt. Pas assez talentueux, pas assez concentré, pas assez investi. Fort heureusement, j'ai pu intégrer l'équipe de basket, Blake aussi, et mes aptitudes sportives m'ont permis de rester à flot, ainsi que de découvrir les joies de l'amour en rencontrant ma première petite amie, Tasha. Que ne donnerais-je pas pour retrouver un peu de ma superbe d'antan. En ce moment, j'en ai bien besoin.

— Salut, dit une voix qui m'extirpe de mes pensées.

Aussitôt, mes yeux se posent sur Ava, et j'avale péniblement ma salive. Elle est magnifique. Cherche-t-elle à me faire mourir de désir pour elle ? Car si c'est le cas, elle est vraiment bien partie. D'autant que, comble de la tentation, elle a enfilé une robe. Une robe noire bustier, laquelle remonte ses seins, que je ne devine que trop bien. Moulante à souhait, elle épouse les contours de son corps avec une précision incroyable, laissant deviner une silhouette ciselée et voir de longues jambes fines et musclées rehaussées par des escarpins en velours noir. Trop pour mon cœur. Elle a réuni ses cheveux en un chignon bas, si bien que je me sens tout à coup miséreux avec mon jean délavé et mon T-shirt bleu nuit. Je me gratte nerveusement la nuque, ne sachant où poser le regard de peur de m'y attarder de trop.

— Ava, tu es…

Elle me regarde intensément, et j'arrête de respirer un court instant. J'ai envie de lui dire à quel point elle est belle, époustouflante, à quel point elle est séduisante et désirable, mais on parle d'Ava. La bombarder de compliments est le meilleur moyen de la faire fuir.

— Tu arriverais presque à être passable, comme ça. Pour peu, on en oublierait tes fesses plates.

La contrariété se peint sur son joli visage, tandis que je me traite de tous les noms d'oiseau possibles. Comment peut-elle imaginer un seul instant que je pense sincèrement de telles horreurs ? J'aimerais me contredire, exploser de rire tout en lâchant un « j't'ai bien eue », mais je ne peux pas. J'ai compris comment elle fonctionnait et, même si elle me hait en cet instant de ne pas succomber, je sais pertinemment que plus je résiste, plus je l'attire. Enfin, je crois.

— Ne te méprends pas, réplique-t-elle la tête haute en me toisant durement, cette robe ne t'était pas destinée. C'est juste que j'ai un rencard après, et comme je n'aurai pas le temps de me changer…

— Un rencard ? m'écrié-je aussitôt en m'étranglant. Avec qui ? Ava, c'est quoi ces conneries ?

Elle explose de rire, ce qui me décontenance d'autant plus. Je rêve, ou elle est en train de se payer ouvertement ma poire ? Devant mon air horrifié, elle reprend avec cet air espiègle que j'aime tant :

— Respire, Caden, c'était une blague. Va pas nous faire un infarctus avant de lancer mon projet ! Mais ne te fais pas d'illusions pour autant, je n'ai pas eu le temps de faire de lessive ces derniers jours, et il ne me restait que ça à me mettre.

— Tu parles, je m'en fous pas mal, répliqué-je, vexé. Tu fréquentes qui tu veux !

— C'est ça, ouais. Tu t'en fous, reprend-elle, un sourire moqueur aux lèvres.

— Tu n'as rien apporté ? dis-je pour changer de sujet.

— Tout est là-dedans ! s'exclame-t-elle fièrement en brandissant une petite pochette de soirée pailletée.

Ce n'est vraiment pas un rencard ? C'est à s'y méprendre, tout de même. Elle est si belle… Elle passe devant moi, me frôle, et j'en profite pour humer les effluves doux et généreux de son parfum. Un brin exotiques au premier abord, ces notes décadentes sont rapidement remplacées par des traces rondes et suaves de sucre vanillé, ce qui donne un sillage gourmand parfaitement dosé. Un délice olfactif hautement appréciable, que je savoure jusqu'au dernier arôme.

Tandis qu'elle déverrouille la porte de son local commercial, je ne peux m'empêcher de remarquer l'échancrure de sa robe, qui descend jusqu'en bas de son dos, ce qui me fascine et me tétanise à la fois. Si je rentre là-dedans, seul avec elle, je n'en ressortirai pas indemne, je le sais. Je suis incapable de lui résister. L'a-t-elle fait de manière préméditée ? Mais pourquoi ? Elle qui voulait une relation strictement professionnelle ? Je ne comprends plus rien.

N'y tenant plus, j'effleure sa peau nue, laissant courir mes doigts le long de sa colonne vertébrale. Je la sens frissonner à ce simple contact, ce qui m'incite à continuer. Lorsqu'elle se retourne vers moi avec des éclairs dans les yeux, en revanche, je m'éclaircis la voix en expliquant très calmement :

— C'est là que j'aimerais te tatouer.

— Sur le dos ? fait-elle, visiblement déçue que je parte sur ce terrain.

— Absolument.

Je veux imprégner chaque parcelle de ta peau, Ava, et te contempler, encore et toujours, jusqu'à ce que tu te lasses de moi. Car en ce qui me concerne, je sais déjà que je ne serai jamais vraiment rassasié de toi.

— Et que comptes-tu me tatouer, alors ? reprend-elle en croisant les bras sur sa poitrine et en reculant légèrement.

— Je vois un phénix, grand et majestueux, entouré par un tourbillon, lequel fait voler des fleurs, comme le lotus ainsi qu'un pétale de rose, avec les initiales de ta grand-mère afin de lui rendre hommage.

Je me tais, découvrant que ses yeux brillent, emplis de larmes.

— Mais ce n'est qu'une proposition, si ça ne te convient pas, on en reparlera jusqu'à avoir trouvé le dessin parfait.

Elle opine du chef et essuie ses paupières d'un geste vif.

— En réalité, ton idée me plaît beaucoup, c'est juste que… je suis surprise que tu aies pensé à elle, c'est tout.

— Les tatouages sont une représentation artistique de notre moi le plus intime. Ils en disent bien plus sur nous que n'importe quel récit ou témoignage. Je sais combien elle était importante pour toi, alors il me paraissait primordial de l'immortaliser.

Elle acquiesce silencieusement, visiblement ébranlée, avant de s'enquérir :

— Bon, on s'y met, oui ou non ?

Je la suis à contrecœur dans le local, refermant la porte vitrée derrière moi.

Ne fais pas tout foirer, Caden. Reste pro. Surtout, ne fais rien de déplacé…

Tandis que je l'observe évoluer dans l'espace, je me répète inlassablement les mêmes recommandations. Mon regard parcourt un instant sa gracieuse poitrine soulevée par son bustier, et je dois redoubler d'effort pour retrouver ma concentration.

Afin d'éviter toute tentation inutile, je m'assieds à l'envers sur une chaise qui traîne par là, les mains fermement accrochées au dossier pour ne pas succomber à un quelconque geste malvenu.

— Prêt ? lâche Ava, qui semble être redevenue nerveuse.

— Quand tu veux.

Et advienne que pourra.

Chapitre 24

Je pensais que je peinerais à garder le contrôle et j'avais vu juste. Je ne sais même plus où poser les yeux tant elle est séduisante dans cette robe de soirée moulante. Je n'ai qu'une envie, c'est de la lui arracher avant de la combler de bonheur et d'extase. C'est pourquoi, afin qu'elle ne saisisse pas mes intentions charnelles, très peu innocentes, je me focalise intensément sur son visage, réunissant toutes mes forces pour que mon regard ne dévie ni sur ses seins, rehaussés par son bustier, ni sur ses jambes, ni sur ses doigts que j'imagine déjà caresser mon corps, pour ne pas dire autre chose, avec délice. Est-ce que l'enfer ressemble à ça ? Une femme extrêmement désirable que vous n'avez pas le droit de toucher ? Ava ne s'en aperçoit peut-être pas, mais elle vient d'inventer la pire des tortures.

De son côté, elle est très professionnelle et m'expose son plan de financement sans ciller. Elle prend possession de l'espace, l'air de rien, tout en défendant son projet corps et âme. Honnêtement, si j'étais un investisseur lambda, je signerais tout de suite. Elle semble tellement sûre d'elle, impossible de ne pas croire en ce petit bout de femme au caractère bien trempé. Ce magasin, c'est toute sa vie. Elle me l'avait pourtant dit, mais je viens tout juste de le comprendre.

— Nous sommes tous différents, continue-t-elle sans jamais perdre le fil de sa ligne conductrice. Nous sommes le résultat de notre héritage génétique, de notre passé, mais également du présent, qui influe énormément sur nos émotions et notre ressenti. Alors pourquoi devrions-nous tous porter les mêmes vêtements ? Les mêmes bijoux ? Le sur-mesure, c'est la clé de tout. C'est ce que propose Pixie Dust[1]. Du sur-mesure. Bracelets, colliers, montres, bagues, et j'en passe… tout pourra être créé sur place, à la demande. Soit directement ici, soit sur rendez-vous avec, dans un premier temps, une formulation détaillée de la commande, suivie d'une esquisse pour validation du projet. Puis, après avoir payé un acompte, le client sera informé par SMS dès qu'il pourra venir récupérer son article.

J'ai beau me concentrer de toutes mes forces, mes yeux sont constamment appelés par sa silhouette de déesse, comme si elle m'incitait, d'une toute petite voix, à la considérer davantage, à ne pas l'ignorer. Sauf que ce n'est pas son corps qui parle, mais le diablotin qui réside dans mon cerveau, lequel a directement envie de passer au dessert, et quel dessert… Heureusement, l'angelot, lui, a sciemment écouté chaque parole, conscient que, sans cela, adieu la jolie Ava Gardner, et bonjour ma main droite.

— Et en termes de prix, ça donne quoi ? dis-je, comme si je n'étais absolument pas distrait par ses atours séduisants. Le sur-mesure, c'est beau, mais ça se paie.

— J'y viens. Mais d'abord, parlons des bijoux qui seront confectionnés sur place. À l'endroit exact où tu te tiens seront disposés d'énormes bacs remplis de perles, de pendentifs, d'ornements et de décorations diverses… Je vais également fixer des étagères de part et d'autre du magasin. Le principe, c'est que les gens créent leurs accessoires eux-mêmes, ce qui augmentera nettement ma marge, puisqu'ils seront la main-d'œuvre. Pour fidéliser la clientèle, j'installerai un système d'abonnement mensuel pour un maximum de cinq bijoux par mois. Ou alors, ce sera du *one shot*, c'est-à-dire qu'ils paieront uniquement le collier qu'ils viennent de confectionner, par exemple.

— L'abonnement, c'est un principe qui marche, affirmé-je, mais ça ne suffira pas.

1. Ce qui signifie « poussière de fée ».

Ava acquiesce d'un léger hochement de la tête, presque imperceptible, et lorsqu'elle se mord la lèvre inférieure, réfléchissant à l'argument qu'elle va ensuite m'exposer, il me vient de nouveau des idées très déplacées et extrêmement érotiques. D'ordinaire, je parviens toujours à garder un minimum de contrôle, même avec Ava, mais sa tenue a sur moi un effet surpuissant que je n'arrive pas à expliquer. Elle en montre à la fois trop et pas assez, elle promet de bons moments sans pour autant me garantir qu'ils se concrétiseront. J'en conclus donc qu'il s'agit d'un test, auquel je ne dois en aucun cas échouer. Avant de reprendre la parole, elle inspire à pleins poumons, ce qui bombe davantage sa poitrine, attirant inévitablement mon regard qui la parcourt avec appétit. La seconde d'après, je me reconcentre sur son visage aux traits fins et délicieux, les doigts crispés sur le bois du dossier de la chaise afin de me canaliser. Heureusement, jusque-là, mon beau mogwai n'a pas l'air de réaliser mon trouble, pourtant évident, ouf !

— C'est pour ça qu'il y aura des ateliers, poursuit-elle, imperturbable. Une à deux fois par semaine suivant la demande. Ils seront gratuits pour les abonnés, payants à hauteur de 10 dollars pour les autres clients. Ceux qui y assisteront et qui souhaitent repartir avec leur création auront une remise de 10 % exceptionnelle à la fin de la séance.

Je m'accorde le temps de la réflexion, assimile tout ce qu'Ava m'explique. Effectivement, elle n'avait pas menti, elle connaît son sujet sur le bout des doigts et le maîtrise à la perfection.

— Pourquoi ne pas directement proposer un forfait atelier avec bijou inclus ?

— J'y ai pensé, mais prenons la confection d'un bracelet, par exemple. Il y en a toujours qui sont déçus de leur prestation. Et si certains rentrent chez eux avec et qu'ils n'osent pas le montrer ni le porter, ce n'est pas de la bonne pub pour moi. Alors que si je fais plutôt une remise, certes il n'y a pas d'obligation d'achat, mais ça pousse malgré tout à la consommation. Et puis, c'est bien connu, on apprécie toujours plus ce qu'on a payé…

J'opine du chef, impressionné de constater qu'elle a pensé à tout. Elle défend son projet avec une telle ardeur que c'en devient terriblement attirant. Ava n'a pas juste de belles formes, elle est réfléchie, intelligente, et surtout elle est passionnée, je le vois à ses prunelles qui brillent d'excitation. Comment résister ?

— Ça se tient. Et tu vas montrer quoi dans tes ateliers ? Car clairement, l'idée, c'est de ne pas donner tous tes tuyaux, sinon les habitués risquent de déserter ton commerce. Les gens prônent le *home made*[1], tu sais ?

— Bien sûr. Il y a des tas de possibilités pour faire des activités de DIY sans danger pour la clientèle. D'abord parce qu'il faut la technique, mais aussi les outils, pour travailler l'or ou l'argent, par exemple, sans parler du cuir. Je pensais animer des fabrications faciles comme la confection d'une chaîne de cheville à breloques, le tressage d'un bracelet brésilien, des boucles d'oreilles en bois, ce genre de choses. En gros, des bijoux à un prix très attractif et de saison !

Je m'ébouriffe les cheveux, focalisé comme jamais pour tenter de tout retenir. L'idée d'Ava est brillante, non pas que j'en doutais, mais tout de même elle m'impressionne. Car pendant qu'elle enchaînait les services au bar de cet imbécile de Gregor, elle planchait en prime sur son projet afin d'en cerner tous les tenants et les aboutissants. Elle maîtrise son business plan sur le bout des doigts, et c'est d'autant plus épatant qu'elle est allée très loin dans le détail pour parer à toute éventualité.

En tout cas, elle l'ignore peut-être encore, mais concernant sa demande de partenariat, elle est plus qu'approuvée, et ce en toute objectivité. Une boutique comme Pixie Dust a tout à fait sa place dans un quartier artistique comme Wynwood, et je serais bête de ne pas signer sur-le-champ.

1. « Fait maison ».

— Et du coup, tu as un ordre d'idée de combien coûterait un bijou sur mesure ?

Elle rit doucement, et ce son mélodieux se répercute jusque dans mes entrailles. L'espace d'un instant, je m'imagine la saisir par les cuisses, avant de la déposer délicatement sur le seul comptoir encore existant. Puis je retrousserai sa…

— Tu m'écoutes ?

Avec cette petite moue provocatrice dont elle a le secret, Ava m'assassine du regard, comprenant que mes pensées m'ont distrait de sa présentation. Une chance qu'elle ne puisse pas lire dans ma tête, sinon elle m'aurait déjà atomisé. Pourtant je m'efforce de rester concentré, j'essaie vraiment.

— Désolé, je…

— Un problème, Sven ?

Ah, ce sobriquet… Je devrais le détester, alors qu'en réalité je l'adore. Elle ne l'utilise que quand elle est d'humeur à plaisanter, et cette Ava-là, c'est celle que je préfère par-dessus tout. Aussi, l'évocation de ce nom me tire un sourire on ne peut plus expressif.

— Je dois répondre franchement ou simplement dire ce que tu souhaites entendre ? dis-je pour la provoquer.

Elle prend une expression surprise mais, à son petit sourire, je comprends que j'avais vu juste. Elle veut jouer.

— Essaie la franchise, pour voir.

Tant pis pour le comportement irréprochable et professionnel. Je me serai vaillamment battu pour ne pas être déconcentré, mais mon adversaire étant redoutable, il m'a vaincu à plate couture.

— Ta robe me perturbe.

— Quoi ? s'exclame-t-elle en baissant la tête vers son bustier. Pourquoi ?

— Parce que t'es incroyablement sexy là-dedans !

Elle scrute mon visage dans les moindres détails, me dévisage sans pudeur et, tandis que je fais de même, je constate le rose qui est apparu sur ses joues. L'aurais-je intimidée à cause de ma remarque ? Mais dans le fond, elle était déjà au courant. Elle me le demande uniquement pour se l'entendre dire, mais elle sait l'effet qu'elle me fait. Impossible qu'elle l'ignore.

Elle entrouvre les lèvres, visiblement troublée, et si je m'écoutais, je foncerais sur elle pour l'embrasser à pleine bouche. Mais je ne peux pas, ça gâcherait tout. Et je me cramponne si fort au dossier de la chaise que c'en devient douloureux.

— Environ une cinquantaine de dollars, dit-elle enfin comme si de rien n'était.

Je rêve ? Elle croit s'en tirer à si bon compte ? Je vois bien que ma déclaration ne la laisse pas indifférente, je ne suis pas aveugle. Elle cherche vraiment à faire semblant ? Sérieux ? Ava reprend son argumentation et, petit à petit, retrouve sa contenance. Apparemment, oui.

Tu ne vas pas t'en sortir comme ça, chérie. C'est moi qui te le dis.

Vient enfin pour elle le moment de dégainer son dernier atout, celui du partenariat, et je suis sur le qui-vive, prêt à saisir la première occasion pour la faire déchanter. Tu veux jouer ? On va jouer.

— Quand je t'ai rencontré, ça a fait tilt dans ma tête, continue-t-elle, sérieuse et concentrée, pourquoi ne concevrions-nous pas des bijoux capables d'embellir nos tatouages ? Et c'est là que tu entres en scène. Tu peux te lever un instant ?

Je m'exécute, obnubilé par ses lèvres charnues que j'ai envie de dévorer. De sa pochette, elle sort ce qui ressemble à un bracelet de force avec des motifs tribaux, réalisés en plastique noir très fin. Elle me demande de relever ma manche, et y voyant une occasion de lui faire perdre de sa superbe, j'ôte carrément mon T-shirt tout en me rapprochant d'elle le plus possible, mon buste frôlant sa poitrine moulée dans cette robe que j'affectionne de plus en plus. Je note qu'elle est gênée, mais tente néanmoins de faire bonne figure. Alors, on fait moins la maligne ?

— Tends ton bras.

J'obtempère, savourant ce contact délicieux. Les senteurs de vanille chatouillent mes narines, et je résiste avec peine à l'envie de mettre à exécution mes pensées de tout à l'heure. J'humecte mes lèvres avec un appétit féroce, parce que je n'ai qu'une envie, c'est de dévorer chaque parcelle de sa peau jusqu'à l'entendre crier de désir. Elle enfile le bracelet qu'elle a confectionné et le positionne au niveau de mon biceps, juste au-dessus de mon tatouage. Puis elle recule légèrement, les prunelles brillantes de fierté.

— Ferme les yeux.

Je ne comprends pas bien pourquoi elle me demande ça, mais cède néanmoins sans offrir aucune résistance. Dans la pénombre, j'attends patiemment qu'elle me dise quoi faire. On pourrait croire que le fait de ne plus voir son corps m'aiderait à me canaliser et à réduire au silence mes pensées salaces, mais en fait c'est pire. Je me concentre sur le bruit de ses pas, sur son parfum qui flotte dans l'air, et j'avale ma salive, essayant de retrouver une certaine sérénité, mais je n'y parviens pas. En réalité, je suis nerveux, parce que j'ai peur de faire un geste déplacé, parce que j'ai peur qu'elle n'ait pas envie de moi comme j'ai envie d'elle, parce que j'ai peur de la faire fuir pour de bon. J'entends qu'elle s'active non loin de moi, et ma curiosité ne cesse de croître.

— Rouvre-les.

Trop pressé de découvrir ce qu'elle a fait, j'obéis. Et le moins qu'on puisse dire, c'est que le résultat est bluffant. Je peux le voir grâce au miroir qu'elle tient dans ses mains et qu'elle dirige vers moi.

Autour de mon biceps se trouve le bracelet qu'elle a confectionné. Ce dernier suit à la perfection mon muscle, sans toutefois limiter mes mouvements. L'effet est immédiat. Je réalise que les traits de plastique fin forment des volutes assorties à mon tatouage. C'est incroyable. On dirait… une seconde peau, la continuité de mon dessin.

— Qu'est-ce que tu en penses ? lâche-t-elle au bout de quelques secondes.

— J'adore !

— Vraiment ?

— C'est une merveilleuse idée, Ava !

— Je voulais des bijoux qui se marient avec le tracé d'origine, qui l'embellissent et le mettent en valeur. J'aurais bien ajouté des strass de couleur, histoire de contraster avec l'encre sans pour autant modifier le motif. Tu peux le changer de place, l'enfiler sur ton autre bras, sur ta jambe… Ce sera un continuel rappel de ton tatouage.

— Je signe où ? demandé-je en contemplant l'accessoire, fasciné.

Son rire envahit la pièce, et je l'imite, envoûté par sa présence et son charisme incroyable. Cette femme est si enivrante, séduisante… comment lui résister alors que je n'attends qu'une chose, c'est de lui succomber ?

Doucement, je rive mon regard au sien et m'avance vers elle avec une lenteur insoutenable, conscient que chaque pas me rapproche du point de non-retour. Elle connaît le fond de ma pensée. Je le sais, car je vois son regard désapprobateur. Elle lutte, inconditionnellement, pour que je reste à distance. Mais comment le pourrais-je ? Ses prunelles disent non, mais son corps dit oui. Comme sa lèvre qu'elle mordille, sûrement pour se rappeler qu'elle s'est fixé un objectif et qu'elle souhaite s'y tenir.

J'avance, elle recule, si bien qu'elle finit adossée au comptoir, ce qui ne fait qu'accroître mon désir pour elle. J'encadre ses hanches de mes mains, et elle frémit à ce contact, ses yeux ne lâchant jamais les miens.

— Je pensais avoir été claire, Caden. Je ne suis pas venue pour ça.

Elle m'incendie du regard, tente de me repousser en posant ses mains sur mon buste, toujours nu, mais je ne bouge pas d'un pouce. Je crains qu'il ne faille bien plus que son poids plume pour déplacer un Viking.

C'est maintenant ou jamais. Le moment où elle choisit : soit de s'abandonner dans mes bras, soit de me fuir pour le restant de nos jours. *Qu'est-ce que ce sera, Ava ?*

— Je t'ai entendue, l'autre soir, murmuré-je, j'ai tout entendu. Mais ce qu'il faut que tu comprennes, Ava, c'est que je ne suis pas ton père, et tu n'es pas ta mère. Ils ont commis des erreurs, et tu as dû en assumer les conséquences, alors que tu n'étais qu'une enfant. Mais ça ne nous arrivera pas.

Je sens la détresse dans ses yeux ainsi que son rythme cardiaque qui augmente, et ça suffit à me faire suffoquer, comme si j'étais momentanément privé d'air. Elle a tellement souffert qu'aujourd'hui elle a peur de s'attacher, de s'engager, et de se retrouver à nouveau seule.

— Je ne t'abandonnerai pas, continué-je en entortillant ses cheveux blonds entre mes doigts.

— Prouve-le.

Je prends une grande inspiration, conscient de ce qu'elle me demande. Elle veut que je lui montre que je suis capable de mettre ma fierté de côté, l'espace d'un instant, de la faire passer avant tout le reste. Si je l'embrasse, je vais en entendre parler pendant des semaines, voire des mois, mais si je refuse, je risque de la perdre, et cette idée m'est insupportable.

Alors, j'entoure son cou de ma main et l'attire vers moi, capturant sa bouche avec une avidité sans pareille. Je relâche toute la frustration accumulée depuis notre premier tête-à-tête dans un grognement bestial, tandis que je dévore avec appétit ses lèvres douces et sucrées. Puis elle accepte enfin de se laisser aller et expire légèrement, si bien que ma langue vient caresser la sienne avec délice. J'attends ce moment depuis notre première rencontre, c'est dire. Ava m'a immédiatement tapé dans l'œil, il n'y a pas d'autre mot. Sa façon d'être, la manière qu'elle a de me résister, son sale caractère… j'aime tout chez cette femme qui m'électrise par le moindre de ses mouvements et je compte bien le lui rendre.

J'approfondis notre baiser, savourant tout ce qu'elle voudra bien m'offrir avant de renfiler sa carapace. Je ne prends même pas la peine de m'écarter d'elle pour respirer, de peur que la magie n'opère plus. Car je ne suis pas dupe. Je sais que ce moment arrivera, tôt ou tard, et ce jusqu'à ce qu'elle accepte d'abandonner la lutte et de se laisser complètement aller. Jusque-là, ça risque d'être les montagnes russes, encore. Mais je suis prêt et je ne lâcherai rien.

Ava, qui semble avoir oublié toute notion de retenue, entoure mon cou de ses bras et vient titiller ma langue avec la sienne. Je suis à ce point excité que je n'ai qu'une envie, lui faire l'amour, ici et maintenant, sur ce comptoir. Elle ne paraît pas opposée à l'idée, puisqu'elle caresse et palpe mon torse avec une voracité absolument délicieuse, tandis que je continue de l'embrasser avec passion.

N'y tenant plus, je laisse traîner mes mains sur ses cuisses pour relever doucement le bas de sa robe, et elle gémit de plaisir, ce qui m'incite à poursuivre mon geste, jusqu'à ce qu'elle interrompe brutalement notre baiser.

— Pourquoi tu ne m'as pas dit que tu avais une sœur ?

La gifle est à ce point violente que je lâche aussitôt sa robe, la rajuste légèrement avant de reculer de plusieurs pas, estomaqué et à bout de souffle.

Quoi ?

Chapitre 25

— Caden, parle-moi ! hurle-t-elle en courant derrière moi tandis que je marche à vive allure.

— J'ai rien à te dire à ce sujet ! grondé-je, furieux, les poings dans les poches.

— Tu m'as juré que tu ne m'abandonnerais jamais y a pas cinq minutes ! réplique-t-elle, folle de rage. Dis donc, elles sont belles, tes promesses ! Espèce de sale con !

Je me retourne, énervé comme rarement, et j'ai tout juste le temps d'intercepter sa main avant qu'elle m'assène une claque. Je la serre fermement entre mes doigts, ce qui lui fait mal, je le remarque à ses traits crispés. Je la relâche aussitôt pour reprendre ma route, et elle revient à ma hauteur en massant son poignet.

De l'extérieur, je dois certainement passer pour le pire des cons, j'en ai parfaitement conscience. Et dire que j'étais si près du but… Comment lui dire que ce n'est pas elle, le problème ? Comment lui faire comprendre que je suis tout bonnement terrifié ? Comment lui expliquer que, si elle décide de ne plus me parler, ma vie s'arrêtera brutalement, et que c'est précisément ce que cherche ma sœur ? Une personne sensée (Blake, pour ne pas le nommer) aurait décrit la situation calmement, posément, sans aucun heurt. Mais je suis incapable d'agir comme lui, évidemment. Ça n'est pas pour rien que je me suis fait tatouer ce loup sur le bras droit. Mon frère m'a toujours reproché mon impulsivité, il n'aura jamais eu aussi raison qu'en cet instant. Et le pire, c'est que je me trouve moi-même ridicule de me murer dans le silence de la sorte, mais je ne sais pas quoi faire d'autre. Ce que je redoutais le plus s'est produit, et pour l'heure paniquer me semble être la seule réaction envisageable. Comment pourrais-je discuter calmement alors qu'Eryn menace de foutre mon avenir en l'air, une fois de plus ? Ava est la meilleure chose qui me soit arrivée, je refuse de la perdre.

— Je n'ai pas fouillé dans ta vie privée, si c'est ce que tu crois, reprend-elle, loin de se laisser intimider par mon mauvais caractère. C'est ta vie privée qui est venue à moi. En les personnes de ta sœur et de ton ex.

Je me raidis, réalisant que la situation est pire encore que ce que j'imaginais. Si ces deux-là commencent à se liguer contre moi, adieu mon happy end avec mon sulfureux mogwai. Je passe une main dans mes cheveux attachés, nerveux, réfléchissant à toute allure. Je n'ai aucune idée de ce qui se trame, je me sens totalement dépassé par ce développement inattendu et je déteste ça ! Comment lui faire comprendre que je suis on ne peut plus sincère avec elle ? Que je serai fidèle, honnête, et que je l'aimerai jusqu'à ma mort ? Comment l'en convaincre ? Et surtout, qui choisira-t-elle de croire ? Elles ou moi ?

— Tu as vu Clémence ? fulminé-je, de plus en plus crispé par la situation. Putain, c'est pas vrai ! Qu'est-ce qu'elle t'a raconté, celle-là ?

— Elle m'a recommandé de rester…

Elle s'interrompt, réfléchit à toute vitesse avant de s'énerver à son tour et de reprendre :

— Mais qu'est-ce que ça peut te faire, d'abord, ce qu'elle m'a dit ? Et pourquoi m'avoir caché l'existence de ta sœur ?

Parce que je n'ai aucune envie de répondre, le plus simple est encore d'ignorer sa question. J'aperçois enfin mon appartement et, soulagé de voir la sortie au bout du tunnel, je déverrouille la porte avec précipitation, avant de grimper les marches de l'escalier quatre à quatre. Évidemment, Ava me suit, et j'en conclus que, de toute manière, je n'échapperai pas à cette maudite conversation.

J'ai conscience de réagir comme un con, mais la vérité c'est que je suis terrifié. Qu'est-ce que cette peste d'Eryn a bien pu lui raconter ? Que mijote-t-elle ? Je me doutais qu'elle préparait un mauvais coup ! Son silence était bien trop inquiétant. Et Clémence qui continue à nous pourrir la vie. Elle ne croit pas qu'elle en a assez fait comme ça ?

Une fois dans le salon, je cherche la seule personne capable de me venir en aide, à savoir Blake, l'appelle, mais l'absence de réponse me laisse entendre qu'il a déserté l'appartement. Probablement sorti avec sa belle. Comme je l'envie en cet instant. En attendant, ça n'arrange absolument pas mes affaires. Et maintenant ?

Essoufflée, Ava arrive à grands pas derrière moi et me tire par le bras pour m'obliger à lui faire face. Je lui lance mon regard le plus noir dans l'espoir de lui faire lâcher prise, en vain, évidemment. On parle d'Ava, elle ne va pas s'avouer vaincue si vite, pas comme ça.

— Je croyais que tu n'étais pas mon père, m'accuse-t-elle froidement, pourtant, tu me tournes le dos à la moindre contrariété. C'est comme ça que tu gères les conflits, Caden ? Car si oui, dis-le-moi immédiatement, que je quitte cet appartement et que je n'y remette plus jamais les pieds !

Retrouvant un semblant de lucidité, je l'attire contre moi et, Dieu merci, elle ne se dérobe pas à mon contact. Je l'étreins vivement, plongeant ma tête dans son cou totalement à nu, tandis qu'elle entoure le mien de ses bras. Comment lui expliquer sans qu'elle me prenne pour un fou ? Notre famille ne ressemble à aucune autre, le comprendra-t-elle ? J'aimerais tellement être comme mon frère en cet instant, m'installer sur ce canapé, la regarder droit dans les yeux et tout lui livrer sans détour. Mais la peur qui me broie et me retourne l'estomac m'en empêche. Et si elle décidait de me fuir ? Et si cette conversation était la dernière ? Et si elle ne voulait plus de moi ? L'appréhension prend le dessus sur la raison, provoquant ces réactions disproportionnées. Néanmoins, je me force à répondre :

— Je pensais tout ce que j'ai dit, Ava. Je n'ai qu'une parole, sache-le. C'est juste que… elles seraient prêtes à raconter n'importe quoi pour me pourrir la vie, et je… Fais-moi confiance, s'il te plaît.

Peut-on sincèrement embrasser une femme avec passion, retrousser sa robe afin de lui faire l'amour, avant de se mettre en colère au point d'essayer de la fuir, et ce dans le but de ne lui rendre aucun compte et s'en tirer avec un « fais-moi confiance » ? Probablement pas, non. Il n'y a aucune cohérence entre mon discours rassurant et mon comportement, lequel passe du tout au rien. Pourquoi m'accorderait-elle sa confiance alors que je ne fais rien pour la mériter ? À sa place, j'aurais déjà pris mes jambes à mon cou depuis longtemps, comment exiger d'elle ce que je serais moi-même incapable de faire ?

— Pourquoi t'en veulent-elles ? insiste, à juste titre, mon mogwai.

Je ne réponds rien, me contente de rester immobile, la tête toujours plongée au creux de son épaule, savourant ce contact réconfortant. Au fur et à mesure que les minutes s'écoulent, ma respiration s'apaise, ma colère aussi, et je n'ose bouger de peur de raviver ses questions indiscrètes ainsi que de provoquer la discussion que nous finirons de toute manière par avoir, tôt ou tard. Mais j'ignore pourquoi, me voiler la face me rassure. Parce que j'ai peur d'affronter la réalité, peur de me confronter à mon passé, peur du jugement que je pourrais voir dans les prunelles de cette femme qui occupe une place si importante dans mon cœur.

Tandis que nous sommes enveloppés par le silence, toujours lovés l'un contre l'autre, les pensées défilent, s'imposant à moi sans que je le décide. Je n'aurais pas dû m'emporter de la sorte, j'en ai conscience. Je suis ridicule. J'ai agi comme un enfant, m'énervant contre Ava alors que je sais pertinemment qu'elle n'a absolument rien fait. Mais je connais ma sœur et ses jeux pervers. Imaginer un seul instant qu'elle puisse monter Ava contre moi me retourne le ventre. Je ne veux pas la perdre. Je ne peux pas la perdre.

Et si c'était déjà fait ? tonne ma conscience qui me fait soudainement paniquer.

Au bout d'une éternité, Ava s'écarte doucement de moi, ses bras entourant toujours mon cou et, en me regardant dans les yeux, elle murmure calmement :

— Tu veux savoir ce que Clémence m'a dit ? Et moi, je veux savoir pourquoi tu m'as caché l'existence de ta sœur. Tire une carte, Caden, si tu l'oses, mais je ne partirai pas tant que je n'aurai pas obtenu de réponse.

— Si tu crois que c'est comme ça que tu vas me faire parler, tu te trompes. Sans compter que j'ai très envie que tu restes ici, au contraire, ajouté-je avec un sourire malicieux, le premier depuis qu'Eryn a été mentionnée.

Mon mogwai semble surpris que je refuse de jouer à l'amiable, mais à son expression amusée je comprends qu'elle a d'autres atouts en main, des plus redoutables, sans nul doute.

— Très bien, alors on change de jeu. Chaque fois que tu accepteras de répondre à une de mes questions, j'enlèverai un vêtement. Ça te va ?

Le rouge qui me monte immédiatement aux joues parle pour moi, tandis qu'Ava rit doucement, intimidée par son propre culot. J'ouvre de grands yeux, me demandant si elle se moque de moi ou non, mais à son air effronté j'en conclus qu'elle est sérieuse. J'avale péniblement ma salive. Elle veut jouer à ça alors qu'elle n'a qu'une robe ? Même avec un ensemble de lingerie, ça fait trois questions tout au plus avant de la voir nue ? Je déglutis, impressionné par ce petit bonhomme de femme. Dis donc, je ne l'imaginais pas si forte en diversion.

— Comme c'est mignon, le Viking rougit. Alors, tu en penses quoi ?

— Qu'as-tu fait de tes bonnes résolutions ? rétorqué-je, abasourdi.

— Elles ont volé en éclats quand tu as fourré ta langue dans ma bouche, Monsieur J'étais-certain-que-tu-craquerais-la-première.

Aïe, allez, ça commence !

— Je pensais que tu interromprais notre baiser pour me rire au nez, tu sais ? dis-je, mes muscles se décrispant au fur et à mesure que la conversation s'allège.

Ava hausse les épaules, un sourire taquin dansant sur ses jolies lèvres que j'ai de nouveau très envie d'embrasser.

— Je ne suis pas un monstre, quoi que tu en dises. Alors ?

J'ignore comment elle a fait ça, mais ma colère a entièrement disparu. Nous discutons à présent comme deux personnes normales, comme si nous ne venions pas de nous prendre méchamment le bec quelques instants plus tôt. Rectification, comme si je n'avais pas flippé et donc réagi comme le pire des idiots. Cette femme a un pouvoir incroyable sur moi. Pourtant, je m'énerve rarement, sauf quand ma petite sœur est de la partie, cela va de soi. Cette peste a le don de me mettre en rage en un temps record et elle semble s'améliorer constamment à ce jeu-là. Me pourrir la vie, voilà son passe-temps favori. Blake prend de temps à autre sa défense ; comme à son habitude, il temporise. Sans lui, nous nous serions déjà entretués, Eryn et moi. Je la hais tellement, pour tout ce qu'elle nous a fait subir, hors de question qu'elle me vole mon Ava.

— Pas ici, dis-je en glissant ma main dans la sienne afin de l'emmener dans ma chambre, Blake pourrait revenir.

— Alors t'es comme ça, toi ? Un tantinet jaloux ?

— Jaloux ? répété-je tandis que je m'installe confortablement sur mon lit. Pas plus que ça. Mais je ne tiens pas à ce que mon frère te retrouve nue dans notre séjour, c'est tout.

— Nue, carrément ?

— Je compte bien assouvir ta curiosité de A à Z, chérie, jusqu'à ce que tu le sois totalement. C'est bien le deal, non ?

— C'est bien le deal. Par contre, j'ajoute une règle. Si tu refuses de répondre à ne serait-ce qu'une question, on annule le jeu, et je me rhabille. Vu ?

Je m'adosse contre le mur, les mains croisées derrière la tête, savourant déjà la vision enchanteresse qui s'apprête à s'abattre sur moi.

— Quand tu veux.

Chapitre 26

— Pourquoi m'as-tu caché l'existence de ta sœur ? répète-t-elle pour la énième fois.

— Juste pour savoir, tu comptes enlever quoi en premier ?

Elle souhaite rester sérieuse, mais n'y parvient pas. Ses lèvres se retroussent légèrement, et la voilà qui esquisse un sourire timide. Elle est magnifique. Debout devant moi, elle a croisé les bras sur sa poitrine pour retrouver une certaine contenance, mais cela ne l'empêche pas de se dandiner d'un pied sur l'autre. Manifestement, elle est nerveuse.

— Ici, c'est moi qui pose les questions, reprend-elle sur un ton qu'elle veut autoritaire (alors qu'en réalité elle est obligée de grimacer pour ne pas exploser de rire).

Puis elle ajoute :

— La robe.

J'ai chaud. J'ai très chaud. J'ai l'impression d'être soudainement exposé au cagnard sans aucune protection ni ombre à proximité. Ma gorge s'assèche, et mes mains deviennent moites. Sans parler de mon cœur qui s'affole et bat à tout rompre. Jamais une fille ne m'a autant excité. Elle me rend dingue. Dans tous les sens du terme.

— J'ai une condition, moi aussi.

Elle se raidit, mais ne pipe mot. Elle attend que je lui livre le fond de ma pensée.

— Écoute mes explications jusqu'au bout, avant de porter un jugement.

Elle opine du chef, l'air grave et, fixant la couette qui me semble très intéressante (car j'ai trop peur de ce que je pourrais lire dans ses prunelles), je me lance dans un monologue.

— Eryn est notre cadette, à Blake et moi, nous avons sept ans d'écart. Au début, nous étions enchantés d'avoir une petite sœur, et tout se passait pour le mieux à la maison. Nous étions très proches. Mais, rapidement, Eryn est devenue jalouse, aigrie, et pire encore. Elle ne cessait de dérober des affaires dans ma chambre, par exemple, jusqu'à voler mon argent de poche ou celui de Blake. C'était une enfant très capricieuse. Elle piquait des crises sans arrêt, et il n'était pas rare qu'elle nous gâche un week-end ou les vacances entières pour le moindre prétexte. Rapidement, notre relation s'est dégradée, passant de fusionnelle à conflictuelle. Blake a bien évidemment pris mon parti. En même temps, nous étions constamment fourrés ensemble, rien de bien étonnant, et ça n'a fait qu'accentuer sa colère. Je t'ai dit que maman nous avait offert un husky quand nous étions enfants ?

Elle opine silencieusement du chef, et je poursuis :

— Il a eu une belle vie, pour un chien, et il nous a comblés, Blake et moi, plus que nous l'aurions imaginé. Il avait onze ans quand Eryn l'a empoisonné, peu après notre entrée au lycée. Lorsque je suis revenu de l'école ce soir-là, j'ai compris, à l'instant où je l'ai découvert étalé par terre, que c'était sa faute, bien qu'elle l'ait toujours nié. J'ai eu un tel accès de colère que j'ai littéralement retourné sa chambre. C'est papa qui m'a maîtrisé, non sans mal, d'ailleurs. Je m'en souviendrai toute ma vie, j'ai cru que je devenais fou. J'étais à tel point dévasté et en même temps excédé… Je ne savais même pas que ces deux sentiments pouvaient coexister. Depuis ce jour, ma sœur a cessé d'exister pour moi, Blake a suivi le mouvement. Il était effondré, lui aussi, mais il est parvenu à le cacher, moi non. Et elle ne s'est pas arrêtée là, bien sûr. Après ça, cette chère Eryn a continué de me pourrir la vie, dépassant chaque fois un peu plus les bornes. Voilà pourquoi je ne t'en ai pas parlé. Je la hais, Ava, je la hais vraiment.

Je n'ose relever la tête de peur de voir sa réaction. Va-t-elle me prendre pour un fou ? Va-t-elle se mettre à hurler parce que je rejette ainsi ma sœur ? *Et encore, elle ignore le principal*, me taraude ma conscience. Les recommandations de Blake de tout lui dire résonnent en moi, mais je fais la sourde oreille. Si je peux éviter de la mêler à tout ça, je le ferai.

Ava se racle la gorge afin de m'inciter à lever les yeux, ce que je finis par faire. Son expression est indéchiffrable. Au moins, elle n'a pas pris ses jambes à son cou, c'est déjà ça. Son regard plongé dans le mien, elle baisse doucement la fermeture Éclair de sa robe, tandis que mon cœur cesse de battre un instant. Puis elle tire légèrement le bustier vers le bas avant de tout laisser tomber. Et ce que je vois me fait me raidir… de partout. Un tanga échancré en dentelle noire, assorti de cache-tétons en forme de cœur de la même couleur, lesquels masquent partiellement ses seins. Mais ils en dévoilent bien trop pour que je parvienne à détacher mon attention de son corps splendide. Je suis à ce point subjugué que j'en perds la parole. Intimidée, Ava détourne le regard.

— Dis quelque chose, finit-elle par déclarer.

— J'adore ce jeu.

— Caden !

— Tu es sublime.

— Mes fesses aussi ? s'enquiert-elle, amusée.

— Non, pas tes fesses. Le reste en revanche…

Faussement vexée, elle se saisit d'un de mes oreillers et me le balance sans ménagement sur la tête. Je pare le coup, mais elle enchaîne jusqu'à ce qu'elle soit satisfaite de m'avoir entièrement décoiffé.

— Et Clémence ? reprend-elle plus sérieusement.

Je souffle, agacé de devoir ressasser des souvenirs douloureux. Je déteste aborder ce sujet. Heureusement, la vue enchanteresse qui s'offre à moi est une parfaite distraction et m'aide à conserver mon calme.

— Avant de t'en parler, je tiens à préciser que c'est du passé. Je ne ressens plus rien pour elle. Elle m'a brisé le cœur, et j'ai tiré un trait définitif sur elle, OK ?

Ava acquiesce d'une brève inclination de la tête et, après avoir pris une grande inspiration, je me lance.

— Tout est allé très vite avec elle. Elle m'a contacté via mon Instagram, car elle cherchait des modèles pour devenir photographe professionnelle et se constituer un book, et c'est comme ça que nous nous sommes rencontrés. Nous nous sommes rapidement rapprochés, et il n'a fallu que quelques jours pour que nous sortions ensemble.

Je remarque que son expression s'est rembrunie et je m'interromps aussitôt. Je me lève et, instinctivement, Ava recule.

— Nous ne devrions pas parler de ça, dis-je alors. Tu vois bien que tu n'as aucune envie d'entendre ces histoires. C'est du passé, Ava. Laissons-le là où il est, et savourons l'instant présent.

Elle fait un signe négatif, refusant de m'écouter, et je me réinstalle sur le bord du lit, vaincu par ce petit bout de femme qui, décidément, m'en fait baver.

— Viens au moins dans mes bras, alors.

— Si je m'approche, tu vas me sauter dessus et tu ne répondras plus à mes questions.

— Je te promets que non.

Elle semble hésiter, pèse le pour et le contre et, voyant qu'elle ne bouge pas d'un pouce, je prends les devants. Je me redresse un instant, ôte mon T-shirt, puis mon jean, avant de me rasseoir, seulement muni de mon boxer.

— Qu'est-ce que tu fais ? s'enquiert-elle, surprise, en lorgnant avec appétit mes abdos.

— Maintenant, tu n'as plus à te sentir gênée, nous sommes dans la même tenue. Viens à côté de moi, Ava, s'il te plaît.

Elle s'installe à l'autre bout du lit, et je râle de mécontentement. Pour me faire chier et ne rien écouter, c'est une championne. Elle remonte ses jambes contre son buste, les entoure de ses bras, me cachant ainsi la vue imprenable que j'avais sur sa merveilleuse poitrine. J'essaie de masquer ma déception, tandis qu'elle me fixe intensément comme pour me signifier qu'elle attend que je poursuive.

— Tu ne l'aimes plus, j'ai compris, Caden. Et après ?

— Ensuite, tout s'est accéléré. Je lui faisais une confiance aveugle, c'est pourquoi je lui ai donné un double des clés de l'appartement. Elle vivait pour ainsi dire avec nous, et tout allait pour le mieux. Enfin, jusqu'à ce que j'apprenne qu'elle fouillait dans nos dossiers personnels pour divulguer des informations à ma chère sœur en échange d'un joli chèque.

— Quoi ? Quel genre d'informations ? réplique Ava d'un air sombre.

Ignorant superbement la deuxième question, je ne me focalise que sur la première, ce qui arrange bien mes affaires.

— Je t'assure. Quand j'ai découvert ça, j'étais dans une colère folle… Je l'ai sommée de débarrasser le plancher et de ne plus jamais revenir chez nous. Elle m'a imploré à de multiples reprises, a essayé de me tourner la tête, me racontant connerie sur connerie. Comme quoi elle avait été doublée par quelqu'un d'autre, qu'elle ne m'aurait jamais fait ça. Tu parles !

— Et tu l'as au moins écoutée ? Et si c'était la vérité, Caden ?

— Tu la crois, elle, et pas moi ?

— Disons… que sa version ne concorde pas avec la tienne.

— Bah voyons ! Et elle t'a raconté quoi, à toi ?

Ava prend une grande inspiration, et je ne réalise que lorsqu'elle me répond que j'avais cessé de respirer un instant.

— Que toi et Blake lui aviez tourné le dos à la première occasion, qu'elle vous avait toujours défendus, corps et âme, et que cela ne vous avait pas empêchés de la virer de chez vous, brisant au passage sa carrière naissante.

Je suis à ce point scandalisé que je ne peux contenir les jurons qui me viennent. Je me lève brutalement du lit, et Ava m'imite, tout en conservant une certaine distance. Comment a-t-elle osé débiter toutes ces salades à Ava ? Après tout ce qu'elle a fait ? Elle n'en a pas marre ? J'ai envie d'exploser et de fracasser tout ce qui me tombe sous la main, mais m'en abstiens. Ava est là et me regarde fixement, attendant que je me calme. Je me prends le crâne dans les mains, cherchant les mots adéquats pour me blanchir auprès de la seule et unique femme qui m'importe vraiment. Mais qu'est-on censé dire dans ces moments-là ?

— Caden, continue Ava sur un ton proche du murmure. Elle a ajouté…

Sa voix se brise, et je relève aussitôt la tête, alarmé par son ton.

— Quoi ? Qu'a-t-elle ajouté ?

— Elle a ajouté que j'étais la prochaine sur ta liste.

Sidéré par de telles aberrations, je ne réagis pas immédiatement. En effet, je demeure un instant immobile, accusant le coup, incapable d'esquisser le moindre mouvement. Puis, voyant qu'Ava attend de moi une réponse satisfaisante, je m'approche d'elle à grandes enjambées avant de l'embrasser à pleine bouche.

Cette scène est à ce point surréaliste qu'il me faut prendre sur moi pour me contenir et ne pas me laisser dépasser par la situation. Mais le fait est que je suis quasiment nu, Ava blottie contre moi, sa bouche sur la mienne, elle aussi en sous-vêtements. Mon corps est collé au sien, et j'entoure son visage de mes mains afin de m'assurer qu'elles ne glisseront pas ailleurs. Je ne veux pas brûler les étapes. Et je ne veux pas la perdre ni l'effrayer. Mais mon plan de me faire désirer ne tient plus, désormais, et ce depuis que cette peste de Clémence lui a mis de telles idées en tête.

Tentant le tout pour le tout, je me jette à l'eau, et advienne que pourra.

— Tout est entièrement faux, Ava, je te le jure. Et je ne te ferai jamais une chose pareille. Tu veux savoir pourquoi ?

— Pourquoi ? murmure-t-elle fébrilement.

— Parce que je suis fou de toi.

Alea jacta est[1].

1. Locution latine signifiant « Le sort en est jeté ».

Chapitre 27

Je ne saurais dire combien de temps nous restons ainsi, immobiles, le regard plongé dans celui de l'autre. Ava me fixe avec une telle intensité que c'est à croire qu'elle cherche à lire en mon âme pour voir si je dis vrai. Quant à moi, je ne bouge pas. J'attends. J'attends qu'elle réagisse, qu'elle me dise quelque chose, n'importe quoi.

— Tu as répondu à ma question, dit-elle alors tandis que son visage s'empourpre.

Nous sommes toujours aussi proches lorsqu'elle décide d'ôter ses cache-tétons. Cette scène est probablement la plus érotique, mais également la plus sensationnelle de toute ma vie, et je me surprends à me contenir tandis que je ne rêve que d'une chose : céder à la tentation. Dans la foulée, elle défait son chignon bas, jette négligemment les épingles à nos pieds, et ses cheveux tombent en cascade sur ses épaules, si bien que je suis forcé de fermer les yeux un instant.

— Un problème ? s'enquiert-elle, toujours blottie contre moi.

Je peux sentir ses tétons durs contre mon torse, et cette torture est la pire, mais aussi la plus exquise qui soit. Comment me suis-je retrouvé dans cette situation, à raconter des secrets de famille pendant que la potentielle femme de ma vie se déshabille devant moi ?

— Je ne suis pas surhumain, Ava. Recule.

— Je croyais que mes seins n'étaient pas attirants, fait-elle en entourant mon cou de ses bras, ce qui ne fait qu'augmenter la pression de sa poitrine contre la mienne.

Je déglutis, conscient que mon contrôle peut céder à tout moment. Mais je sais aussi que tout cela est un test. Une épreuve pour lui assurer qu'elle peut me faire confiance, que je peux l'écouter sans tenir compte de son corps divin, et que je suis capable de faire passer ses désirs avant les miens.

— J'ai menti. Recule.

Je parle peu, car chaque parole me rapproche un peu plus du précipice dans lequel je ne dois pas me jeter, pas encore. C'est trop tôt. Ava brûle de mener la danse, et si je souhaite qu'il y en ait d'autres, d'autres nuits, d'autres moments avec elle, je dois suivre ses règles, pas le choix.

Victorieuse, elle finit par s'écarter de quelques pas, et j'attends une bonne minute avant de rouvrir les yeux. Lorsque je réalise qu'elle s'est réinstallée sur mon lit, les jambes remontées contre elle, me cachant ainsi sa nudité, je respire enfin. Si je suis toujours en vie demain, ce sera un miracle.

— Dernière question, me dit-elle alors, pourquoi tiens-tu tant à gagner le mondial ?

Mon euphorie ainsi que mon excitation retombent aussitôt, me laissant perplexe. C'est la question que je redoutais le plus, celle à laquelle je ne veux surtout pas répondre. Si je lui confie ce point bien précis, acceptera-t-elle d'être mon modèle ? Ou prendra-t-elle ses jambes à son cou ?

— Ava…, commencé-je, dans l'espoir qu'elle renonce à savoir ça.

— Je t'arrête tout de suite, poursuit-elle fermement. Si tu refuses de me dire la vérité, je me rhabille et je m'en vais. Alors ?

— Ça fait beaucoup de révélations pour ce soir, pourquoi n'en resterions-nous pas là pour l'instant ?

— Que peut-il y avoir de si grave que tu ne veuilles pas partager ?

Je m'étais juré de ne pas l'impliquer dans cet imbroglio, de la laisser à l'écart de tout ça, mais maintenant qu'elle est ici, prête à se livrer, je suis incapable de résister à la tentation. Après tout, je ne suis qu'un homme, avec ses défauts et ses faiblesses. Et cette femme, j'en ai bien peur, est en quelques jours à peine devenue mon talon d'Achille.

— Demain soir, je t'invite à dîner et je t'explique tout.

— Je bosse demain soir.

— Je passe te prendre après ton service, dans ce cas.

— Pourquoi ne pas me raconter maintenant ? s'agace-t-elle.

— Je suis prêt à tout te céder, Ava. Je te demande simplement de me faire confiance, dis-je doucement mais fermement.

Voyant qu'elle ne dit rien, je réitère mon affirmation, assuré et honnête.

— Fais-moi confiance.

— C'est précisément ce que tout le monde me dit de ne pas faire, lâche-t-elle.

— Mais au fond de toi, tu sais très bien que c'est faux. Tu l'as déjà compris. Sinon tu ne serais pas là, avec moi, dans cette tenue. Si tu pensais sincèrement qu'elles ont raison depuis le début, tu m'aurais tourné le dos depuis longtemps.

— Je suis une femme pleine de contradictions.

— Ça oui ! Alors ? Que décides-tu ?

Ses prunelles s'arriment aux miennes, et je déglutis, attendant le verdict final. Puis elle se redresse doucement, lentement, et vient jusqu'à ma hauteur, comme si elle s'apprêtait à me dévorer tout cru (ce qui ne me dérangerait pas tant que ça, admettons-le).

— Si j'apprends que tu mens, Caden, je te massacre. Ce n'est pas un Viking qui va m'impressionner.

Je pouffe devant ces menaces qui sonnent comme une délivrance à mes oreilles. Elle me croit ! Malgré tout ce que ces pestes ont pu lui dire sur mon compte, elle accepte de miser sur moi, ce qui me réjouit au plus haut point. Quand elle verra que, depuis le début, ce sont elles qui la manipulent, et non moi, elle se félicitera d'avoir pris la bonne décision.

— Je n'en attendais pas moins de la part d'un gremlin, dis-je avant de capturer ses lèvres.

Je l'embrasse comme si ma vie en dépendait et je suis soulagé de réaliser qu'elle ne me repousse pas, bien au contraire. Elle me rend mon étreinte avec ferveur, ce qui me remet aussitôt en forme, et pas qu'un peu.

— Je croyais que j'étais un mogwai, répond-elle, moqueuse, entre deux baisers.

— Oh ça, ça dépend des moments, ma vieille !

— Ma vieille ? répète-t-elle en interrompant notre échange passionné. Caden Smith, je rêve, ou tu viens de m'appeler « ma vieille » ? Et tu espères toujours me faire l'amour après ça ?

Elle fait celle qui est outrée par mon attitude, alors que son sourire éclatant ne quitte plus ses lèvres. Certes, je lui ai ouvert mon cœur, ce soir, ainsi qu'une partie de mon intimité, mais de là à devenir le parfait petit ami, chiant à mourir et bien sous tous rapports, certainement pas. J'ai tout de même une fierté à conserver, et puis je sais qu'Ava aime qu'on la provoque.

— Et encore, je peux faire pire, dis-je pour la taquiner en dévorant sa clavicule.

Elle gémit sous mes baisers brûlants, et rien que ce son suffirait à me faire perdre la tête pour de bon.

— Tu t'es pris pour un vampire ? lâche-t-elle en guise de moquerie tandis que je m'attelle à laisser un suçon sur sa peau délicate.

— Je veux que tout le monde sache qu'Ava Gardner est officiellement ma petite amie.

— Dans tes rêves, Sven !

C'est fou comment cette femme cherche à me résister à tout prix, à conserver une distance alors que, très sincèrement, il n'y en a plus une once entre nous, tant nos corps sont serrés l'un contre l'autre.

— Tu es folle de moi, admets-le !

Après m'être occupé de sa clavicule, désormais décorée d'un bel hématome bleuâtre, je m'attarde de nouveau sur ses lèvres, que j'embrasse avec une avidité sans pareille, tandis que mes mains découvrent pour la première fois ses seins, délicieusement fermes et aux rondeurs harmonieuses. Je la désire tellement, là, tout de suite, mais j'ai aussi terriblement envie que cet instant s'éternise, que je prends mon temps, bien que cela me demande un effort colossal.

— Je te tolère, sans plus, rétorque-t-elle avec ce petit air de défi que j'adore.

Puis, elle ajoute, malicieuse :

— Bon, tu comptes me faire l'amour, oui ou non ?

— Et que fais-tu de notre relation purement professionnelle ?

— Tout ceci n'est qu'un marchandage rondement mené destiné à t'extorquer le plus de clientèle possible sans débourser ne serait-ce qu'un sou !

— Rappelle-moi de ne jamais te laisser négocier avec quelqu'un d'autre, dis-je en capitulant.

Aussitôt, Ava enroule ses jambes autour de ma taille tandis que je la soulève aisément, elle est plus légère qu'une plume. Je la dépose tout doucement sur mon lit, m'assurant qu'elle soit à son aise, avant de m'allonger sur elle. Je continue de la dévorer de baisers tout en découvrant son intimité d'une main fébrile. Je fais le malin, mais en réalité je suis nerveux. Car c'est la première fois qu'une femme me fait autant d'effet, et je veux tellement être à la hauteur que la pression sur mes épaules me semble intenable.

— Je ne savais pas que les Vikings tremblaient devant une femme nue, glisse-t-elle, amusée.

— Ôte-moi d'un doute, tu parles toujours autant quand tu fais l'amour ?

— Seul le temps pourra répondre à ta question.

Elle fanfaronne, fait celle qui est parfaitement à l'aise, tandis que, moi, je suis on ne peut plus intimidé par la situation. Ce qui est ridicule, ce n'est pas ma première fois, et je n'ai plus quinze ans. Prenant une grande inspiration, et déterminé à lui couper le souffle à son tour, je dessine à coups de baisers une ligne imaginaire sur son ventre, sans jamais m'arrêter. Arrivé devant le dernier rempart qui la sépare de la nudité la plus totale, j'ôte son tanga sans hésiter, ce qui lui arrache un frisson. Et lorsque je décide de la goûter, elle se cramponne si fort aux draps que son corps se cambre de lui-même, pendant qu'elle gémit mon prénom.

— Caden…, ne cesse-t-elle de répéter.

— Et encore, la nuit ne fait que commencer, dis-je, victorieux, déterminé à lui donner du plaisir jusqu'à l'épuisement.

Sa respiration s'accélère de plus en plus, ce qui m'arrache une certaine satisfaction. J'ai toujours été doué pour les préliminaires, de ce que m'en ont dit mes anciennes conquêtes, en tout cas. Si d'ordinaire je suis du genre à garder des atouts dans mon sac pour surprendre mes partenaires au fur et à mesure que nous nous découvrons, je n'ai ni l'envie ni le besoin de faire cela avec Ava, bien au contraire. Je veux tout lui donner, sans aucune retenue de ma part. Notre relation est à ce point intense, et en même temps si fragile, que je n'ai pas la moindre intention de m'amuser à ça. Il faut qu'elle comprenne que je suis celui qu'il lui faut. Je veux que son corps soit à jamais demandeur du mien, je veux l'imprégner, aussi bien par l'encre que par la jouissance. Je veux qu'elle fusionne avec moi.

Alliant le geste à la pensée, j'insère un doigt dans son intimité, puis deux, tout en continuant de goûter à sa peau ô combien parfaite. Ava me remercie par la plus belle des récompenses, à savoir en susurrant inlassablement mon prénom, déformé par l'orgasme qui s'empare petit à petit d'elle. Je pourrais me contenter de cela, désirant à tout prix faire passer son plaisir avant le mien, jusqu'à ce qu'elle m'implore, haletante :

— Viens… Caden, je… je veux te sentir.

Qu'on se le dise, elle n'aura pas besoin de me supplier pour que ça arrive tant j'ai envie d'elle. Rien que de repenser à sa présentation dans son local, à sa robe, à ses seins compressés par son bustier… *Oh la la.* Rien qu'à cette idée, je m'enflamme et me consume de l'intérieur. Comment lui résister ?

Je rive mes yeux aux siens et, la minute d'après, nos corps fusionnent pour mon plus grand bonheur ; c'est simple, j'ai l'impression que mon cœur s'apprête à me lâcher tant il bat vite et fort. Ava enfonce ses ongles dans la peau de mon dos, ce qui m'arrache un juron que je choisis d'étouffer en embrassant voluptueusement ses lèvres. Je sens ses hanches se soulever, m'intimant d'accélérer la cadence, ce que je fais.

Après plusieurs minutes de ce traitement exquis, Ava tente de me faire basculer et, puisque je n'ai aucune envie de lui résister, je me laisse tomber sur le dos, charmé par cette femme incroyable. Un sourire satisfait se dessine sur ses lèvres, tandis qu'elle s'assied sur moi, me chevauche, ce qui m'amuse. Évidemment, même dans l'intimité, elle souhaite garder le contrôle, mais qu'elle se rassure, cela me va plutôt bien. Je suis irrémédiablement fou amoureux de cette femme, ô combien enivrante, et son caractère est ce qui m'a séduit chez elle en premier lieu. Je lui donnerai tout ce que je possède si elle me le demandait. Pour elle, je ferais n'importe quoi.

Son orgasme provoque le mien, et je prie secrètement pour que mon frère ne rentre pas dans l'appartement à cet instant précis tant nous ne sommes pas discrets. À bout de souffle, haletant, j'observe Ava, allongée sur moi et qui me contemple avec un air mutin, visiblement réjouie. Je demeure un instant immobile, la détaillant avec admiration. Je n'en reviens pas du moment intense que nous venons de vivre.

— Tu l'as sentie ? dis-je, n'arrivant toujours pas à respirer normalement.

— Tu veux vraiment que je flatte ton ego viril, là, maintenant ? s'enquiert-elle, malicieuse, alors qu'elle a parfaitement compris que je ne parlais pas de ça.

Ne relevant pas ce sous-entendu grivois, je reprends :

— Cette connexion entre nous, tu l'as sentie ?

Chapitre 28

Je dors comme un loir, Ava lovée contre mon torse, quand son téléphone portable nous réveille en sursaut. Aussitôt, j'ouvre les yeux, avant de grogner de mécontentement. Merde, je devrais déjà être au studio, à cette heure-ci. Négligemment, j'attrape le mien et lorsque je lis le message de Blake me prévenant qu'il me remplace pour la matinée – *encore* –, je soupire de soulagement. J'ai vraiment le meilleur frère au monde ! Le plus compréhensif, aussi.

— Je dois y aller, m'informe mon mogwai en se redressant, laissant apparaître sa gracieuse poitrine.

Cette vision enchanteresse me passe subitement l'envie de refermer les yeux. Ava, qui s'en rend compte, réplique sans m'accorder le temps de formuler mon idée à voix haute :

— N'y pense même pas, Sven.

— Je ne vais pas te mentir, Ava, j'y songe. Beaucoup.

Je tente de la saisir par la taille pour la ramener vers moi et l'enlacer, mais elle est plus rapide et s'extirpe du lit avec une agilité déconcertante pour quelqu'un qui n'a quasiment pas dormi de la nuit. La vision de son corps nu me fait toujours autant d'effet, et elle semble avoir choisi de s'en amuser.

— Hier soir était une erreur.

Si cette phrase peut paraître brutale et inattendue, son expression triomphante m'informe qu'elle cherche à me déstabiliser, continuant à livrer bataille alors qu'elle a rendu les armes depuis longtemps déjà.

— Une erreur seulement ? J'en ai compté au moins cinq, rétorqué-je, taquin.

— Tu as raison, j'ai commis erreur sur erreur, mais on ne m'y reprendra plus.

— Tu sais que je vais tout faire pour que tu ne respectes jamais cette promesse, pas vrai ?

Elle sourit, tandis qu'elle s'habille, réajustant sa tenue de la veille, lorsqu'un détail me choque.

— Tu vas te rendre au travail comme ça ?

— Tu as une suggestion ?

— Je peux te raccompagner chez toi pour que tu puisses te changer.

— À moto ? Alors que je suis en robe ? Brillante idée, Einstein.

Un point pour Ava.

— Je peux aller rapidement chez toi et te rapporter des vêtements, annoncé-je aussitôt.

— Tu n'as pas peur que je fouille dans tes affaires ?

Sa question me prend tellement au dépourvu que je ne réponds pas immédiatement. À vrai dire, je n'y avais même pas songé.

— Tu n'es pas Clémence, dis-je alors, et tu as toute ma confiance.

— Tu sais que tu peux me faire confiance à moi aussi ? Il n'y a rien que je ne puisse entendre, Caden.

J'avale ma salive, me rappelant la promesse que je lui ai faite la veille, celle de tout lui raconter.

— Je sais et je t'expliquerai tout ce soir, après ton boulot.

Je m'approche d'elle et dépose un doux baiser sur ses lèvres. Elle m'enlace tendrement, et j'appuie ma tête sur la sienne. Nous demeurons un moment ainsi, enveloppés de silence.

— Tu me donnes tes clés ? Je reviens dès que possible.

Elle hésite, avant de s'exécuter sans un mot. Je vois à son regard fuyant qu'elle a peur d'avoir placé sa confiance en la mauvaise personne, et j'ignore quoi dire ou faire pour l'apaiser. Je m'habille à la hâte, coiffe mes cheveux en queue-de-cheval, puis pose de nouveau un chaste baiser sur ses lèvres. Elle semble si fragile, en cet instant, si désemparée, je donnerais n'importe quoi pour qu'elle comprenne qu'elle n'a rien à craindre de moi. Je m'apprête à déclarer quelque chose, un truc poétique, un brin romantique, pour la rassurer, mais rien ne me vient. Alors, après avoir ouvert la porte de ma chambre, je lui lance par-dessus mon épaule :

— Fais comme chez toi, Ava. Mais ne mange pas après minuit, c'est tout ce que je te demande.

Je quitte la pièce, réchauffé par son rire mélodieux que j'aime tant.

Quand je me gare devant le bungalow d'Ava, le moins qu'on puisse dire, c'est que je déchante, et pas qu'un peu. Heureusement que je ne l'ai pas laissée rentrer seule ! Je dis ça, car ma très chère sœur se tient sur son perron, accoudée à la balustrade. Lorsqu'elle m'aperçoit, son sourire s'élargit tandis que mon visage s'assombrit. Ça fait un moment que je n'ai pas croisé Eryn, mais honnêtement elle ne m'avait pas manqué.

— Caden ! Ça, pour une surprise, c'est une surprise ! Où est ta dulcinée ?

— Tu n'as rien à faire ici, Eryn, casse-toi, pesté-je en ôtant mon casque avant de le poser à l'arrière de la moto.

— Je comprends mieux pourquoi je ne trouvais pas Ava. Sincèrement, elle m'épate, ta copine. Je ne pensais pas qu'elle serait assez bête pour retourner auprès de toi après ce que je lui ai raconté sur ton compte.

Ma mâchoire se contracte tandis que je concentre tous mes efforts pour l'ignorer. Je ne dois pas tomber dans son piège aujourd'hui. Ça ne serait pas la première fois qu'Eryn me pousse dans mes retranchements pour le simple plaisir de me faire chier ! C'est d'ailleurs ce qu'elle fait de mieux. Elle me teste, constamment, attendant que je perde mon sang-froid, et malheureusement pour moi elle semble avoir compris qu'Ava est mon point faible. Le seul qui pourrait réellement me faire vriller. C'est pourquoi je dois rester hermétique à ses remarques, coûte que coûte. J'ai bien réussi jusqu'ici, je ne dois pas céder maintenant.

Pourtant des coups bas, il y en a eu, ça oui. Comme la fois où elle s'est glissée dans ma chambre pour envoyer un SMS à ma petite amie de l'époque, lui faisant croire que je l'avais trompée et que je n'en éprouvais aucun remords. Elle ne m'a plus jamais fait confiance après ça, et ce malgré toutes mes tentatives d'explication. Il y a aussi eu la fois où elle a donné mon devoir de maths à manger à Baloo, et bien sûr, en plus d'un zéro pointé, je suis passé pour un con quand j'ai tenté d'expliquer au professeur que mon chien l'avait englouti dans la nuit. Sans parler de la punition des parents pour avoir, pour la énième fois, ramené un bulletin de notes particulièrement salé.

Et malgré toutes les fourberies et les bassesses qu'elle a pu commettre à mon encontre, je n'ai jamais porté la main sur elle. Jamais. Et je m'y refuse catégoriquement. Si diabolique soit-elle, je ne ferai jamais ça. J'ai cependant eu par le passé beaucoup moins de scrupules avec ses effets personnels, comme la fois où j'ai retourné sa chambre de fond en comble, précisément après qu'elle a empoisonné mon chien, fracassant tout ce qui me tombait sous la main. Nous n'avons qu'un point en commun, ma sœur et moi : elle me hait autant que je la hais. Pourquoi les choses sont-elles si compliquées ? Pourquoi ne pouvons-nous pas nous comporter comme des personnes normales et respectables, prenant soin l'une de l'autre ? Et surtout, c'est la question qui m'obsède le plus, que s'est-il passé dans l'esprit d'Eryn pour qu'elle développe autant de ressentiments à mon égard alors que, enfants, nous étions inséparables ? Je suppose que cette interrogation restera à jamais sans réponse.

— Jamais tu ne joues à l'amiable ? dis-je en déverrouillant la porte du bungalow d'Ava.

— À l'amiable ? pouffe-t-elle comme si c'était la meilleure blague de l'année. Avec vous ?

— Ce serait si terrible ?

Je la foudroie du regard.

— Tu ne me la feras pas, Caden, pas à moi. Vous pouvez duper qui bon vous semble avec vos gueules d'ange, mais je connais la vérité, je sais qui vous êtes vraiment.

Elle déraille, ma parole ! Elle ne cesse de nous tenir ce discours, à Blake et moi. Selon elle, nous serions les pires hommes qui aient jamais vu le jour. Alors certes, nous ne sommes pas parfaits, mais les monstres qu'elle décrit à qui veut bien l'entendre n'existent que dans sa tête, et encore…

— C'est quoi ton problème, Eryn ?

Les bras croisés sur sa poitrine, elle me toise d'un air mauvais, réfléchissant probablement aux mots qui me blesseraient le plus. C'est ce qu'elle fait tout le temps.

— Je vais gagner ce mondial, Caden, et cette fois vous serez bien obligés de céder et de vendre.

Elle descend les marches du perron à la hâte mais, au lieu de s'en aller, elle s'immobilise avant de déclarer froidement :

— Profite bien de ta chérie tant que tu le peux encore. Je ne m'arrêterai que lorsque vous aurez tout perdu, vous aussi. Après tout, on est une famille, pas vrai ? On se doit d'être solidaires.

— T'es complètement folle, ma pauvre ! C'est exactement à cause de ce genre de comportement que tout le monde t'a tourné le dos. On ne t'a rien fait, pour ta gouverne ! Fiche-nous la paix, sors de nos vies, c'est trop te demander ?

Eryn ne commente pas et scrute le vide un instant, comme s'il allait lui apporter une quelconque réponse. Si je ne la connaissais pas aussi bien, je jurerais qu'elle est à deux doigts de pleurer. Mais on parle d'Eryn, dont le cœur a été remplacé par une pierre à la naissance. Dieu que je la hais.

— Oh ! une dernière chose, dit-elle soudain, ignorant superbement ce que je viens de lui dire.

Je ne réalise pas tout de suite ce qu'elle s'apprête à faire, si bien que lorsque son pied heurte ma moto, je ne peux qu'assister, impuissant, à sa chute. S'ensuit un lourd fracas qui, malheureusement pour moi, en dit long sur les dégâts occasionnés par la chute. Je me précipite sur ma bécane.

Trop tard. Même à l'arrêt, les dommages peuvent être importants, sans compter que, seul, je n'arriverai jamais à la redresser, et Ava m'attend.

— Oups, je suis tellement maladroite.

— Et tu te demandes encore pourquoi personne ne t'aime ? grondé-je.

Mais elle ne m'écoute plus et tourne les talons, triomphante. Je tente de relever ma moto, en vain, elle est bien trop lourde. De toute façon, je doute qu'elle puisse rouler sans danger. Je jette un coup d'œil à ma montre, je devrais déjà être sur la route du retour.

Ava va me tuer.

Chapitre 29

Arrivé à South Beach, je me gare en trombe non loin du Jip's, pressé de retrouver mon mogwai. J'espère très sincèrement que mon retard ne l'aura pas transformé en un affreux gremlin, mais l'avantage non négligeable avec Ava, c'est qu'un simple regard me permet d'être fixé, me laissant ainsi de précieuses secondes pour me mettre en condition et me préparer psychologiquement à lui faire face. N'ayant toujours pas le numéro de ma chère et tendre, c'est Blake qui m'a informé que, ne me voyant pas revenir, elle a pris la route du travail seule, à pied, dans une tenue des plus… sexy. Eryn ne perd rien pour attendre !

Heureusement, la matinée touche à sa fin, et les clients sont encore rares, à cette heure de la journée. Mis à part quelques soûlards en terrasse, qui n'ont pas dégrisé de la veille, le bar est presque vide, ce qui me soulage en partie. Je n'ai franchement pas envie qu'elle s'attire des ennuis par ma faute, ça serait le pompon.

Dès que je pénètre à l'intérieur, je la repère aussitôt. En même temps, difficile d'ignorer cette femme séduisante et charismatique, aux cheveux blond polaire, vêtue d'une robe de soirée sexy et moulante, beaucoup trop décolletée dans le dos pour être adaptée à son travail. Elle astique frénétiquement une table, faisant s'entrechoquer ses multiples bracelets. Lorsqu'elle relève les yeux vers moi, son regard noir ne laisse aucun doute sur son ressenti : elle est en mode gremlin.

J'avance prudemment, comme si elle allait me jeter son éponge à la figure (ce dont elle serait bien capable).

— Je suis curieuse d'entendre ta pitoyable excuse, lâche-t-elle froidement d'emblée.

— Pour ta gouverne, ce n'est pas ce que tu crois, dis-je sur le même ton, loin de me laisser déstabiliser par ses prunelles assassines.

— Vraiment ? Et qu'est-ce que je crois, au juste ?

— J'imagine que tu penses que j'ai fouillé ta chambre, ou simplement que je m'en fiche et que j'ai traînassé en me moquant de toi. Dans les deux cas, c'est faux.

Sans prendre le temps de me considérer, Ava change de table et astique la suivante. Seul le cliquetis provoqué par ses bracelets se fait entendre et, puisqu'elle ne répond rien, je décide d'enchaîner :

— Eryn était là, elle t'attendait.

Cette annonce lui fait l'effet d'une gifle. Aussitôt, elle se redresse et sonde mon regard pour s'assurer que je ne mens pas. Mais je dois avoir l'air convaincant, car son expression grave et tendue m'informe qu'elle me croit.

— Pourquoi ?

— Tu penses bien qu'elle ne me l'a pas dit. Elle s'est juste vantée de t'avoir raconté des horreurs à mon sujet. Que t'a-t-elle dit ?

— Rien d'intéressant, conclut Ava en se penchant encore plus en avant, comme si elle était soudainement captivée par la tache de vin qu'elle tente de faire disparaître.

— Ava, insisté-je, tendu.

Mais cette femme est au moins aussi têtue que moi et elle se mure dans le silence, refusant de m'en dire davantage. Je n'arrive pas à croire que nous ayons été si intimes la veille et que je puisse malgré tout continuer d'éprouver des difficultés à converser avec elle. Je pensais que la nuit que nous avons passée ensemble nous rapprocherait et abaisserait les dernières barrières, mais non. Elles sont toujours là, solides et infranchissables. Je soupire, fatigué par ces enfantillages.

Je m'apprête à déposer le sac que j'ai préparé à ses pieds et à repartir, quand une phrase qu'elle a prononcée hier soir attise ma curiosité. « Je suis une femme pleine de contradictions. »

— C'est elle qui t'a fait changer d'avis sur moi, sur nous ?

Ava ne dit rien, concentrée sur son ménage. Je continue sur ma lancée, ignorant les quelques serveurs qui passent à proximité et qui tendent l'oreille pour guetter notre discussion.

— Tu étais décidée à garder une relation strictement professionnelle, tu refusais d'aller plus loin avec moi, puis tu as rencontré Eryn. Et ensuite, tu as fait volte-face. C'est à cause d'elle, pas vrai, de ce qu'elle t'a raconté ?

— Quelle importance, Caden ? souffle ma dulcinée comme si nous parlions de la pluie et du beau temps.

— C'est très important au contraire. Parce que si c'est le cas, ça veut dire que tu es revenue vers moi juste par esprit de contestation, et non parce que je te plais. J'ai des sentiments, Ava, je ne suis pas un jouet qu'on prend et qu'on jette à sa guise. Tu ne peux pas sortir avec moi uniquement pour contrarier ma sœur !

Elle lâche enfin son éponge et l'abandonne sur la table qu'elle est en train de nettoyer pour me considérer de toute sa hauteur. Elle arbore cette expression revêche que je ne lui connais que trop bien, de celle qui, par-dessus tout, refuse de se laisser faire.

— Je te l'ai dit, je suis une femme pleine de contradictions. Tu veux la vérité, Caden ? Ta sœur m'a proposé beaucoup d'argent pour que je te tourne le dos, pour que je refuse d'être ton modèle. Et elle m'offrait également un emplacement de choix au sein même de son studio de tatouage, m'assurant ainsi une bonne clientèle. Sa seule condition était que je te lâche le matin du mondial, pour que tu n'aies pas le temps de te retourner. Et j'ai refusé. J'ai refusé parce que je me fiche de son chèque, et parce que je ne veux pas réussir dans ces conditions, à ce prix. Toute ma vie je n'ai pu compter que sur moi-même, ce n'est pas aujourd'hui que je vais m'arrêter. Et tu sais quoi ? Elle m'a aussi signalé que tu me détruirais, tôt ou tard, que je finirais par regretter l'encre que tu auras posée sur ma peau. Elle m'a raconté toutes tes relations qui se sont mal terminées, et qui, étonnamment, coïncident relativement bien avec ta première déclaration, qui disait que tu ne tomberais pas amoureux de moi. Et pourtant c'est vrai, j'ai changé d'avis. J'ai changé d'avis parce que, toute ma vie, j'ai été jugée et critiquée à cause de ma différence. J'ai même été rejetée par mes amis d'autrefois sous prétexte que j'avais un rêve et qu'ils refusaient d'entendre que c'était important pour moi. J'ai souvent été incomprise, et c'est la raison pour laquelle, d'ordinaire, je ne laisse personne m'approcher. Finalement, c'est plus simple et moins décevant d'être seule. Et malgré tout ça, je suis revenue vers toi. Parce que personne ne me dicte ma conduite, ni ta sœur ni ton ex, personne. Si je dois me tromper et faire fausse route, alors je le ferai seule. Une médaille a toujours un revers, Caden, et je découvrirai le tien de mes propres yeux. Je ne laisserai personne influencer mon jugement.

Je suis abasourdi. Littéralement. Ava a parlé d'une traite, sans cligner des yeux, le dos bien droit et la tête haute. Cette femme est renversante et elle ne cesse de me surprendre. Alors comme ça, ma sœur a eu la bassesse de lui raconter mes folies d'antan ? Il n'y a rien que je n'assume pas, mais rien dont j'aie envie de me vanter non plus, encore moins devant ma petite amie, enfin, si tant est qu'elle le soit vraiment.

Après mon premier amour de jeunesse qui a duré un an, Tasha m'a brisé le cœur en me quittant du jour au lendemain pour un autre garçon du lycée. Après ça, j'étais tellement mal que j'ai profité de ma notoriété naissante pour multiplier les conquêtes avec légèreté, sans prise de tête. Je faisais le mec détaché qui s'en fichait, mais la vérité c'est que j'étais terrifié à l'idée d'être de nouveau abandonné, laissé sur le banc de touche. Et puis, mes copains ayant le même comportement, ça me paraissait normal. Sauf Blake, bien sûr. Lui a toujours été droit dans ses bottes et ne s'est jamais intéressé qu'aux longues relations. J'ignore comment il fait ça, mais ses compagnes étaient systématiquement charmantes, amusantes et distinguées. Follement éprises de lui, tandis que mes conquêtes étaient plus… frivoles, au grand désespoir de maman, qui priait pour que je me case une bonne fois pour toutes. Eryn, quant à elle, n'avait que de mauvaises fréquentations à l'école, mais pas de petit ami. Enfin, aucun qui ait été officiellement présenté, du moins.

Ne sachant que répondre au discours d'Ava, bien qu'impressionné, je m'avance vers elle pour capturer ses lèvres et l'embrasser à pleine bouche. Si les mots ne suffisent pas à lui prouver ma reconnaissance, j'espère que mes gestes le feront. Je veux qu'elle voie combien je suis touché qu'elle me fasse confiance, au moins qu'elle me laisse le bénéfice du doute comme elle le fait.

— Merci, dis-je simplement après un baiser passionné.

— Ta curiosité est satisfaite ?

— Très. Je t'ai déjà dit que j'étais fou de toi ? demandé-je en caressant ses lèvres douces de mon pouce.

— Il me semble avoir entendu quelque chose dans ce style, en effet. Mais j'ai aussi cru comprendre que tu ne m'aimais pas, alors…

— C'était dans un moment de panique, Ava, je n'en pensais pas un mot.

— Peut-être, mais il te faudra me le prouver, jusqu'à ce que j'en sois convaincue.

Je souris contre sa bouche, rassuré qu'elle se soit radoucie. Avec Ava, les montagnes russes émotionnelles sont constantes.

— Merci de me faire confiance, ça me touche beaucoup. Je sais que ce n'est pas évident pour toi, après tout ce qu'elles t'ont raconté, mais je te montrerai que tu as pris la bonne décision.

— En fait, t'as plutôt intérêt, car dans le cas contraire je te tue, réplique-t-elle sur un ton mi-amusé, mi-sérieux, et j'ai déjà une petite idée d'où je cacherai ton corps.

J'explose de rire, toujours lové contre elle. Cette femme me rend dingue, littéralement. Quel caractère ! J'aurais tellement aimé la présenter à mes parents, qu'ils soient fiers de moi. Ils l'auraient adorée.

Je l'embrasse à nouveau lorsqu'une voix bourrue nous extirpe de notre bulle.

— Ava, nom de nom ! Qu'est-ce que c'est que cette tenue ? Dans mon bureau, tout de suite !

Elle se raidit en entendant son patron hurler dans toute la salle, et son regard paniqué trouve aussitôt le mien.

— Tu m'attends ? chuchote-t-elle.

— Je ne bouge pas d'ici.

Elle hoche très légèrement la tête, avant de m'abandonner sur place, suivant son responsable à l'étage. Contrarié qu'elle se fasse réprimander par ma faute (enfin, plutôt par celle d'Eryn), je décide de m'installer à une table isolée, dans un coin du bar, en guettant son retour. Son sac rempli d'affaires à mes pieds, je commande un café et récupère quelques feuilles blanches (il y en a toujours qui traînent) que je positionne sur le plan de travail ; il est temps de dessiner ce fameux tatouage.

Chapitre 30

Lorsque Ava réapparaît, une demi-heure plus tard, elle ressemble à une boule de nerfs tant elle est tendue. J'ignore ce qu'ils se sont raconté, dans ce bureau, mais le ton est monté assez haut pour que des bribes me parviennent, c'est dire… Sans demander l'avis de personne, elle entreprend de préparer un café qu'elle m'apporte la minute d'après. Arrivée à mon niveau, elle le pose brutalement sur la table, éclaboussant plusieurs de mes croquis. Je prends une grande inspiration pour ne pas m'énerver à mon tour, car je sais que sa colère n'est pas dirigée contre moi. Lorsqu'elle réalise sa bêtise, elle se confond aussitôt en excuses, ce qui fonctionne, puisque je me radoucis instantanément.

— Ce n'est rien, ne t'inquiète pas, ce ne sont que des esquisses de toute manière. Tu vas bien ?

— J'ai cinq minutes pour me changer, sinon je suis virée. À part ça, tout va bien.

— Et tu comptes obéir ? m'enquiers-je, amusé.

— J'hésite encore, répond-elle du tac au tac. S'il ne s'était pas emporté, je me serais exécutée sur-le-champ, mais comme il l'a exigé sous peine de licenciement… je tergiverse. Je déteste le chantage.

Je ne peux contenir mon sourire, qui ne cesse de s'élargir. Ava aime naviguer à contre-courant et, par-dessus tout, elle abhorre qu'on lui dise quoi faire. En y réfléchissant, je me demande comment elle a pu rester salariée si longtemps sans jamais se faire virer. J'ai l'impression qu'elle est née pour se rebeller, et ce quel que soit le sujet.

— Ava, dis-je plus sérieusement, ne t'inquiète pas pour l'argent, OK ? S'il faut t'accueillir à la maison le temps que tu lances ta boutique et commences à percevoir des revenus, je le ferai sans hésiter.

Un sourire timide pointe le bout de son nez sur ses jolies lèvres et, plutôt que de l'assumer, elle le cache en se penchant pour récupérer au pied de la table le sac de vêtements préparé par mes soins.

— Je sais, fait-elle, un éclat malicieux traversant ses prunelles. Mais je ne veux pas dépendre de toi, pas même une semaine. Si nous devons emménager ensemble, ce sera parce que tu ne pourras plus te passer de moi et que, après que tu m'auras suppliée, je finirai par dire oui, mais... merci quand même.

Elle m'adresse un clin d'œil complice, et je ne peux m'empêcher de m'esclaffer devant ce boute-en-train. Étonnamment, sa prise de tête avec son patron semble l'avoir mise de bonne humeur. En tout cas, il semblerait qu'elle ait envie de plaisanter, après m'avoir incendié du regard pour être arrivé en retard. Allez comprendre la psychologie féminine, après ça.

— Que je te supplie ? rétorqué-je, estomaqué. Je ne crois pas, non.

— Tu as déjà craqué pour le baiser.

— Justement, si tu t'imagines que je vais céder pour tout le reste, tu te trompes.

— Je sais que tu vas perdre, Caden, ce n'est qu'une question de temps.

— Tu veux dire comme toi ce soir dans mon lit ?

Elle feint un air outré et doit se mordre la lèvre pour ne pas exploser de rire à son tour. Mais à la manière dont son regard est soudainement fuyant, à sa façon de se dandiner d'un pied sur l'autre et, surtout, à ses joues qui s'empourprent, je comprends qu'elle est en train de se remémorer la nuit torride que nous avons passée ensemble.

— Je te l'ai dit, on ne m'y reprendra plus, dit-elle, se voulant convaincante.

— Sauf que je ferai tout pour que tu changes d'avis. Va donc enfiler une tenue convenable avant que je mette immédiatement mes menaces à exécution.

Elle sourit, plante un baiser sur mes lèvres, avant de filer en direction de la réserve. Si elle compte réellement m'opposer une résistance à chaque étape de notre vie de couple (si tant est que nous en soyons un, évidemment), on peut dire que je ne suis pas rendu…

J'attends qu'elle disparaisse de mon champ de vision avant de me pencher de nouveau sur mes dessins. Le bar n'est pas plus rempli que tout à l'heure, et deux serveurs partent vers l'arrière, sûrement pour s'octroyer une pause avant le rush du début d'après-midi. Puisque le Jip's est situé en bordure de plage, il est rapidement comble, enchaînant toutes sortes de cocktails et de rafraîchissements jusque tard le soir.

J'en suis rendu à esquisser la courbe des ailes du phénix lorsque du mouvement attire mon attention, me faisant soudainement relever la tête. Isolé dans mon coin sombre, j'ai une vue imprenable sur ce qui se passe à l'intérieur, sans pour autant être facilement repérable, comme je le constate en voyant le patron d'Ava s'engouffrer dans la réserve après avoir jeté un coup d'œil par-dessus son épaule. *Il suit Ava là où elle est partie se changer.*

Mon sang ne fait qu'un tour. Je me lève avec précipitation, me dirigeant à grandes enjambées vers la porte qu'il vient d'emprunter. J'espère très sincèrement qu'il ne s'agit que d'une coïncidence, mais un mauvais pressentiment m'assaille, comme si quelque chose de grave était sur le point de se produire. Arrivé dans la réserve, je déglutis. Il y a des étagères partout, formant des allées, et pas d'Ava ni de Gregor en vue. Je tends l'oreille, mon cœur battant à vive allure. Où est-elle, bon sang ?

— Je peux savoir ce que vous faites là ? s'enquiert soudainement mon gremlin d'un ton moins assuré qu'elle ne le voudrait.

En effet, je peux capter à son ton qu'elle a peur. L'envie de m'interposer dans la seconde est forte, mais je préfère demeurer dans l'ombre pour l'instant. Mû par un instinct inexplicable, je sors mon téléphone portable de ma poche et lance l'enregistreur vocal, au cas où.

— Tu as fini par te changer, tout compte fait.

— Encore une fois, monsieur McClane, c'est un malentendu. Je n'avais nullement l'intention de venir travailler dans cette tenue.

Elle se veut confiante et autoritaire, mais je commence à la cerner suffisamment pour savoir que cet homme l'intimide.

— Je n'aime pas ton attitude, Ava. Et je trouve que tu te permets bien des familiarités depuis que tu sors avec cet énergumène.

J'hallucine, ou est-ce qu'il est en train de reporter la faute sur moi ?

— Je vous l'ai dit et vous le répète, Caden n'influence en rien mon travail, et ce qui est arrivé aujourd'hui n'est qu'un fâcheux concours de circonstances jouant en ma défaveur. Si vous aviez attendu cinq minutes de plus plutôt que de vous emporter comme vous l'avez fait, cette discussion n'aurait même jamais eu lieu.

— Je n'aime pas ce ton, Ava.

Elle s'apprête à répondre, mais au dernier moment s'abstient. Le dénommé Gregor reprend avec une intonation carnassière qui fait froid dans le dos :

— Jusque-là, j'ai été conciliant avec toi, mais ça pourrait bien changer. Tu n'es pas sans savoir que j'ai beaucoup d'amis, ici, à Miami. Je pourrais briser ta petite carrière et ton commerce avant même qu'il voie le jour.

Je serre le poing, prêt à intervenir au moindre dérapage de la part de ce débile. Il a le bras long, hein ? Ça tombe bien, Blake et moi aussi. Il n'a jamais entendu parler des Smith, ou quoi ? Il n'est pas le seul à avoir beaucoup d'amis, à la différence que, nous, nous sommes appréciés, ce qui est loin d'être son cas. Certes, il a de l'argent, mais c'est bien tout ce qu'il possède.

— Mais tu as de la chance, Ava, je suis d'humeur clémente. Que dirais-tu de venir dîner à la maison, ce soir ? Histoire de parler et de repartir de zéro, juste toi et moi.

— Nous savons tous les deux que ce n'est pas un repas et une discussion qui vous intéressent. Et il serait indécent de ma part d'accepter une telle proposition, dit-elle en reculant de quelques pas, comme en témoigne le bruit de ses escarpins sur le béton froid.

Gregor ricane, avant de reprendre, toujours aussi serein et conquérant :

— Laisse-moi reformuler, dans ce cas : soit tu viens chez moi et j'oublie tout, soit je fais de ta vie un enfer. Alors Ava, qu'est-ce que ce sera ?

Je déglutis, pendu à ses lèvres. Ni elle ni Gregor n'ont conscience que je les épie dans l'ombre, et c'est tant mieux. Avec cet enregistrement compromettant, il ne pourra pas mettre ses menaces à exécution. Dans le cas contraire, cela ferait un tel scandale qu'il pourrait bien tout perdre, du jour au lendemain. J'opte pour l'hypothèse que c'est un homme intelligent et qu'il saura se retirer avant que cette histoire aille plus loin.

— Je pensais que vous aviez compris depuis le temps comment je fonctionnais. Pour votre gouverne, vos menaces ne m'effraient pas. Peu importe le mal que vous vous donnerez pour me faire tomber, je me relèverai toujours, ici ou ailleurs. Commencez à passer vos coups de fil pour me pourrir la vie, monsieur McClane, car je ne changerai pas d'avis, et ce quoi que vous fassiez.

Bien envoyé, Ava !

Malgré la délicatesse de la situation, je suis fier d'elle. Ce petit bout de femme arrive à tenir tête à cet homme odieux alors qu'il menace frontalement son rêve d'enfant. Mais qu'elle se rassure, Blake et moi veillerons sur ses arrières. Peu importe ce qu'il tentera, nous serons là pour le contrer.

J'entends Gregor pester et je comprends qu'il est franchement énervé qu'elle lui résiste. Comment cet imbécile a-t-il pu croire un seul instant qu'Ava était le genre de fille à offrir son corps en échange d'une contrepartie ? Il me dégoûte.

— Comment oses-tu me parler de la sorte ? Espèce de petite s…

Mais il ne finit pas sa phrase. Contournant silencieusement les étagères qui se trouvaient devant moi, je suis sorti de l'ombre, prenant soin d'arriver face à Gregor. Puisque j'arrive dans son dos, Ava ne m'a toujours pas vu mais lui si. Ses yeux horrifiés sont rivés sur moi, ainsi que sur mon téléphone, qui continue de tout enregistrer. Ava suit son regard et, dès lors qu'elle m'aperçoit, le soulagement qui se peint sur ses traits m'apaise. Instinctivement, j'ouvre un bras protecteur, et elle vient s'y réfugier sans demander son reste, tandis que l'autre brandit fièrement mon appareil qui tourne toujours.

— Qu'est-ce que vous fichez là, vous ?

— Je cherche les toilettes, rétorqué-je d'un air mauvais.

— Barrez-vous immédiatement ! C'est un endroit privé !

J'éteins mon téléphone portable et le range dans ma poche arrière, avant de lâcher Ava pour m'avancer vers lui, lentement. Je prends mon temps pour réduire la distance qui nous sépare. Je veux qu'il réalise combien ça va faire mal.

— Je vais t'apprendre à respecter les femmes !

Je suis presque déçu. Au premier coup de poing dans le ventre, il s'écroule au sol, plié de douleur. J'aurais aimé qu'il se débatte, qu'il m'offre plus de résistance, ça m'aurait permis d'enchaîner. Je m'apprête à récidiver lorsque Ava, évidemment, intervient en sa faveur.

— Caden, stop ! S'il te plaît, laisse-le.

Il pleurniche à mes pieds, et l'envie de ne pas écouter ma belle et de continuer à passer mes nerfs sur lui est forte, mais je m'abstiens. Je ne veux pas tomber aussi bas que lui, il n'en vaut pas la peine.

— Ava, prends tes affaires, on s'en va.

— Non.

Je me retourne vers elle, surpris de cet aplomb soudain. Manifestement, sa stature en dit long sur son ressenti actuel.

Elle se tient là, le dos bien droit et les bras croisés sur sa poitrine, ses prunelles prêtes à défier quiconque osera les croiser. Elle ressemble à une guerrière, en cet instant. Une guerrière qui ne semble plus vraiment distinguer l'allié de l'ennemi.

— Non ? répété-je bêtement.

Aurais-je loupé un épisode ? Certes, mon Ava est forte et robuste, mais tout de même, de là à minimiser ce qui vient de se passer…

— Je n'ai pas fini mon service, ajoute-t-elle avec un brin de provocation.

Au sol, le fameux Gregor geint toujours. Il se tient le ventre, visiblement tordu par la douleur.

— T'es pas sérieuse ? Tu vas continuer à travailler ici, après ce qu'il a tenté de te faire ?

— Il ne mettra pas ses menaces à exécution, puisque tu as tout enregistré. Il sait que, en cas de coup bas, nous ferons un tel scandale qu'il serait contraint de quitter la région, ce qu'il préfère par-dessus tout éviter, n'est-ce pas, monsieur McClane ?

Gregor se redresse, quoique péniblement, en se massant le ventre. Il me toise d'un air mauvais, et je lui réponds par un petit sourire narquois, lui faisant subtilement comprendre qu'à la moindre provocation je récidive. Il semble saisir le message, car il ne dit rien. Ava réitère sa question, et il émet un bref marmonnement affirmatif.

— Je suppose qu'il n'y a plus aucun souci entre nous, monsieur McClane ?

Il grogne de nouveau, nous fusillant littéralement du regard, l'un après l'autre.

— Puisque tout est clair et maintenant que nous nous sommes expliqués, j'ai un service à assurer. Messieurs…, lâche-t-elle, triomphante, avant de quitter la réserve.

Dès qu'elle est sortie, je me tourne vers son patron. Je le saisis par le col de sa chemise et le plaque violemment contre le mur.

— Ne t'avise plus jamais de la menacer, tu m'entends ? Ou je te promets que tes plans de revanche ne seront qu'une caresse comparés à ce que je te ferai !

Sans attendre de réponse, je quitte la réserve, pressé de retrouver mon Ava et, surtout, de m'assurer qu'elle va bien.

Chapitre 31

— Dis donc, ça te met de bonne humeur de botter le cul de ton patron, dis-je en dévorant Ava du regard, qui entame son troisième cocktail de la soirée.

Après son service, j'ai réussi à la convaincre d'aller savourer des tapas dans un autre bar de South Beach, avec une vue imprenable sur le front de mer, ce qui n'a pas été chose aisée. Parce qu'elle y travaille, mon adorable mogwai déteste fréquenter ce genre d'établissements, car cela lui donne trop l'impression de faire des heures supplémentaires, ce que je peux comprendre.

Depuis qu'elle a remis ce débile de Gregor à sa place, elle affiche cet air insolent qui m'a immédiatement séduit lors de notre première rencontre. Elle devrait être choquée, apeurée, déboussolée… Au lieu de ça, elle se félicite de lui avoir tenu tête, tout en restant dans le politiquement correct. Entre son comportement irréprochable et l'enregistrement audio sauvegardé dans mon téléphone (et désormais dans le sien et celui de Milena, afin de s'assurer qu'il ne puisse le détruire, par exemple), elle sait que son patron va lui ficher la paix. Et il a plutôt intérêt, sinon je lui casse les dents une par une.

— Il faisait moins le fier, après notre petite discussion. Quand je pense qu'il est rentré dans la réserve en espérant me voir me changer. Il me dégoûte !

— À mon avis, il ne s'attendait pas à être reçu de la sorte. Tu devrais être tranquille pour un moment.

Elle sourit, avant de prendre une cigarette dans son sac et de l'allumer – Ava a réclamé la terrasse uniquement pour ça. Elle tire longuement dessus, ses yeux rieurs me toisant comme s'ils avaient le pouvoir de lire en mon âme. J'avale une grande gorgée de mon cocktail pour me redonner une certaine contenance et sors un jeu de cartes de ma poche que je balance négligemment sur la table, au milieu des tapas. Parce qu'elle n'est pas dupe, Ava réagit immédiatement.

— Je croyais que tu devais tout me raconter aujourd'hui.

— C'est exact, mais je n'ai jamais prétendu que je le ferais seul. Sauf que, ce soir, pas de vérités, que des actions.

— Quoi que tu aies en tête, Sven, je te le dis tout de suite, ça ne marchera pas.

En fait, j'espère bien que si. Mon but, c'est de créer une tension sexuelle telle que même mes révélations ne pourront la faire fuir. Elle rentrera avec moi et s'endormira confortablement lovée dans mes bras. Enfin, ça, c'est le scénario parfait, ne me reste plus qu'à l'appliquer.

— Huit de carreau, dis-je en abattant ma carte face visible.

Pas terrible, mais ça aurait pu être pire.

— Tu triches, se contente de commenter Ava avec une moue contrariée.

J'arbore un sourire fier et, alors que je m'étais juré de commencer doucement, je change au dernier moment d'avis. Pourquoi perdre plus de temps ?

— Je te défie d'enlever ton soutien-gorge.

Elle ne s'attendait tellement pas à ça qu'elle avale par mégarde la fumée de sa cigarette, avant de se mettre à tousser comme une forcenée. Aussitôt, je me lève pour venir lui tapoter le dos, ce dont elle me remercie. Elle prend un peu de sa boisson, ce qui l'apaise, mais je n'ai pas regagné ma place pour autant. J'en profite pour jouer avec ses cheveux, les caressant dans une main, tandis que l'autre continue de lui masser les omoplates. Malgré notre rapprochement plus qu'évident de la veille, je constate qu'elle est toujours aussi réactive et frissonne à mon contact, ce qui m'arrache un sourire satisfait. Alors comme ça, elle en redemande ?

Ça tombe bien, c'est également mon cas. Restant fidèle à elle-même, Ava, par esprit de contradiction, m'incendie du regard, si bien que je m'esclaffe.

— Ça va, tu veux pas me l'enlever toi-même, tant qu'à faire ? raille-t-elle pendant que je regagne ma place.

— Tu n'as qu'à aller te changer aux toilettes, dis-je pour la motiver.

Mais à ses prunelles audacieuses qui me toisent fièrement, je comprends qu'elle a autre chose en tête. Elle pose sa Marlboro dans le cendrier, avant de commencer à se dandiner sur sa chaise. Un serveur passe à proximité de nous et, alors que je m'attends à ce qu'elle se fige, morte de honte, elle continue, ce qui me fascine et me terrifie à la fois. Elle a opté pour le débardeur en coton relativement fin que je lui ai rapporté (entre autres choses), et ce dernier laisse deviner la pointe de ses seins. Force est d'admettre que cette vue enchanteresse m'excite énormément. Je remarque du coin de l'œil que le garçon n'en croit pas ses yeux et, quand il s'approche pour nous demander si tout va bien, contre toute attente, c'est moi qui rougis. Et plus encore lorsque Ava répond avec cette insolence qui lui est propre :

— Très bien, je vous remercie. Je me suis mise à l'aise, ce truc me serrait de trop. Ça ne vous gêne pas, j'espère ?

Le malheureux bafouille quelques mots, puis s'éclipse prestement. Ava, loin de s'en formaliser, s'en amuse, avant de finalement ranger son sous-vêtement dans le sac contenant le reste des affaires que j'avais préparées pour elle.

— Je n'en reviens pas que tu aies osé dire ça.

— Je ne crains rien, répond-elle, audacieuse, je suis avec un Viking, lequel me protégera au péril de sa vie s'il le faut. J'ai pas raison ?

— Oh que si.

Tout à l'heure, quand j'ai entendu les insinuations scandaleuses de son patron, j'ai cru que j'allais disjoncter. Je ferais n'importe quoi pour cette femme, pour la garder auprès de moi aussi longtemps que possible. Après tout, on parle d'Ava

Gardner, celle qui a dérobé mon cœur en un battement de cils. Je ne laisserai personne lui faire de mal, jamais.

Elle pioche une nouvelle carte et, à son sourire, je comprends qu'elle espère bien gagner cette manche. Résolue, elle pose son valet de trèfle sur la table et, lorsque je dévoile mon quatre de pique, je peste, passant mes nerfs sur le premier tapas que je trouve.

— Enlève ton T-shirt, ordonne-t-elle, les prunelles brillantes de malice.

— On va se faire virer du bar, objecté-je, priant pour m'en tirer à bon compte.

— Bah alors, Sven, ne me dis pas que tu as peur ? D'ailleurs tu ne m'as toujours rien confessé, soit dit en passant. Au moins, s'ils nous demandent de partir, tu n'auras plus d'excuses pour me faire poireauter.

Elle a récupéré sa cigarette qu'elle continue de savourer, tandis qu'elle ricane de sa requête. Depuis le temps, j'ai compris qu'elle aimait reluquer mes abdos, mais aussi mes tatouages. J'avoue qu'ils passent rarement inaperçus. Dire que ça me dérange serait un mensonge. J'ai toujours apprécié d'attirer les regards de la gent féminine, et lorsque ce regard appartient à une femme que j'estime au plus haut point, comme c'est le cas avec Ava, là, je jubile, car ça me fait me sentir important pour elle.

— Moi, peur ? Laisse-moi rire ! lâché-je en ôtant mon haut, que je balance négligemment dans son sac.

J'ai beau faire le fier, en réalité, je n'en mène pas large. Tous les yeux des tables avoisinantes ont subitement convergé vers moi, ce qui me met très mal à l'aise. Ava, elle, me reluque avec une certaine admiration qui me fascine. Au moins, elle apprécie toujours autant la vue, ce qui me rassure. Car, avec elle, rien n'est jamais garanti ni gagné d'avance.

Les minutes défilent, les défis aussi, et c'est comme ça qu'Ava se retrouve à devoir se passer un glaçon sur le buste, faisant ruisseler quelques gouttes sur sa peau d'ange. Ébahi, je l'observe avec de grands yeux écarquillés, tandis qu'elle frissonne et se tend au contact de l'eau gelée, ce qui la rend extrêmement désirable. Ensuite, elle perd de nouveau et se voit contrainte d'ôter son tanga et, Dieu merci, cette fois, elle s'absente aux toilettes pour réaliser son gage et revenir l'air de rien, avant de le glisser sensuellement dans la poche de mon jean, ce qui m'électrise au plus haut point. Et lorsque je m'incline à mon tour, le verdict est sans appel. Ava, échauffée par ces défis sexy, exige, malicieuse :

— Je pense qu'un bain de minuit te ferait le plus grand bien.

Dans ce contexte, la pilule passera certainement mieux que nulle part ailleurs, aussi je joue ma dernière carte.

— OK, mais pas sans toi.

Et advienne que pourra.

Chapitre 32

Laissant nos affaires derrière un rocher, nous nous enfonçons dans l'eau, entièrement nus. Ava dissimule son corps derrière ses bras, et je fais de même, gêné. Je ne suis pas pudique, mais me promener en tenue d'Adam sur une plage encore fréquentée à cette heure, c'est une première pour moi. Heureusement, nous avons trouvé un coin tranquille, isolé de la ville animée. Personne ne devrait nous déranger ici, et cette idée me plaît plutôt bien.

— Tu vois, c'est marrant, mais j'imaginais les Vikings comme des guerriers sans peur et sans reproche. Je pensais que tu serais rentré dans l'océan fièrement, le dos droit et les yeux rivés vers le large, sans te préoccuper des gens autour.

— Très drôle, Ava, dis-je en m'immergeant totalement afin de dissimuler ma nudité.

Elle me rejoint en quelques brasses, si bien que je ne distingue plus que sa tête et le haut de ses épaules, son corps étant caché par la mer, assombrie par la nuit.

— En tout cas, je constate que l'eau n'est pas froide, continue-t-elle, moqueuse.

Je ne peux contenir mon sourire, amusé par ce sous-entendu plus qu'équivoque.

— On a largement dépassé les limites d'une relation strictement professionnelle, là, non ? m'enquiers-je pour voir sa réaction.

Car, j'ai beau passer des moments magiques en compagnie de mon adorable mogwai, je suis terrifié à l'idée que tout s'arrête du jour au lendemain. Et c'est pour cette même raison que je ne voulais rien lui raconter vis-à-vis du deal conclu avec Eryn. Mais une promesse est une promesse, et je n'ai d'autre choix que de la tenir.

— Oui, dit Ava en se collant à moi et en entourant mon cou de ses bras, sa poitrine s'écrasant contre la mienne, me faisant immédiatement réagir. Mais tu m'as juré que tu ne me laisserais pas tomber.

— Jamais, murmuré-je contre ses lèvres.

— Et tu m'as certifié que tu n'étais pas comme mon père, continue-t-elle en sondant mon regard, légèrement tendue.

— Non.

— Et ce, bien que ta sœur et ton ex m'aient toutes les deux déconseillé de te fréquenter, sous peine de finir le cœur et l'avenir en miettes.

Sa voix se brise, et je ne peux m'empêcher de me culpabiliser. Clémence et Eryn lui ont raconté n'importe quoi sur mon compte, et maintenant elle craint de m'accorder sa confiance (ce que je peux comprendre, vu cette situation délicate). Comment lui prouver qu'elle peut s'ouvrir à moi sans appréhension ? Mais je ne peux pas, bien sûr. Seul le temps lui démontrera ma bonne foi.

— Je te l'ai dit, je suis fou de toi, Ava. C'est vrai qu'on ne se connaît que depuis quelques jours, mais que veux-tu ? Quand on est sûr, on est sûr. Et moi, je n'ai jamais été aussi certain de toute ma vie d'être exactement au bon endroit, avec la bonne personne.

J'ignore ce que j'attendais en retour. Une déclaration, peut-être ? Ou ne serait-ce qu'un mot ou deux sur son ressenti, ses sentiments ? En a-t-elle seulement pour moi, d'ailleurs ? Difficile à dire. Cette femme est une tombe, un mystère. Mystère que je compte bien élucider, tôt ou tard.

En guise de réponse, elle se contente de m'embrasser, sa peau nue collée à la mienne. D'abord tendrement, elle approfondit notre baiser, pour mon plus grand bonheur. Elle me rend fou, littéralement, dans tous les sens du terme. Je ferais n'importe quoi pour la combler et pour la voir sourire pour le restant de ma vie.

Alors que mon corps réagit favorablement à cette étreinte et que je commence à la caresser, prêt à passer à la vitesse supérieure, Ava, comme à son habitude, rompt le charme, me faisant revenir d'urgence sur la planète Terre.

— C'est quoi, l'enjeu du mondial ?

Je soupire, tandis que mon excitation retombe aussitôt. Elle a le chic pour casser l'ambiance, chaque fois. Mais je lui ai promis, aussi je me livre en toute transparence, sans même chercher à faire de détour ou de ronds de jambe. Blake sera ravi d'apprendre ça !

— À la mort de ma mère, nous avons hérité de la maison familiale, Blake, Eryn et moi. Nous, évidemment, nous voudrions la garder, car cette maison, c'est toute notre enfance, tous nos souvenirs, absolument tout. Mais Eryn, elle, souhaite la vendre, afin de récupérer l'argent de sa part pour faire je ne sais quoi avec. Elle ne peut pas le faire sans notre accord, et nous, on ne peut ni y habiter ni la louer, tant que cette affaire n'est pas résolue.

Ava fronce les sourcils. Visiblement, elle ne s'attendait pas à ça.

— Pourquoi vous ne rachetez pas sa part ? s'enquiert-elle sur un ton soudainement distant et froid.

— Parce qu'elle refuse de nous céder quoi que ce soit, pardi ! Sinon, ça fait longtemps que cette histoire serait réglée. Elle s'est mis en tête de vendre la maison dans le seul et unique but de nous pourrir la vie, car elle sait combien elle est chère à nos yeux.

— Caden, quel rapport avec le mondial ? demande-t-elle alors en détachant son corps du mien.

Je déteste la distance qu'elle instaure entre nous, car elle est bien trop représentative de ce qui est en train de se passer. Elle n'aime pas la tournure que prennent les événements, j'en étais sûr ! Je savais qu'il fallait la laisser à l'écart de tout ça.

— Celui qui gagne ce concours décidera seul du sort de la maison.

— Donc si c'est Eryn…, commence Ava, horrifiée.

— Nous accepterons de vendre, oui. Nous n'avons qu'une parole.

— Pourquoi avoir refusé de m'en parler ? Pourquoi avoir gardé ça pour toi ? Alors que c'est si important pour toi ? fait-elle froidement avec un regard qui en dit long sur son ressenti.

— Je ne voulais pas te mettre la pression, m'expliqué-je. Et… j'estimais que mieux valait te laisser à l'écart de tout ça !

— Si je participe en tant que modèle et que de notre victoire dépend l'avenir de ta maison d'enfance, je suis forcément impliquée, que tu le souhaites ou non, rétorque-t-elle en me scrutant durement, sans jamais lâcher mes yeux un seul instant.

Elle continue de m'observer, contrariée, avant de reprendre :

— Il y a autre chose que tu me caches ?

— Absolument rien ! Je te le jure !

Elle croise les bras sur sa poitrine, détourne le regard, fixant la surface de l'eau avec un intérêt soudain. J'ignore quoi dire ou faire pour qu'elle comprenne que je n'ai pas agi contre elle, quoi qu'elle en pense.

— J'aurais préféré que tu m'en parles avant, Caden, finit-elle par lâcher en essuyant une larme qui coule sur sa joue. Tu prétends être fou de moi et que je compte beaucoup à tes yeux mais, dès qu'il s'agit de me confier des choses personnelles sur toi, tu prends la fuite. Que suis-je censée comprendre, au juste ? Que ce soit pour Eryn, pour Clémence, et maintenant pour le sort de la maison de tes parents, si je n'avais pas insisté, tu ne m'aurais jamais rien dit. Pourquoi ?

Je déglutis, au pied du mur. Que dire ? La vérité ? Mais elle n'est pas forcément audible. Ava risquerait de se vexer, enfin, plus qu'elle ne l'est déjà, hélas.

— Je… j'avais peur que tu me quittes.

— Et pourquoi l'aurais-je fait ? reprend-elle en essuyant une nouvelle larme.

Je tends les bras vers elle pour l'étreindre vivement, mais elle recule afin de m'éviter, me brisant le cœur. Ainsi, elle ne veut plus que je la touche ? Eh ben, on peut dire que notre histoire aura été brève.

— J'ai une famille compliquée, soufflé-je, paniqué, et une sœur très envahissante qui cherche à me pourrir constamment la vie. Je ne voulais pas te mêler à ça. Je préférais t'épargner toutes ces histoires et surtout… j'avais peur que tu me juges.

Ava acquiesce, visiblement peu enchantée par ma réponse.

— Toi, au moins, tu as une famille, des proches, rétorque-t-elle froidement, comment as-tu pu imaginer que je te quitterais à cause de ça ? Qui ne fait pas confiance à l'autre, de nous deux ?

Elle souffle, perdue, avant de me tourner le dos pour regagner la plage, sans m'accorder un regard. Je la suis en l'appelant, paniqué comme rarement dans ma vie.

— Ava, attends !

Je crois bien que je peux dire adieu à notre moment romantique et intime en pleine mer. Moi qui espérais une aventure marine charnelle, la voilà qui vient de prendre la poudre d'escampette, peut-être bien pour un long, long moment.

Je ne cesse de scander son prénom, mais elle ne m'écoute plus. De retour sur le sable, elle enfile à la hâte ses vêtements, sans même prendre le temps de se sécher, ce qui a pour conséquence de les tremper complètement. Mais elle ne semble même pas y prêter attention. Je me rhabille aussi vite qu'elle, si ce n'est plus rapidement encore et, lorsqu'elle s'apprête à quitter la plage sans un regard vers moi, je la rattrape in extremis, l'agrippant par le bras.

— Ava, s'il te plaît, écoute-moi…, m'écrié-je, légèrement paniqué.

Elle fait volte-face, les yeux brillants.

— Ce qui est humiliant, Caden, c'est que tu me fais de belles promesses et de grandes déclarations, mais à côté de ça tu refuses de t'ouvrir à moi, en particulier sur un projet qui te tient autant à cœur. Comment pourrais-je te faire confiance, après ça ?

— Je ne voulais pas te faire porter ce poids, c'est tout ! Pour que tu ne te culpabilises pas en cas de défaite. Ava, j'ai fait ça pour ton bien, tu dois me croire…

— Tu prétendais être sûr de gagner !

— Oui, mais…

— Si tu tenais à éviter de me mêler à tout ça, comme tu le dis si bien, il ne fallait pas m'aborder. Félicitations, Caden, tu as officiellement tout gâché.

Je la regarde s'éloigner, le cœur meurtri par la détresse que j'ai pu apercevoir dans ses prunelles. Puis je consulte ma montre et ne peux retenir un petit rire sarcastique. 00 h 10. La légende est donc vraie, il ne faut jamais mouiller un gremlin après minuit, sous peine d'ennuis insurmontables.

Chapitre 33

Lorsque nous arrivons à l'appartement (car malgré sa déception, j'ai réussi à la convaincre de dormir chez nous), elle traverse le salon d'une traite, la tête haute, sans même prendre la peine de saluer Blake et Milena, lesquels roucoulent sur le canapé. Je la suis de près, mais pas assez visiblement, puisqu'elle s'enferme dans ma chambre, me claquant la porte au nez.

— Ava, ouvre, s'il te plaît.

— Va te faire foutre ! crie-t-elle à travers la cloison.

Je me retourne, las, et d'un seul regard je devine tout ce que pense Blake de cette altercation, mais aussi ce qu'il va dire. C'est à la fois l'avantage et l'inconvénient d'être jumeaux ; on se connaît trop bien. Et en cet instant, il s'apprête à me houspiller comme si j'étais de nouveau le chenapan de ma jeunesse. Bon sang, comme c'est agaçant d'avoir un frère parfait sous tous rapports.

Blake a toujours été exemplaire, depuis notre plus tendre enfance, et les seules fois où il ne l'a pas été, c'est parce que je l'avais tanné pour me suivre et que nous nous étions fait attraper par les parents. Comme le jour où je l'ai convaincu que papa travaillait trop et que, s'il n'avait plus son téléphone portable, il ne s'en porterait que mieux. J'avoue m'être énormément culpabilisé que Blake se fasse punir avec moi, alors qu'il n'avait fait que me seconder. Mais mon jumeau, dans toute sa droiture, a accepté sa punition sans broncher, affirmant qu'il avait sciemment choisi de me suivre et que je ne l'avais obligé à rien. Y a pas à dire, c'est fatiguant d'avoir un frère parfait, lequel vous rappelle constamment que vous n'êtes pas à la hauteur.

— Qu'est-ce que t'as encore fait, Caden ? s'enquiert-il, blasé.

Ah oui. Parce que dans cette famille, dès qu'il y a un problème, c'est toujours ma faute, bien sûr ! Blake, lui, est un ange tombé du ciel et Eryn, une victime de la société. Mais moi, je suis l'impulsivité qu'il faut à tout prix contrôler. L'homme aux milliards de défauts. Le bourreau des cœurs, et gnagnagna.

— Commence pas, Blake, râlé-je en me dirigeant vers notre cuisine ouverte.

— Je te demande juste ce qu'il s'est passé, fait-il, imperturbable, en se levant pour venir à ma rencontre.

Je me sers un grand verre d'eau fraîche et le bois cul sec. J'ai besoin de décompresser tant je suis à cran.

— Ce que j'ai fait ? hurlé-je à travers toute la pièce. J'ai fait précisément ce que tu m'as dit de faire, Blake : je lui ai parlé du mondial ! Et devine quoi ? Elle l'a super mal pris, exactement comme je l'avais prévu !

— Elle l'a mal pris parce que tu as trop attendu, Caden, m'explique mon jumeau comme si cela coulait de source.

Et allez ! Comme si lui annoncer d'emblée la vérité était une meilleure idée ! Elle serait montée sur ses grands chevaux et ne m'aurait plus jamais adressé la parole si elle avait su dès le départ ce qui se jouait ici.

— Elle, elle a un prénom ! s'époumone une voix lointaine qui me rend fou, dans tous les sens du terme.

Milena s'approche de ma chambre avec un calme royal, comme indifférente à la situation, avant de toquer doucement au battant.

— *Cariña*, ouvre-moi, s'il te plaît.

Même si je m'attendais à voir la porte s'entrebâiller sans aucune résistance, je m'étonne qu'elle ne se fasse pas envoyer paître, elle aussi. Milena entre dans la pièce et, alors que je m'apprête à la suivre, Blake me retient par le bras, ce qui m'agace prodigieusement.

— Laisse-les entre filles, ça vaut mieux pour le moment.

— Elles sont dans ma chambre ! objecté-je comme si c'était là le seul et unique problème.

— Caden, s'il te plaît, ne fais pas l'enfant.

— Moi, je fais l'enfant ?

Indigné et vexé qu'on me répète inlassablement que tout est toujours ma faute, quoi que je fasse, j'abandonne mon jumeau et me dirige vers les marches, bougon.

— Caden, qu'est-ce que tu fais ?

— Je me casse !

Et sans attendre la réponse de mon frère, je m'engouffre dans l'escalier menant au rez-de-chaussée, avant de claquer violemment la porte d'entrée. Une fois sur le trottoir, le froid m'assaille, me rappelant au passage que je suis trempé de la tête aux pieds et que je tremble de tout mon être. Mais hors de question de retourner là-haut.

J'ose un coup d'œil vers la fenêtre de ma chambre et réalise qu'Ava est postée derrière les carreaux, m'observant avec un air que je ne saurais déchiffrer. Nous nous fixons un instant, puis, n'y tenant plus, je décide de tracer ma route. De toute façon, cette tête de mule ne changera pas d'avis, il ne sert donc à rien d'essayer de me justifier. Mon aventure à ses côtés vient officiellement de prendre fin, et il serait vain que je m'acharne, elle est trop entêtée. Alors, à quoi bon ? À quoi bon continuer à se faire du mouron pour une femme que je n'aurais jamais ? Notre histoire était trop belle pour être vraie. Trop intense pour perdurer.

Je marche un long moment, perdu dans mes pensées, lesquelles sont exclusivement focalisées sur Ava. Comment ai-je pu croire qu'une femme aussi séduisante, aussi forte et aussi extraordinaire qu'elle voudrait de moi ? Je suis loin d'être parfait, j'ai même énormément de défauts. Je suis têtu, impulsif et, malgré les apparences, je manque de confiance en moi, surtout en sa présence. Mais mes actions la concernant ont toujours été bienveillantes et bien intentionnées. Et connaissant Ava, elle n'aurait jamais accepté de se mêler d'une histoire familiale si je le lui avais mentionné dès notre rencontre. J'en ai l'intime conviction. Je le sais. Je n'avais pas le choix. Il fallait qu'elle apprenne à m'apprécier avant toute chose pour que j'aie une infime chance que ça marche entre nous. Mais force est de constater que j'ai eu tort, là aussi. Elle ne m'aime pas et elle ne m'aimera probablement jamais. Pourquoi tout est-il toujours aussi compliqué dès lors qu'elle est impliquée ? Pourquoi suis-je constamment en train de marcher sur des œufs avec elle ? J'aurais dû abandonner dès que j'ai réalisé que, entre nous, ça ne fonctionnerait pas, j'aurais dû me protéger au lieu de plonger corps et âme dans une relation sans lendemain. Mais je suis bien trop épris d'elle pour ça. Bien trop mordu. Bien trop pathétique, aussi.

Alors que je continue de déambuler dans les rues mal éclairées de Wynwood, un cri à glacer le sang m'interpelle, et je m'immobilise aussitôt, tous les sens en alerte, pour tenter de savoir d'où il provient. À nouveau, un hurlement de détresse retentit, et je cours dans sa direction. Une femme, sans aucun doute.

Lorsque je l'aperçois, je suis stupéfait par la scène qui se déroule sous mes yeux. Eryn est là, acculée contre un mur par un mastodonte qui, à peu de chose près, a la même carrure que moi. Sans réfléchir plus longtemps, je me précipite sur lui et l'attrape par les jambes pour le faire chuter au sol. Pris de court, il n'a pas le temps de réagir, et j'enchaîne les coups, ma rage se trouvant décuplée par les événements de la soirée.

— Touche pas à ma sœur, espèce d'enfoiré !

Il parvient à se libérer de mon emprise et me décoche un uppercut magistral. Un goût métallique emplit ma bouche, et je comprends que je saigne. Putain, il manquait plus que ça ! Si mon compte n'était pas bon, il le sera à mon retour.

Derrière moi, Eryn sanglote, ce qui me fait tout drôle. Ça fait longtemps que je ne l'avais pas entendue pleurer, à vrai dire. La dernière fois, elle devait avoir cinq ans, tout au plus. Elle n'a plus jamais montré le moindre signe de faiblesse après ça. Pas même quand nos parents la punissaient, pas même à leur enterrement. Jamais. J'ignore ce qui s'est passé avec ce type, ou ce qu'il s'apprêtait à faire, mais ses larmes accroissent ma colère, m'aidant à reprendre le dessus. Je cogne de toutes mes forces, lui aussi, mais au bout du compte, je finis par avoir le dessus. Vaincu, il s'en va en titubant.

— J'en ai pas terminé avec toi ! lance-t-il, menaçant.

Je ne sais s'il s'adresse à moi ou à ma sœur, et honnêtement, dans l'état actuel des choses, je m'en contrefiche. Je porte ma main à ma mâchoire, vérifiant qu'elle est toujours intacte et apparemment oui, ce qui me rassure. Je crache par terre pour me débarrasser de ce goût de sang infâme, en vain.

— J'ai eu si peur, gémit ma cadette avant de se précipiter dans mes bras, ce qui, là encore, est une première.

Un câlin ? Eryn est-elle sincèrement en train de pleurer contre moi ? Mais que se passe-t-il ce soir ? Je suis tellement estomaqué que je ne pense même pas à la repousser, ce que j'aurais probablement fait en temps normal.

— C'était qui, ce type ? Il te voulait quoi ?

— Rien, ne t'en fais pas.

— Comment ça, rien ?

Elle ne répond pas, et nous restons un moment immobiles, ne sachant que dire ou que faire. Finalement, une fois sa respiration apaisée, je reprends sur un ton plus neutre :

— Allez, viens, je te ramène chez toi.

Elle acquiesce, avant de se ressaisir. Mais son visage a changé. Fini, les récriminations revêches et l'attitude provocante, j'ai sous les yeux une jeune femme qui semble si fragile, qu'elle donne l'impression qu'un souffle de vent suffirait à la briser.

Nous marchons à un bon rythme, malgré mon corps qui me lance de partout, sans qu'aucun de nous parle. Chacun est perdu dans ses pensées, et seul le bruit de nos pas résonne sur les pavés. Lorsque nous arrivons près de son studio de tatouage, elle ralentit l'allure, et un sourire timide apparaît sur ses traits.

— Tu m'as appelée « ma sœur », dit-elle, ce qui m'étonne.

— Jusqu'à preuve du contraire, et quoi que tu fasses, tu l'es et le resteras.

— Tu ne m'as plus donné ce titre depuis mes cinq ans.

Je la dévisage un instant, surpris par ce commentaire, avant de soupirer avec lassitude. Les mains dans les poches, je détaille son visage fin, qui me semble à la fois familier et étranger.

— On récolte ce que l'on sème, Eryn, et je ne tiens pas à refaire l'histoire. Ne va pas croire que ce qui vient de se passer change quoi que ce soit entre nous, je pensais ce que j'ai dit ce matin. Sors de nos vies, et fiche-nous la paix. Tu nous as causé bien assez de torts comme ça, à Blake et à moi.

D'ordinaire, elle aurait proféré tout un tas de menaces pour me provoquer en retour, mais pas cette fois. Ses yeux s'humidifient, tandis qu'elle conserve le silence. Étonnamment, elle se contente d'acquiescer sans prononcer un mot, ce qui, une fois de plus, m'interpelle. J'ignore qui était ce type et ce qu'il lui voulait, mais il l'a vraiment secouée, on dirait.

Je commence à faire demi-tour afin de regagner l'appartement quand sa voix, basse et hésitante, me stoppe net dans mon élan.

— Caden !

Quand je fais volte-face, mes yeux trouvent les siens, lesquels ont cette même teinte bleu-gris, héritage de nos parents et, alors qu'elle s'apprête à dire quelque chose, il semblerait qu'elle change d'avis au dernier moment. Du moins, c'est comme ça que j'interprète la grimace qui traverse son visage.

— Merci.

Chapitre 34

Moi qui voulais passer inaperçu parce que j'en ai ras le bol de cette journée, je comprends rapidement que c'est peine perdue. En effet, malgré l'heure tardive, le comité d'accueil m'attend sagement, confortablement installé dans notre canapé, en les personnes d'Ava, de Milena et de Blake. Ils rient gaiement et, lorsque je fais irruption dans le salon, le silence qui s'abat soudainement sur la pièce me fatigue d'avance. Super, il ne manquait plus qu'ils me fassent la morale, les uns après les autres. Moi qui espérais m'effondrer dans le premier fauteuil venu… Évidemment, Ava est la première à lancer les hostilités. Comme c'est étonnant.

— Ôte-moi d'un doute, tu gères toujours les conflits comme ça, en t'enfuyant comme un lâche, ou j'ai droit à un tarif exceptionnel ? Pour faire des promesses, tu es doué, mais pour les tenir, y a plus personne !

Blasé et las, j'attends qu'elle ait fini de passer ses nerfs sur moi. N'obtenant aucune réaction de ma part, elle s'avance jusqu'à moi et, lorsqu'elle remarque ma mâchoire tuméfiée, elle lâche un petit cri qui me fend le cœur.

— Tu t'es battu ?

Blake, évidemment, est le suivant à commenter :

— Ça va, frérot, que s'est-il passé ? Rien de cassé ?

— Ça va impec. Ma copine me déteste et me considère comme un imbécile, je me suis pris une beigne en essayant de sauver ma sœur, laquelle n'attend qu'une chose, c'est de me pourrir l'existence. Non, vraiment, la vie est belle. Et maintenant, j'aimerais dormir, si ça ne vous fait rien.

— Tu as vu Eryn ? reprend Blake, abasourdi.

— Non seulement je l'ai vue, mais je l'ai sortie des griffes d'un sale type qui lui voulait je ne sais quoi.

— Tu as aidé ta sœur alors que tu la détestes ? s'enquiert Ava, dont la mine est aussi contrite que celle de mon jumeau.

— Tu détestes ta sœur ? fait Milena d'un ton scandalisé.

— C'est bon ? L'interrogatoire est fini, j'peux y aller ? marmonné-je en guise de réponse.

Car j'en ai marre de devoir constamment me justifier. Marre de faire des efforts pour toujours être incriminé au bout du compte. Marre d'être considéré comme un bon à rien. Sans attendre qu'ils répliquent, je file vers la salle de bains et entreprends de m'y déshabiller. Mes vêtements mouillés sont tachés de sang, et je peux dire adieu à mon nouveau T-shirt. J'ôte mon boxer, puis ouvre le jet de la douche afin qu'il chauffe quelques secondes pour que je puisse m'engouffrer dessous.

Mais au moment d'y entrer, la porte s'ouvre à la volée derrière moi. Je me retourne prestement, entièrement nu, et je n'ai pas le temps de réagir qu'Ava se jette sur moi pour m'embrasser langoureusement. Malgré ma mâchoire qui me lance et me hurle de cesser de bouger, j'approfondis notre baiser, même si cela me provoque plus de douleur que de plaisir. J'ignore quand viendra le prochain, ni s'il y en aura un, à vrai dire. Aussi dois-je prendre tout ce qu'elle voudra bien me donner avant de me rayer de sa vie, cette fois pour de bon.

Sans qu'on ait échangé un seul mot, je la soulève et l'emmène avec moi sous la douche. Là, j'enlève une partie de ses vêtements afin d'avoir accès à son intimité. Je n'ai pas particulièrement envie d'être doux, ce soir, et à la manière dont ses ongles lacèrent mon dos, j'en conclus qu'elle non plus. Pendant ce temps-là, Ava continue de couvrir mon corps de baisers, ce qui me va bien. Elle s'attarde un instant sur ma mâchoire, ce qui me fait grogner de douleur. Malgré tout, je ne dis rien. Je reste stupéfait par sa silhouette parfaite et harmonieuse. Quelle femme, bon sang, quelle femme ! Elle me rend fou, et je n'ai plus aucune idée de ce qui se passe entre nous, ni de s'il se passe encore quelque chose, à vrai dire. Je prends ce qu'elle m'offre, point. Dans l'immédiat, c'est suffisant. Tant qu'elle demeure dans mes bras, auprès de moi, je suis prêt à tout accepter, même l'inacceptable, même si elle ne sera jamais vraiment ma petite amie comme j'aimerais qu'elle le soit. Même si je dois lui courir après pour le restant de mes jours.

Je la pénètre d'un seul coup, lui arrachant un cri de satisfaction au passage, ce qui décuple mon envie d'elle. Elle est tellement sexy, tellement désirable, tellement belle… que je vais finir par en perdre la raison. Une main appuyée contre le mur froid de la cabine de douche, je savoure le contraste de l'eau brûlante qui libère des tensions accumulées au cours de la journée, tout en nous enveloppant dans une bulle où nous sommes seuls au monde. Je maintiens cette position tout en effectuant une série de va-et-vient, pendant que ma mâchoire, elle, continue de gâcher l'instant présent en me rappelant à chaque mouvement combien j'ai mal. Mais la situation est à ce point enivrante que le plaisir prend malgré tout le dessus, balayant la douleur persistante. Avec Ava, c'est une farandole constante d'émotions, toutes plus fortes et incroyables les unes que les autres.

Après l'avoir lacéré, elle enfonce ses ongles dans mon dos, me laissant une belle griffure au passage, tandis qu'elle hurle mon prénom. La passion est à son comble et nous emporte au même moment, ce qui ajoute à mon trouble, mon cœur battant à tout rompre. Car je suis fou amoureux de cette femme et je sais avec certitude que ce sentiment est à jamais immuable.

Lorsque je m'immobilise, je suis à bout de souffle, tout comme elle. Nous nous toisons sauvagement dans le blanc des yeux, sans un mot, haletants. Puis, je la pose doucement, et elle finit de se dévêtir dans le plus grand des calmes. Elle enduit son corps de gel douche tandis que je continue de reprendre mes esprits.

— Qu'est-ce qui vient de se passer, Ava ? Je croyais que tu étais déçue de mon comportement.

— Je le suis. Mais je trouve ça extrêmement sexy, un Viking qui se bat pour protéger sa famille.

— Quoi, c'est tout ? grogné-je. Tu t'es ruée sur moi uniquement parce que je me suis battu ?

— Non, dit-elle en se rinçant, je me suis jetée sur toi parce que tu l'as fait pour ta sœur, laissant vos différends de côté, alors qu'à tes yeux elle a commis l'impardonnable. Et ça, c'est une valeur noble, respectable, et aussi très sexy.

Je m'apprête à lui répondre, mais elle m'en empêche en posant un doigt sur ma bouche pour m'intimer de garder le silence. Puis, elle murmure sensuellement, un sourire coquin aux lèvres :

— Je dors dans ta chambre ce soir. Sans toi.

Elle sort de la cabine de douche, s'enroule dans la première serviette qu'elle trouve avant de se retourner, un air malicieux sur le visage.

— Tout à l'heure, tu as souligné que je te détestais et que je pensais que tu n'étais qu'un imbécile. Sache que tu as raison sur une chose, mais je ne te dirai pas laquelle. Bonne nuit, Sven, mes fesses plates et moi-même te saluons.

Je souris, estomaqué par le culot de cette femme qui, même après un moment intense comme celui que nous venons de vivre, ne perd pas le sens de la repartie.

Je finis de me doucher, avant d'enfiler un short propre et sec (Dieu merci). Puis, le salon ayant été déserté par Blake et Milena, je m'affale sur le canapé, vu que de toute façon un gremlin dénué de scrupule m'a piqué mon lit.

Il n'y a pas à dire, ce canapé est toujours aussi confortable, et je sais de quoi je parle, j'y ai passé un nombre incalculable de nuits. Du moins, il l'était jusqu'à ce qu'un mogwai sans cœur me réveille avec un verre d'eau glacé. Si je ne la connaissais pas si bien, je jurerais qu'Ava fait semblant d'être fâchée contre moi uniquement pour avoir le loisir de me faire tourner en bourrique.

— Oups, je suis tellement maladroite !

— Si je te chope, t'es morte, marmonné-je en changeant de position.

— Allez, debout ! insiste-t-elle. Je ne travaille pas aujourd'hui.

— Et donc ? grommelé-je sans pour autant ouvrir les paupières. Tu comptes me pourrir l'existence non-stop ?

— Non. Mais je m'étais dit que nous pourrions peaufiner le tatouage que tu vas me faire. On a un mondial à gagner, au cas où tu l'aurais déjà oublié.

À ces mots, je me retourne vivement et la regarde droit dans les yeux, tous mes sens en alerte. Elle plaisante ? Mais à son air déterminé, peu enclin à la rigolade, je comprends que non, qu'elle est on ne peut plus sérieuse. Décidément, cette femme me plonge dans la plus grande perplexité.

— C'est l'orgasme sous la douche qui t'a radoucie ? demandé-je en me redressant.

Toujours vêtu de mon seul short, je la vois lorgner mes abdominaux, tandis qu'elle rougit. C'est mignon, le mogwai perd toute sa splendeur dès lors qu'on aborde ce sujet intime. Puis elle jette un regard désemparé vers Blake et Milena, lesquels sont choqués par mon audace. Ils n'ont pas pu ignorer les cris d'Ava, hier soir, lorsqu'elle hurlait mon prénom. Mais ils ont l'intelligence de faire comme si de rien n'était. Sauf qu'à ce jeu-là je peux être aussi buté qu'elle et me comporter en ange une seconde, et en démon celle d'après. Y a qu'à demander.

— Peut-être bien, se contente-t-elle de répondre en se voulant à son tour provocante.

— J'ai le droit de t'embrasser pour te dire bonjour, ou tu vas me mordre ?

— Essaie, tu verras bien.

Une lueur espiègle brille dans ses prunelles, et je m'avance prudemment vers elle. Sait-on jamais, elle serait capable de changer d'avis et de viser mon intimité avec son genou.

Mais elle n'en fait rien. Elle me toise de toute sa hauteur pendant que je m'approche davantage. Enfin, je pose une main sur sa taille tandis que j'appose un baiser froid sur son cou, là où le suçon est encore visible. Elle frissonne à ce simple contact, et je souris contre sa peau. Bon, au moins elle n'est toujours pas indifférente à ma présence, c'est déjà une excellente nouvelle ! Peut-être me reste-t-il une chance de tout arranger, finalement.

Lorsque je recule pour me diriger vers la cuisine où Milena et Blake dégustent leur petit déjeuner en amoureux, Ava m'interpelle :

— Quoi, c'est tout ? Je suis déçue. Je pensais les loups capables d'un contact plus audacieux qu'un simple petit bisou dans le cou.

Une chose est sûre, elle ne me le fera pas dire deux fois. Aussitôt, je me rapproche rapidement d'elle, la soulève délicatement dans mes bras telle une princesse et, alors que je fonce vers ma chambre, une voix grave, sensuelle et féminine, me stoppe net dans mon élan.

Je me retourne lentement, horrifié.

Car Eryn est là, postée en haut des marches, et même dans notre séjour. Je pose doucement Ava au sol, et cette dernière ne proteste pas, comprenant l'importance du moment qui va se jouer. J'ignore ce que ma sœur fait chez nous, mais ça ne présage rien de bon.

Chapitre 35

— Qu'est-ce que tu fous là, Eryn ? dis-je aussitôt.

Blake, qui n'en croit pas ses yeux, s'est levé de son tabouret de bar, lui aussi alerté. Car mon jumeau a conscience qu'entre nous deux les choses ont toujours été électriques, et il sait également à quel point une situation peut dégénérer rapidement, avec Eryn et moi.

— Je suis venue te remercier, Caden, répond-elle d'une voix plus neutre.

— Me remercier ou fouiller notre appart ? Ah non, suis-je bête, tu as des fouines que tu paies pour faire ça à ta place.

— Caden ! gronde Blake pour m'intimer de rester calme.

— Tu as raison, reprend ma sœur avec un aplomb qui lui ressemble beaucoup plus, c'était un coup bas de ma part, et je n'aurais jamais dû m'abaisser à faire une telle chose. Tu m'en vois désolée.

J'émets un bref grognement en guise de réponse, et Eryn en profite pour pénétrer davantage dans notre salon, venant jusqu'à ma hauteur. Je ne la lâche pas des yeux un seul instant, à l'instar de toutes les personnes dans cette pièce, à vrai dire. Avec Eryn, il faut s'attendre à tout. Elle n'en est pas à son coup d'essai. Dès lors qu'on baisse sa garde, qu'on pense qu'elle a changé, qu'elle souhaite se repentir, elle frappe encore plus fort, et la déception est d'autant plus grande. J'en sais quelque chose.

— Je suis venue te rapporter ceci, dit-elle en déposant dans le creux de ma main un bracelet en pierres noires brutes.

Je demeure immobile, incapable de prononcer un seul mot. Une boule d'émotion me submerge, faisant un nœud dans ma gorge. Je connais ce bijou, mais comment est-ce possible ?

— J'étais persuadé que tu l'avais vendu, intervient Blake, qui s'est rapproché de nous.

— C'est ce que je vous ai laissés penser, en effet, affirme-t-elle en haussant les épaules, mais j'ai menti.

— Pourquoi ? dis-je alors qu'une larme roule sur ma joue, ne quittant pas le bracelet une seule seconde des yeux, de peur qu'il disparaisse.

— Parce que j'étais en colère contre toi, explique-t-elle comme si cela coulait de source. Je n'avais pas besoin que ce soit vrai, Caden, simplement que tu le croies. En réalité, je l'ai conservé tout ce temps.

— Pourquoi ? répété-je.

— Ce bracelet était tellement important pour toi, je ne l'aurais jamais vendu. Mais tu t'es convaincu si facilement que j'étais capable du pire…

Mon regard passe du bijou à ma petite sœur, et je constate que je ne suis pas le seul à la limite de pleurer. Mais qu'y a-t-il donc en ce moment avec Eryn ? Est-ce une énième manipulation de sa part ? Joue-t-elle la carte de la sincérité pour gagner le mondial et ensuite pouvoir nous rire au nez ? Ce serait bien son style, en tout cas.

Il appartenait à notre père, et il le gardait constamment à son poignet. J'en ignore la raison, mais cet objet m'a toujours fasciné, et cela depuis notre plus tendre enfance. Il s'agit d'un bijou de grande valeur qui est depuis longtemps dans la famille, et il m'avait promis qu'un jour il me reviendrait. Mais ça, c'était avant qu'Eryn mette la main dessus, évidemment. Ainsi, elle ne l'a pas vendu comme elle l'avait prétendu ? Incroyable ! Je la revois encore fanfaronner dans toute la maison, se félicitant d'avoir pu se payer sa première chaîne hi-fi grâce aux fonds récoltés.

— Merci de m'avoir secourue, hier.

Sans attendre de réponse, elle fait demi-tour et, puisque je suis toujours sonné, fasciné par ce bracelet si cher à mes yeux, Blake se permet d'intervenir.

— Tu as des ennuis, Eryn ? C'était qui, ce type qui t'a agressée ?

— Mon proprio, répond-elle comme si elle donnait les résultats du loto. Ça fait des mois que je ne suis plus en mesure de payer mon loyer et, comme je refuse de partir, il cherche par tous les moyens à m'expulser.

— Comment ça, « plus en mesure de payer » ? Ton salon de tatouage cartonne ! poursuit mon jumeau.

— *Cartonnait* serait plus exact. Oh ! je vous en prie, ne faites pas les étonnés ! ajoute-t-elle devant nos mines stupéfaites. À votre avis, qui m'a fait le plus de tort dans le quartier, si ce n'est mes chers et dévoués frères ? Tu as raison, ça marchait très bien au début, jusqu'à ce que les gens découvrent que nous étions de la même famille. Là, les rumeurs ont commencé à aller bon train, les questions indiscrètes aussi. Pourquoi je ne travaillais pas avec vous ? Pourquoi nous ne nous parlions plus ? Pourquoi vous n'aviez jamais mentionné mon existence à qui que ce soit ? Et devinez quoi ? Les jumeaux Smith sont tellement cool que, s'il y avait une fautive, ça ne pouvait être que moi. Donc la clientèle s'est mise à me tourner le dos, de plus en plus, jusqu'à ce que mon propriétaire me harcèle pour récupérer le studio et l'appartement attenant, sous prétexte que, en plus d'avoir du retard dans mes loyers, je lui fais de la mauvaise pub et qu'il ne veut rien avoir à faire avec quelqu'un comme moi. Mais ne vous en faites pas, j'ai l'habitude d'être rejetée. C'est même l'histoire de ma vie.

— C'est toi qui t'es écartée de nous et de notre famille ! dis-je alors, ayant retrouvé ma voix.

— Mais putain, ouvre les yeux, Caden ! Les parents ne m'ont jamais acceptée, pas comme vous ! Moi, j'étais une erreur de parcours, une enfant non désirée qui est venue chambouler leur quotidien parfait de famille parfaite avec leurs jumeaux parfaits !

Je ne comprends rien à son délire, pourquoi dit-elle tout ça ? Pourquoi maintenant ? Je reste sur mes gardes. Ça n'a pas de sens. Blake, qui semble aussi déboussolé que moi, conserve également le silence, songeur. De nous trois, c'est lui qui incarne la sagesse, ce n'est pas pour rien qu'il s'est fait dessiner un aigle sur le bras, son animal totem. Moi, je suis le loup indomptable et impétueux, l'impulsivité qu'il faut maîtriser. Le loup est réputé libre et indépendant, ce qui est finalement ironique, car depuis ma rencontre avec Ava je suis tout l'inverse ; accro et irrémédiablement lié à cette femme. En revanche, je n'ai jamais compris la raison du papillon d'Eryn. Cet animal est censé symboliser le renouveau, la renaissance. Cela aurait-il une signification qui m'échappe ? Maman nous a toujours encouragés à suivre notre voix intérieure, à faire confiance à notre instinct. Mais en cet instant, le mien est en profond désaccord avec ma méfiance pour ma petite sœur, et je ne peux m'empêcher de penser qu'une fois encore elle cherche à nous manipuler pour mieux nous écraser.

— Qu'est-ce que tu comptes faire ? intervient soudainement Ava comme si nous parlions de la pluie et du beau temps. Tu ne peux clairement pas rester dans cet endroit, à la merci de cet homme qui te menace.

— Facile à dire ! Si je quitte les lieux, je peux dire adieu à mon salon de tatouage, et donc à ma principale source de revenus.

— C'est pour ça que tu souhaites vendre la maison ? demande Blake, qui cherche visiblement à comprendre le fin mot de toute cette histoire. Pour payer tes dettes et conserver ton studio ?

Ma sœur ricane, et son attitude m'agace prodigieusement. Je ne sais jamais sur quel pied danser quand Eryn est dans les parages.

— Non. Ça, c'est uniquement pour vous faire chier.

— Ça suffit, explosé-je brutalement, sors de chez nous ! Immédiatement !

— Caden, attends, souffle doucement Blake qui tente de me calmer.

— Y a pas de « attends » ! Tu l'as entendue ? Elle s'est juste pointée chez nous pour se payer nos poires, et on devrait la laisser faire ?

— Je tenais vraiment à te rendre le bracelet de papa, explique-t-elle froidement, comme si rien ne la touchait, pour te remercier de m'avoir sauvée hier.

— Ouais, ben merci, et maintenant, au revoir !

— Tu aurais préféré que je mente, Caden ? Que je te dise ce que tu veux entendre ? Je ne suis pas que méchante, figure-toi. Je suis capable d'admettre mes torts quand il le faut et de ravaler ma fierté si nécessaire, comme en cet instant. Je ne suis pas venue chercher la guerre, pas cette fois. Tu dois me croire.

— Et pourquoi je ferais ça ? grogné-je, furieux.

— Parce que j'ai rarement été aussi sincère de toute ma vie.

Son attitude me calme légèrement, même si je reste un boulet de canon prêt à partir à tout instant. Milena, qui n'a pas dit un mot depuis l'apparition d'Eryn, se fait la plus petite possible dans un coin du salon. En même temps, j'imagine mal la charmante Cubaine, si souriante, entrer en conflit avec une personne qu'elle ne connaît pas, et encore moins pour une histoire qui ne la regarde pas. Avec Ava, en revanche, c'est une autre paire de manches, évidemment.

— Si je comprends bien, tu n'as nulle part où aller ? questionne doucement mon mogwai.

— Je n'ai pas dit mon dernier mot mais oui, quelque chose comme ça, en effet, bredouille ma cadette, les bras croisés sur sa poitrine.

— Juste pour info, le joli chèque que tu m'as proposé il y a quelques jours…

— En bois, répond ma sœur comme si ça coulait de source.

Ava accuse la nouvelle avec une aisance déconcertante, si bien que je ne sais plus quoi penser.

— Caden, poursuit Ava, imperturbable. Ta proposition pour que j'emménage ici tient toujours ?

Je suis tellement stupéfait par cette question qu'il me faut plusieurs secondes pour l'intégrer.

— C'est pas vraiment le moment, là, Ava.

— Mais elle tient toujours, oui ou non ?

— Bien sûr !

Quel est le rapport… ?

— Donc on peut dire que je suis officiellement une occupante de cet appart ?

— Hum, hum, acquiescé-je mollement.

— Cela signifie que je suis aussi légitime que vous à prendre des décisions concernant cet endroit, pas vrai ?

Je commence à me méfier de ce raisonnement dont, pour l'instant, je ne vois pas le bout, mais opine néanmoins, sur mes gardes. Que peut-elle bien avoir en tête ? J'aperçois Blake, tout autant que moi en alerte, tandis qu'Ava déclare fièrement :

— Je ne fais pas encore officiellement partie de la famille, Eryn, mais sache que tu es la bienvenue ici aussi longtemps qu'il le faudra, le temps pour toi de retrouver une stabilité financière et de retomber sur tes pieds. OK ?

Je suis si estomaqué que je ne réagis pas. J'en reviens pas, elle a osé ! Elle a osé proférer ces mots. Et pour mieux faire passer la pilule, elle a commencé sa phrase par « Je ne fais pas encore officiellement partie de la famille ». Qu'est-ce que ça signifie, au juste ? Que suis-je censé comprendre ? Je conserve mon calme, puisque de toute façon Eryn n'acceptera jamais une telle proposition. Sauf qu'à mon grand étonnement, elle réplique aussitôt :

— OK.

PARTIE 3 : *AVA & CADEN*

Chapitre 36

Ava

Cette fois-ci, je crois que je l'ai vraiment contrarié, pour de bon. Caden n'a pas émis un seul mot de toute la matinée, pas même pendant le déjeuner que je lui ai préparé avec amour. Il n'a ri à aucune de mes blagues et, dès que je tente le moindre rapprochement, il s'écarte de moi et se lève pour continuer de m'ignorer mais plus loin. En même temps, que pouvais-je faire d'autre ? Il s'agit de leur sœur ! Si peste soit-elle, ils ne peuvent pas l'abandonner et la laisser à la merci d'un homme violent. C'est d'ailleurs ce qu'a objecté Blake lorsque Caden s'est énervé. À la suite de quoi mon Viking, qui a fini par capituler, a promis à Eryn que, au premier coup bas de sa part, il l'enterrerait vivante. Charmant ! Mais elle n'a pas cligné des yeux, aussi étonnant que cela puisse paraître. Caden est un amour qui ne ferait pas de mal à une mouche. N'importe qui le connaissant un minimum sait ça, sa sœur y compris. Ensuite, Milena est partie prendre son service (il faut bien qu'il y en ait qui travaillent pendant que d'autres sont en repos), et Blake est descendu ouvrir et tenir le salon, puisque mon Viking a décidé d'ignorer le monde entier jusqu'à nouvel ordre. Eryn, quant à elle, est censée débarrasser les affaires de son appartement et s'installer officiellement à partir de ce soir. Voilà qui promet d'être mouvementé !

— Qu'est-ce que tu fais ? dis-je en me penchant par-dessus l'épaule de Caden alors qu'en réalité je connais pertinemment la réponse.

J'espérais un mot de sa part, un début de conversation, quelque chose, mais rien. Il s'entête à se murer dans un mutisme désolant. Pourtant, je n'ai cessé de lui répéter que j'étais navrée, que ce n'était pas contre lui, mais il ne veut rien entendre. Il estime que je l'ai trahi de la pire façon qui soit ; mais le plus dur pour lui à encaisser a été quand je lui ai affirmé que, si c'était à refaire, je referais exactement pareil, ce qui l'a scandalisé. Je ne connais pas Eryn, ou très peu, mais son discours m'a émue au plus haut point, touchant une corde hautement sensible chez moi. Elle a signalé qu'elle n'avait pas été désirée, ce que Caden a refusé d'entendre. Mais l'enfant abandonnée que je suis sait qu'on ne plaisante pas là-dessus. Eryn, si manipulatrice soit-elle, ne se serait jamais abaissée à dire ça si c'était faux. Ça ne s'invente pas. C'est un traumatisme qui vous hante toute votre vie, laissant ces affreuses questions sans réponses : Pourquoi ? Qu'ai-je fait ? Suis-je si horrible ? Et le pire, c'est quand ces interrogations sont suivies par cette pensée qui vous glace le sang : je n'aurais pas dû naître, je ne suis pas aimée, je ne mérite donc pas de vivre.

Sans ma grand-mère, j'aurais pu sombrer dans cette spirale infernale. Heureusement, elle m'a aimée inconditionnellement, me répétant sans cesse que j'étais la plus jolie, la plus charmante et la plus adorable des petites-filles de l'univers. Ça me faisait rire, à l'époque, mais surtout, cette toute petite phrase guérissait chaque jour la plaie ouverte que ma mère avait laissée dans mon âme jusqu'à complètement la refermer. Mais tout le monde n'a pas cette chance, et Eryn semble en avoir fait les frais. Je n'aurais jamais pu rester insensible à son discours, pas même pour ce Viking qui a pourtant réussi l'exploit de voler mon cœur, malgré tous mes efforts pour le garder à distance. Mais s'il s'entête à ne plus communiquer, il ne le saura jamais, ce bougre !

— Tu vas bouder encore longtemps ? demandé-je en lui arrachant son stylet des mains.

— Rends-moi ça, Ava !

Ah ! il parle. Bon, « me hurle dessus » serait plus exact, mais au moins il a dit quelque chose, on progresse.

— Viens le chercher, dis-je en cachant le stylo sous mon T-shirt, précisément entre mes seins.

— Je suis pas d'humeur, Ava, redonne-le-moi immédiatement !

— Dire qu'on a l'appartement pour nous tout seuls et que tout ce que tu trouves à faire, c'est de bosser, roucoulé-je.

Mais il ne se déride pas, contre toute attente. Je pensais, naïvement, qu'une bonne partie de jambes en l'air était le meilleur moyen pour le distraire, mais même ça, ça semble compliqué. Punaise, quand il fait la gueule, il ne fait pas les choses à moitié !

— C'est ton tatouage que je dessine, pour qu'il soit parfait, et maintenant rends-moi ça.

Je recule pas à pas, ne lâchant jamais mon Viking du regard, tandis que lui avance d'une allure décidée, tel un prédateur prêt à fondre sur sa proie. Lorsque je sens la cloison entrer en contact avec mon dos, je n'ai d'autre choix que de m'arrêter, et Caden vient entourer mon visage de ses mains, la détermination se lisant dans ses iris fascinants. À quoi pense-t-il, en cet instant ? Il ne bouge pas, se contente de me fixer sans cligner des yeux et, pour la première fois depuis notre rencontre, il m'intimide. Il m'inquiéterait presque, car il n'y a plus une once de plaisanterie en lui, ni de séduction, ni rien. Il est froid et distant, et je crains d'avoir tout gâché. Force est d'admettre que j'ai été imbuvable avec lui, testant toujours plus loin ses limites. Il ne comprend pas… J'avais tellement peur qu'il soit comme tous les autres, qu'il me quitte au premier obstacle, que j'ai été cruelle, jouant avec ses nerfs comme une pelote de laine, un coup oui, un coup non. Et malgré tous mes efforts pour le garder à distance et le repousser, il n'a cessé de se montrer déroutant, déjouant tour à tour tous mes boucliers.

Car j'ai beau avoir reçu tout l'amour nécessaire de mes grands-parents, l'abandon de ma mère m'a créé une robuste carapace, destinée à me protéger pour que jamais plus je ne revive cette situation. D'autant plus que je craignais de commettre la même erreur, c'est-à-dire de tout quitter pour un homme qui ne se soucierait jamais de moi. Mais Caden n'est pas comme ça, je le sais à présent. Mais s'il était trop tard ? Et si j'avais tout gâché ?

— Caden, dis quelque chose, l'imploré-je tandis qu'il continue de me toiser durement.

— Je suis fou amoureux de toi, Ava, et je t'aime comme je n'ai jamais aimé personne auparavant. Mais si tu penses qu'un battement de cils et qu'une partie de jambes en l'air suffiront pour que je te pardonne, tu te goures.

— On peut toujours essayer, dis-je en entourant son cou de mes bras.

Il sonde mon regard, réfléchit à cette proposition quand, contre toute attente, il écrase brutalement ses lèvres sur les miennes. Je gémis, étonnée par ce retournement de situation, avant de fermer les yeux et de me laisser totalement aller. Caden est un amant absolument incroyable, à l'écoute de sa partenaire, et la façon qu'il a de faire l'amour est… à se damner. Comme hier, sous la douche… Mon Dieu, rien que d'y penser, je me sens toute chose. C'était à la fois brutal et doux, rapide mais exquis, surprenant et, en même temps, ça coulait de source. Caden est parfait, à tout point de vue, et je refuse de le perdre. Je le veux. Je le veux tout entier, à moi, pour toujours.

Il me soulève de ses bras musclés, et j'en profite pour enrouler mes jambes autour de sa taille. Il fait quelques pas, ne rompant jamais notre baiser, tandis qu'il se dirige vers le canapé sur lequel il a dormi par ma faute. *Mea culpa !* Mais pour ma défense, je n'imaginais pas qu'il respecterait cette requête. Je pensais qu'il me rejoindrait, voire qu'il me chasserait de son lit, mais il n'a rien fait de cela. Il s'est contenté de me laisser sa chambre, ce qui m'a agréablement surprise. Caden a de sérieux soucis de communication, cela va sans dire, comme l'enjeu du mondial qu'il s'est bien gardé de m'avouer pour ne pas m'effrayer, et en même temps… en même temps, il est profondément attentionné et dévoué, et c'est bien plus que je n'aurais pu espérer. Cet homme est plein de contradictions, mais s'il y a une chose qu'on ne peut remettre en question, c'est sa bienveillance envers ses proches.

Il s'enfonce sur le canapé tandis que je m'assieds à califourchon sur lui. Rapidement, ses mains passent sous mon T-shirt, et il vient titiller mes tétons, car il sait que j'aime ça. Pendant ce temps-là, je m'occupe de sa clavicule libre d'accès étant donné qu'il n'a toujours pas enfilé d'autres vêtements que son short depuis ce matin. Je la dévore et la suçote ardemment, bien décidée à lui laisser une belle marque à mon tour.

— Qu'est-ce que tu fais ? grogne-t-il, pour la forme.

— Je veux que tout le monde sache que Caden Smith est mon petit ami, dis-je en faisant écho à ses propres paroles.

— Dans tes rêves, Ava ! Je ne suis pas un homme facile !

Quelqu'un a-t-il inversé les rôles ? Ce jeu du chat et de la souris s'arrêtera-t-il un jour ? Arriverons-nous à ne plus nous chamailler pour un oui ou pour un non ? Mais bien qu'ayant très envie que la réponse soit oui, dire que nos querelles incessantes me déplaisent serait mentir. J'aime qu'il me résiste, parce que je savoure encore plus quand il s'ouvre à moi, et réciproquement, je crois bien. Je ne pouvais pas mieux rêver que lui pour partager ma vie. Maintenant, j'en suis persuadée, malgré tout le mal qu'on m'a rapporté à son sujet.

Je déboutonne son short, ainsi que le mien et, lorsque nous fusionnons quelques instants plus tard, je soupire d'aise contre sa bouche. Je ne me lasserai jamais de ses caresses. Jamais. Son regard bleu-gris s'est radouci, et il me couve désormais avec passion, comme s'il ne s'était rien passé. J'aimerais beaucoup que cette bulle n'éclate jamais, malheureusement je suis assez pessimiste sur la question, et il me donne raison sans traîner.

En effet, je suis encore à moitié nue, assise à califourchon sur lui, cherchant à me ressaisir, lorsqu'il récupère son stupide stylo tactile, puis me pousse sur le canapé pour se lever. Là, il fait un rapide brin de toilette avant de se remettre à son dessin, comme s'il n'avait jamais été interrompu. Non, mais, dites-moi que je rêve, quel goujat !

— Ça va, je te dérange pas trop ? dis-je à son intention.

Mais il ne prend pas la peine de me répondre, son majeur le fait pour lui. Quel plouc !

Chapitre 37

Caden

J'en reviens toujours pas ! Quand je pense qu'Ava a osé inviter ma sœur à loger chez nous… rien que de me remémorer cette scène, je sens la fureur en moi qui s'anime et qui menace de jaillir, me donnant envie de tout casser autour de moi. Et en même temps, le bijou de papa, qui ne quitte plus mon poignet depuis ce matin, ne cesse de me dire que, cette fois, ce sera différent. Eryn est-elle foncièrement capable de changer ? J'aimerais le croire, mais j'ai trop souvent été déçu pour fonder la moindre attente sur sa rédemption. Entre ça et le bracelet confectionné par Ava, lequel habille élégamment mon tatouage, je suis de plus en plus perplexe. J'ignore ce que l'avenir nous réserve, mais j'espère seulement ne rien regretter dans les jours à venir. Car le mondial approche, et la sentence concernant la maison aussi. Je souffle, perdu. Je suppose que les réponses viendront sans tarder, espérons qu'elles soient bonnes.

Ava m'a rejoint dans la cuisine, et nous peaufinons son motif pendant plusieurs heures, ne laissant aucun détail au hasard. Elle m'explique ce qu'elle aime, ce qui la dérange et, petit à petit, le dessin prend forme, doucement mais sûrement. Je veux que ce soit un chef-d'œuvre, un tatouage qu'elle portera avec fierté et dont elle ne se lassera jamais, même si nos chemins doivent un jour se séparer.

Cependant, je prends soin de ne pas m'emballer ni parler pour ne rien dire. Je me contente du strict minimum afin qu'elle comprenne que, oui, je suis toujours furieux contre elle. Elle a vraiment cru qu'il suffirait que nous fassions l'amour pour que j'oublie tout ? Si agréable notre échange a-t-il été, il m'en faudra bien plus ! Et en même temps, je crains qu'elle n'ait eu raison. Car ce qui m'énerve par-dessus tout dans cette histoire, c'est que je lui ai pardonné à l'instant où elle a proféré ces paroles, aussi blessantes soient-elles à mon égard. Car cette femme a un droit de vie ou de mort sur moi, et jamais rien ne pourra m'éloigner d'elle, pas même ma très chère petite sœur. Mais ça, hors de question de le lui avouer, j'ai la ferme intention de la faire galérer, aussi longtemps que possible.

Arrivé avec Ava dans le salon de tatouage, je constate que l'ambiance est bonne, ce qui me rend le sourire. J'aime l'atmosphère que dégagent ces murs, une sorte de bulle dans laquelle les fous rires sont quasiment de rigueur. Une tribu immunisée de tous les maux, ou presque. Blake, qui est accoudé derrière le comptoir, se porte tout de suite à ma rencontre et me donne une grande accolade.

— Ben, ça va, je vois que tu t'es remis de tes émotions ! me lance-t-il en badinant.

Je ne comprends pas ce qui le réjouit autant et, s'apercevant de ma confusion, il susurre à mon oreille :

— Fais gaffe avec les suçons, c'est ultra-visible sur ta peau blanche.

Aussitôt, je passe une main sur mon cou, palpant la zone maltraitée par Ava. Merde, le suçon ! Je l'avais complètement oublié. Je souris en y repensant. C'était un chouette moment, et le moins qu'on puisse dire, c'est que mon mogwai sait y faire, mais je compte clairement la faire mariner plus longtemps. Elle est peut-être têtue, mais moi aussi. Plutôt deux fois qu'une.

— Tout le monde, je vous présente Ava Gardner, qui sera notre modèle pour le concours. Ava, voici l'équipe.

Owen, qui attend son prochain rendez-vous, se joint à nous, tandis que Catalina, qui est occupée à percer une cliente, la salue gaiement de sa cabine.

— On se connaît déjà, bafouille Ava, mal à l'aise. Vous étiez avec Blake quand…

— Quand tu as essayé de l'intoxiquer ? fait Owen en s'esclaffant.

— Je suis désolée, lâche Ava en rougissant.

C'est fou ! Comment peut-elle être aussi embarrassée d'avoir malmené mon frère tandis que, quand il s'agit de moi, non seulement elle ne se gêne pas, mais en prime elle le revendique ? Et pourquoi Blake bénéficie-t-il d'un traitement de faveur alors que moi non ? Ça ne devrait pas être l'inverse, logiquement ?

— Mais alors, on ne lui teint pas les cheveux en noir, finalement ?

J'écarquille de grands yeux, estomaqué, tandis qu'Ava, évidemment, réagit au quart de tour. *Non de non, Owen, ferme-la deux secondes dans ta vie !*

— Quoi ? De quoi parle-t-il ?

Je souffle, agacé de la rouste que je vais probablement recevoir alors que, s'il avait écouté un minimum, il saurait que cette histoire a déjà été classée sans suite.

— Rien du tout, ne t'inquiète pas. Ce n'est plus d'actualité depuis longtemps.

— Caden !

Je m'apprête à me justifier – *Comme d'habitude*, disait la chanson – lorsque Blake et Catalina interviennent en ma faveur, Dieu merci, m'évitant au passage que la foudre ne me tombe dessus.

— C'était mon idée, explique mon jumeau. Quand je t'ai vue, je t'ai immédiatement imaginée avec des cheveux foncés, ne me demande pas pourquoi. Ça contrasterait à merveille avec ton teint pâle et ça ferait également ressortir l'encre sur ta peau. On ne veut rien laisser au hasard.

— Alors pourquoi personne ne m'en a parlé ? s'enquiert-elle en croisant les bras sur sa poitrine.

— Parce que le patron ne voulait pas que toi être fâchée contre lui, ni imposer rien à toi. Il pense que toi déjà très jolie comme ça et que pas besoin.

Je lève les yeux au ciel, mais au moins la remarque de Catalina l'a aussitôt radoucie. Je jurerais même qu'Ava rougit, mais c'est peut-être mon imagination. Quoi qu'il en soit, je me dirige vers mon box, et mon mogwai m'y suit sans un mot. Machinalement, je l'invite à se mettre à l'aise et à s'étendre sur le ventre sur la table de tatouage et, alors que je m'apprête à m'en aller pour la laisser se dévêtir dans l'intimité, elle me retient par le bras, ferme le rideau d'un coup sec, avant d'ôter son T-shirt devant moi, son regard se nouant au mien. Audacieuse, elle retire son soutien-gorge lentement, et j'avale péniblement ma salive. Pourquoi je suis en colère contre elle, déjà ? Ah oui, Eryn.

Je dois me faire violence pour ne pas la toucher. Je lui répète de s'allonger, et elle s'exécute. Des sifflements narquois retentissent à travers la cloison, parce qu'ils ont remarqué que je n'étais pas sorti comme c'est le cas avec les autres clients, et je m'exclame bien fort :

— Je ne vous entends pas beaucoup bosser derrière, au boulot !

Owen et Blake s'esclaffent de bon cœur, tandis que Catalina, comme à son habitude, se met à fredonner des airs brésiliens.

Puis, j'allume la lampe au-dessus d'Ava pour bien voir son corps et toutes les spécificités qui pourraient me causer du souci le jour J (comme les grains de beauté et les cicatrices, par exemple), j'installe ma frontale, puis enfile mes gants en latex avant de me saisir d'un feutre noir très fin.

— Prête ? On en a pour un moment.

Ava acquiesce, et me voilà parti.

L'idée de cette séance un peu spéciale, c'est de reproduire à même sa peau le dessin, histoire d'avoir un aperçu du rendu final. Certains considèrent cela comme une perte de temps, j'estime être perfectionniste. Je ne veux rien laisser au hasard, rien. Même si, d'une certaine façon, je prends un risque : on n'est pas à l'abri qu'Ava, quand elle découvrira son dos entièrement tatoué (au feutre), change d'avis et décide de tout stopper. Mais même si elle agissait de la sorte, je ne lui en tiendrais pas rigueur. Jamais. Un tatouage, c'est un engagement à vie. Une marque corporelle qui nous suivra partout et tout le temps, exposant aux yeux indiscrets une partie de notre moi intérieur (bien que les trois quarts des gens n'y voient qu'un simple dessin ornemental dénué de sens).

— Qu'est-ce qui vous a poussés à devenir tatoueurs, Blake et toi ?

Elle frissonne tandis que je caresse sa peau, avant de la tendre du bout des doigts afin de faire de belles lignes (déformation professionnelle oblige). Je ne réponds pas tout de suite, absorbé par mon travail. C'est une bonne question, à vrai dire. Je ne suis pas sûr qu'il y ait de raison, je crois que nous avons simplement suivi notre instinct.

— Petit, j'adorais les décalcomanies des bonbons. Il m'arrivait d'acheter des paquets entiers et de les ingérer en deux temps, trois mouvements, rien que pour ça. Je me recouvrais les bras, le cou, le torse et parfois même les jambes quand j'en avais suffisamment. Et parce que je n'en avais jamais assez, je poussais Blake à faire de même. Puis nous avons commencé à vouloir faire nos propres motifs. Moi, je ne faisais que dessiner Baloo, notre husky. Le pauvre chien, il est resté des heures et des heures sur notre terrasse à attendre que je dresse son portrait. À la fin du lycée, on ne savait pas quoi faire de notre vie. Alors Blake a décidé de s'inscrire en école d'art et, par manque d'idées, je l'ai suivi.

— Rectification, s'exclame la voix de l'intéressé à travers la cloison. Tu ne pouvais pas te passer de moi.

— Nous avons rencontré des gens de tous les horizons, enchaîné les soirées, dont une en particulier, où l'hôte avait dégoté une machine pour se tatouer. Blake m'y a fait mon premier tattoo, je lui ai fait le sien, et je crois qu'on peut dire qu'à ce moment-là nos âmes étaient définitivement perdues. Nous étions tellement fascinés par l'encre qui ornait notre peau… Il nous en fallait plus. De plus grands, de plus étoffés, de plus réalistes… Et de fil en aiguille, nous avons atterri ici, au Ink Paradise.

— Il ressemblait à quoi, ce premier tatouage ?

Je souris en repensant à cette horreur que Blake comme moi avons eu du mal à recouvrir tant les traits étaient grossiers et mal dessinés.

— Tu vois le symbole de l'infini ? lui demandé-je.

Elle acquiesce, et je reprends aussitôt mon explication.

— Eh bien, le même en raté. Il était parfaitement affreux. Mais il venait du cœur, et c'était tout ce qui nous importait à l'époque. Nous nous l'étions respectivement apposé au poignet. Il était censé symboliser notre lien fraternel, à jamais incassable, d'où le choix de l'infini. Avec le recul, je me demande comment on a pu rater un dessin aussi simple. On l'a gardé un bon moment, Blake et moi, avant de finalement le recouvrir des années plus tard, lui de son aigle majestueux, moi de mon loup.

— C'est une belle histoire, murmure Ava avant de fermer les yeux.

Elle ne prononce plus un mot, moi non plus, et je continue de tracer, lentement mais sûrement, le dessin qui décorera, d'ici quelques semaines, son dos à jamais. Je m'applique comme si je l'exécutais pour de bon, étudiant chaque courbe, m'imprégnant de chaque détail. Le salon se déroule du vendredi matin au dimanche soir, soit un total de trois jours sur place. Mais je n'aurais pas autant de temps pour l'épreuve du dos intégral, ça aurait été trop beau ! En moyenne, il me faut une quinzaine d'heures pour un travail de cette envergure (dans l'hypothèse que tout se passe pour le mieux et qu'Ava supporte la douleur, ce dont je ne suis même pas certain étant donné que ce sera sa première expérience). Bien sûr, en cas d'imprévu ou de complication, je pourrais toujours finir son tatouage plus tard, tranquillement, au salon, même si je préférerais grandement tout faire durant l'événement. Par fierté, mais aussi parce que cela comptabilise plus de points.

Je refuse de perdre et de voir la maison familiale s'envoler en fumée, je ne m'en remettrais jamais si cela se produisait.

Après plusieurs heures de travail acharné, le motif est terminé, et je réveille doucement Ava qui s'est assoupie. Qu'elle en profite, ça ne risque pas d'arriver le jour du mondial. Les aiguilles font plus mal que mon feutre.

Elle se redresse, impatiente de découvrir le résultat, et je lui tends son T-shirt afin qu'elle cache sa poitrine. Puis, nous sortons admirer le dessin devant le grand miroir de l'entrée. Blake, qui finit d'encaisser un client, vient à notre rencontre, et ensemble nous examinons mon œuvre dans les moindres détails pour savoir ce qui pourrait être amélioré. Et le moins qu'on puisse dire, c'est que le dessin est incroyable (en toute modestie, cela va de soi). Il est intégralement composé d'ombrage noir, et seules les initiales dessinées pour sa grand-mère ressortent grâce à un feutre rouge, ce qui donne une dimension toute particulière à celles-ci. Car, d'un simple coup d'œil, on réalise toute leur importance, et je sais que mon mogwai y tenait particulièrement. Les lettres sont posées sur un pétale de rose, lequel est embarqué par le tourbillon que provoque le phénix. J'en aurais passé du temps à travailler ce motif, mais bon sang, ça valait le coup !

Pendant ce temps-là, Ava se contorsionne pour tenter d'apercevoir le motif dans son ensemble.

— Alors ? m'enquiers-je, légèrement inquiet que ça ne lui plaise pas.

— Si tu ne faisais pas la tête, je me serais jetée sur toi pour te remercier de ce travail qui me laisse sans voix et que j'adore. Mais bon, puisque j'ai interdiction de te toucher…

— C'est ça, t'as tout compris !

Elle m'observe intensément, surprise par ma froideur soudaine, et je soutiens son regard, déterminé. Ce n'est pas parce que je sais être professionnel et mettre mes différends de côté le temps du boulot que j'ai déjà oublié que, à cause d'elle, je vais me coltiner ma sœur jusqu'au mondial. Bon, j'admets que notre étreinte plus que torride de tout à l'heure peut également prêter à confusion, mais je l'avais prévenue que ça ne suffirait pas.

— Blake, j'peux te laisser la gestion du studio jusqu'à ce soir ?

— Oh ! tu veux dire comme depuis deux semaines maintenant ?

Il a raison, je suis nul. Depuis ma rencontre avec Ava, je n'ai pensé qu'à moi, au détriment de mon frère qui, lui, n'a pris aucun jour de repos, ou presque. J'assure pas. Mais je suis bien trop fatigué émotionnellement pour lui rendre la pareille, du moins aujourd'hui.

— Je te revaudrai ça, frangin, tu as ma parole.

— Que je ne manquerai pas de te faire tenir, compte sur moi. Allez, file !

J'acquiesce, ravi, et pars à l'étage enfiler les premières fringues de sport qui me tombent sous la main. Une bonne séance de course à pied, voilà qui me fera le plus grand bien pour me changer les idées.

Chapitre 38

Ava

— Tu crois que ça va lui plaire ? m'enquiers-je en jetant un nouveau coup d'œil dans le miroir, soudainement stressée.

— Tu lui plais quoi que tu fasses et quoi que tu portes, t'inquiète pas pour ça.

Blake m'adresse un sourire chaleureux, et je me détends enfin. Caden n'est pas revenu de la journée, et je commence à sérieusement paniquer. Tout à l'heure, lorsque nous faisions l'amour, et après, pendant qu'il dessinait sur ma peau, je pensais que les choses s'apaisaient et qu'il s'était radouci, mais manifestement j'ai eu tort. Il continue de faire sa tête de cochon et de bouder, si bien que je suis à court d'idées pour le calmer. Je déteste qu'il soit fâché contre moi, et encore plus à cause de moi.

Du coup, j'ai passé l'après-midi avec Blake au studio, et nous avons beaucoup rigolé, tous les deux. C'est fou à quel point ils sont différents, alors que, quand mes yeux se posent sur lui, je ne vois que mon Viking sexy et viril. Les mêmes cheveux blonds rasés sur le côté, la même queue-de-cheval, la même mâchoire carrée, la même barbe de trois jours parfaitement entretenue et taillée, les mêmes bras musclés, la même carrure athlétique de rugbyman… Leur seule distinction réside dans leurs tatouages, et bien sûr dans leurs caractères.

Tandis que j'en suis rendue à compter les différences entre Blake et Caden, la porte s'ouvre à la volée et, alors que j'espère apercevoir mon Viking, je suis déçue en réalisant qu'il ne s'agit que d'Eryn, laquelle pose deux gros sacs de sport à ses pieds, essoufflée.

— Je crèche où ? s'enquiert-elle.

— Dans ma chambre, répond Blake du tac au tac.

— Mais, et toi alors ? enchaîne-t-elle, soucieuse.

— Je prendrai le canapé. Si Caden dort une nuit de plus dessus, il va péter un câble, alors, épargnons-lui les dérapages inutiles.

— Et ta copine ? Elle dormira où ?

— Chez elle le temps que ça se passe. Milena… n'aime pas trop les conflits, conclut-il, gêné.

Eryn a l'air déçue, et je ne peux m'empêcher d'être triste pour elle. Je refuse de croire comme Caden qu'elle cherche à les manipuler, sa peine me paraît bien trop intense et bien trop sincère aussi pour n'être que de la comédie.

— Blake, dit Eryn en venant jusqu'à sa hauteur, sache que je vous suis très reconnaissante de ce que vous faites pour moi, et que je suis désolée de vous causer du tort.

— Ouais, ben, tâche de ne pas nous le faire regretter, cette fois. Et laisse donc Caden tranquille, il est assez tendu comme ça, inutile d'en rajouter.

Elle opine du chef en silence et, lorsqu'elle relève les yeux vers moi, elle hoquette de surprise avant de s'exclamer :

— Tes cheveux !

— Ça te plaît ?

— Oh ! mon Dieu, tu es parfaite ! C'est pour le mondial que tu as fait ça ?

Elle a à peine prononcé ces mots que je me crispe, Blake aussi, et Eryn, qui perçoit le malaise, reprend tristement :

— C'est bon, ne dites rien, j'ai compris. Vous pensez encore que je suis là pour vous voler la victoire, pas vrai ? Si ça peut vous rassurer, je compte bien gagner à la loyale, cette fois, et non, je ne suis pas ici pour fouiller dans vos affaires.

Elle nous regarde successivement, mais puisque aucun de nous ne commente elle fait volte-face et, dans le silence le plus total, attrape ses bagages avant de partir en direction de la chambre de Blake, dont elle claque violemment la porte.

J'ose un timide coup d'œil vers le frère de mon Viking, et ce dernier confirme mes craintes.

— Si tu ne l'avais pas encore compris, Eryn est la version féminine de Caden, avec autant de caractère, bon comme mauvais.

— Oh ! merde.

— Ça, tu l'as dit.

— J'ai besoin d'une cigarette, dis-je en fouillant nerveusement dans mon sac.

Deux personnalités explosives qui ne se supportent pas dans le même appartement… À bien y réfléchir, ça n'était peut-être pas la meilleure idée que j'aie eue, tout compte fait.

Une bonne demi-heure plus tard, je frappe doucement à la porte de Blake, qui est devenue pour le moment la chambre d'Eryn. Cette dernière m'invite à entrer, et je ne me fais pas prier. Caden n'étant toujours pas là, je compte bien en profiter pour faire plus ample connaissance avec sa sœur et percer le mystère qui divise cette famille.

— Hey, bien installée ?

— Bien, merci. Et toi alors, ça fait longtemps que tu vis ici ?

— Je squatte seulement depuis quelques jours.

— Je pensais que tu aurais pris la tangente à la seconde où j'ai quitté ton bungalow, me confie-t-elle tandis que je m'assieds en tailleur sur son lit, face à elle.

— En fait, c'est même plutôt l'inverse. J'étais résolue à garder mes distances avec ton frère, mais ton discours a suscité ma curiosité et m'a renvoyée tout droit vers lui. Personne ne me dicte ma conduite.

— Caractérielle, lâche Eryn en riant.

— Comme personne, ajouté-je, tout sourires.

Eryn me paraît très différente de la fois où nous nous sommes rencontrées. Si elle m'est d'abord apparue comme une jeune femme sûre d'elle et pleine d'audace, elle semble en cet instant si douce et fragile que c'est à se demander si elle n'est pas schizophrène.

— Que s'est-il passé, Eryn ? Pourquoi en veux-tu autant aux jumeaux ?

Elle esquisse un mouvement de recul très distinct, et je pose une main sur la sienne pour l'apaiser.

— Je ne suis pas là pour te juger ni pour espionner pour leur compte. J'essaie juste de comprendre.

Mais elle ne répond rien. Elle se contente de replier ses jambes sur sa poitrine, les entourant de ses bras, comme si elle cherchait à se protéger de moi. Je reprends :

— Ton discours m'a émue, ce matin, parce que je me suis revue en toi. Ma mère m'a abandonnée à l'âge de trois ans pour suivre mon père, lequel ne voulait pas s'encombrer d'un enfant. Alors… je me crois apte à comprendre.

Elle m'observe d'un drôle d'air, à la fois peinée et choquée, et finit par s'enquérir :

— Tu as déjà cherché à les retrouver, pour savoir pourquoi ?

— Y a pas grand-chose à apprendre, tu sais. J'avais trois ans, j'étais un poids pour eux, et surtout pour elle qui était en opération séduction afin de le reconquérir, fin de l'histoire.

— Ils n'ont jamais essayé de te recontacter ?

— Non. Ma mère avait trop honte pour tenter quoi que ce soit. Je l'ai découvert le jour où j'ai retrouvé tout un tas de lettres dans lesquelles elle ne cessait de demander de mes nouvelles auprès de ma grand-mère. Mais j'ai recroisé mon père, totalement par hasard. Il n'a pas pu ne pas me reconnaître, je suis sa copie conforme.

— Et alors ? s'enquiert Eryn qui n'en revient pas de parler de ça.

— Il s'est approché de moi, a posé la main sur mon épaule, et m'a annoncé qu'il était sincèrement désolé. Qu'il n'avait jamais voulu ça, et je le crois, car ma mère prenait la pilule quand elle m'a eue, ça n'avait aucune chance d'arriver, et pourtant… Elle n'a réalisé sa grossesse que tardivement, si j'ai bien compris, et n'a pas eu le cœur à avorter, ni à accoucher sous X. Quand elle a réalisé que j'étais un poids mort pour elle, en revanche, elle a eu nettement moins de scrupules. Quoi qu'il en soit, il m'a dit que j'étais belle, forte et qu'il me souhaitait le meilleur. Il m'a demandé si j'avais besoin d'argent, et je lui ai ri au nez. Lorsque je lui ai répondu qu'il pouvait garder son fric, sa pitié et se les foutre au cul, il s'est esclaffé, avant de conclure que j'étais la digne fille de mon père. C'était la première et la dernière fois que je l'ai vu.

— C'est horrible, souffle la cadette des Smith.

— Je ne suis pas de cet avis. Certes, j'ai eu une enfance compliquée, mais à côté de ça j'ai eu la chance de pouvoir compter sur ma grand-mère, qui m'a élevée et m'a donné tout son amour. Ça n'a pas été tous les jours facile, mais j'y suis parvenue. Et aujourd'hui, je suis en paix avec moi-même. Et toi, Eryn, c'est quoi ton histoire ?

Après de telles confessions, la blondinette n'a d'autre choix que de se confier.

— Comme… comme tu as pu le constater, bredouille-t-elle, je suis bien plus jeune que mes frères, nous avons sept ans d'écart. Cela s'explique facilement, je n'étais pas désirée, je le sais, car dès que je faisais une bêtise dans leur dos, c'est ce que mon père me répétait. J'étais une erreur venue gâcher leur équilibre parfait. Papa était si fier de Blake et Caden, ils l'ont comblé et représentaient tout ce dont il avait pu rêver pour ses enfants. Moi, je n'ai fait que le décevoir, encore et encore. Pourtant, j'ai essayé, j'ai vraiment essayé. Petite, je voulais tout faire comme mes frères, en particulier comme Caden, qui était de loin le plus téméraire de nous trois. Et ils me le rendaient bien. Nous étions constamment fourrés ensemble, et Caden réglait leur compte à tous ceux qui m'embêtaient, de près comme de loin.

Elle rit tristement en repensant à ces souvenirs heureux, essuie une larme au coin de son œil, avant de reprendre :

— Puis les garçons sont rentrés au collège, et tout a changé. Ils avaient nettement moins de temps à m'accorder, et je me suis retrouvée seule avec une mère exaspérée par ma simple présence et un père pour qui je n'étais que désolation et déception. Pendant cinq ans, j'ai essayé d'être parfaite, irréprochable, mais il y avait toujours quelque chose qui n'allait pas. Au bout d'un moment, j'ai opté pour la technique inverse ; puisque je n'étais qu'un désastre ambulant, alors j'allais leur donner une vraie raison de me détester. Ce que je n'avais pas prévu, en revanche, c'était que Caden se rangerait du côté des parents. Et Blake du côté de Caden. À la première bêtise, Caden m'a hurlé dessus comme si je n'étais qu'une moins que rien, sous prétexte que j'avais fait pleurer maman. Mais moi, c'était depuis ma naissance qu'elle me faisait pleurer, et je n'avais jamais rien dit.

Elle sanglote désormais à chaudes larmes et, sans plus réfléchir, je la prends dans mes bras et la serre contre moi. Elle s'abandonne à mon étreinte sans opposer la moindre résistance, ce qui me renforce dans mon idée qu'elle ne peut pas être aussi malintentionnée que le pense Caden. Je lui laisse tout le temps dont elle a besoin pour se ressaisir, et elle finit par s'écarter, essuyant ses joues mouillées de ses mains. Eh ben, si je m'attendais à ce genre de confession… Eryn m'adresse un sourire si triste que je sens mon cœur se fissurer doucement, et je lui souris à mon tour, souhaitant lui témoigner mon soutien. Finalement, elle poursuit comme si elle ne s'était jamais interrompue :

— Après ça, j'étais furieuse contre mes frères, à ce point enragée qu'ils soient aussi aveugles et bornés que j'ai pris mes distances avec eux, tout en continuant d'être l'horrible peste que les adultes décrivaient. Et le fossé n'a fait que se creuser, toujours un peu plus. Je m'étais enfermée dans un rôle invivable. Caden, qui vénérait nos parents, supportait de moins en moins mes caprices et, moi, je souffrais tellement de leur rejet que je ne cherchais que leur malheur à tous. Sans l'avoir souhaité, je m'étais enfermée dans une spirale dont je n'arrivais plus à sortir. Et j'avais tellement de colère, tellement de rancœur, tellement de haine et de tristesse…

« Pourtant, j'ai essayé plusieurs fois de faire amende honorable, de revenir vers eux et de m'excuser pour tout ce que j'avais pu faire. Mais Caden était constamment sur la réserve, il scrutait mes moindres faits et gestes, persuadé que je voulais juste le faire souffrir et qu'il était impensable que je me préoccupe sincèrement de lui. Au début, je contrôlais ma rancœur, mais il y avait toujours un moment où je finissais par craquer et m'énervais, redevenant la petite sœur détestable qu'il connaissait, lui donnant raison. Je… je leur en voulais tellement, à Blake et à lui. Je leur en voulais d'avoir toujours fermé les yeux, de ne m'avoir jamais défendue, enfin jamais… Blake le faisait, au début, mais quand il a vu combien mon comportement touchait Caden… il a pris le parti de son jumeau, évidemment, et je me suis retrouvée seule, pour de bon cette fois.

« Le temps n'a fait que nous éloigner, de plus en plus, jusqu'à aujourd'hui. Je ne suis pas fière de ce que j'ai fait. Mais avec les années, la douleur est devenue coutumière, je m'y suis habituée, et surtout, je me suis construit une carapace lourde et épaisse pour que plus personne ne puisse plus jamais me faire du mal. Enfin, je te dis ça, mais hélas je leur en ai fait, moi aussi. Finalement, je ne vaux pas mieux que nos parents. Je les critique, mais j'ai fait exactement la même chose à mes frères, alors qu'au départ ils n'étaient responsables de rien.

« C'est juste que… je ne comprends pas pourquoi, avec moi, ça n'a pas marché. Je suis convaincue que nos parents étaient des gens bien, dans le fond. En tout cas, ils l'étaient avec Caden et Blake, et ils les ont aimés inconditionnellement. Il m'arrive de penser que, si j'avais été un garçon, si j'avais eu plus de capacités, il m'aurait aimée, moi aussi. »

Je suis littéralement scotchée par son discours à fendre le cœur. J'ai toujours cru que j'avais eu une enfance difficile parce que ma mère m'avait abandonnée, mais finalement vivre au quotidien avec des gens qui ne vous aiment pas à votre juste valeur, c'est encore pire. Surtout quand ils idolâtrent vos frères, exposant continuellement sous vos yeux ce à quoi vous n'aurez jamais droit.

— Eryn, dis-je en lui prenant tendrement la main afin de lui témoigner toute ma sincérité, tu n'as pas à te remettre en question, car rien de tout ça n'est ta faute. On n'est pas censé aimer son enfant parce qu'il est doué ou parce qu'il est beau, c'est ridicule. Ni parce que c'est un garçon plutôt qu'une fille. On l'aime et on est fier de lui, quoi qu'il fasse, qu'il soit intelligent, talentueux, sportif, ou non. Le reste ne devrait pas entrer en ligne de compte. Je comprends que tu te sois sentie délaissée, abandonnée et trahie. À ta place, c'est probablement ce que j'aurais ressenti, moi aussi. Tu es extrêmement forte, Eryn, et courageuse, mais tu n'as pas à tout surmonter toute seule, laisse-nous t'épauler. Et si ta présence ici était l'occasion de te rabibocher avec tes frères ?

Elle opine du chef, peu convaincue et visiblement songeuse. Puis, d'un revers de la main, elle essuie ses larmes.

— Tu leur en as déjà parlé ? demandé-je.

Elle fait non de la tête, et je reprends doucement :

— Tu devrais, Eryn. Je suis certaine qu'ils t'écouteraient avec attention.

— Pour quoi faire ? Pour m'entendre dire que c'est moi le problème ? Que j'étais une enfant difficile ? Que je n'ai eu que ce que je méritais ? Je connais le refrain, Ava, on me l'a répété toute ma vie.

Je me tais, impuissante, ne sachant que répondre à ça.

Chapitre 39

Caden

Je n'en crois pas mes oreilles. C'est impossible. Comment nos parents auraient-ils pu faire une telle chose ? Ça n'a pas de sens. Ils étaient les meilleurs parents qui soient, eux qui étaient si attentionnés, ils n'auraient pas pu s'en prendre injustement à Eryn comme elle le prétend. C'est abracadabrant.

Adossé contre le mur, j'en reste abasourdi et muet, incapable d'esquisser le moindre mouvement. À peine rentré, Blake m'a demandé de prévenir les filles qu'on passait à table, mais quand j'ai entendu ma sœur se confier, je n'ai pas pu m'en aller et j'ai tendu l'oreille, bien que conscient que c'était mal. Est-elle sincère ? Se doute-t-elle que j'épie en douce ses confessions ?

— On écoute aux portes maintenant, Caden ? fait gentiment Blake en venant à ma rencontre.

— Tu étais au courant qu'Eryn n'était pas une enfant voulue ?

À ces mots, il s'immobilise, comme si une force invisible l'empêchait d'avancer davantage.

— Tu le savais ? insisté-je.

Je m'attends à ce qu'il me contredise, à ce qu'il me dise que c'est n'importe quoi et que, évidemment, notre petite sœur, si compliquée soit-elle, était la plus belle chose qui leur soit arrivée, au même titre que nous deux. Mais à son air grave, je comprends qu'il ne me dira rien de tout ça, si bien que je sens mon cerveau s'affoler, refusant d'admettre ce qui, tout ce temps, était juste sous mes yeux.

— J'ai entendu les parents en parler une fois ou deux, maugrée-t-il en enfonçant ses mains dans ses poches. Mais je n'y ai pas prêté attention plus que ça.

À ces mots, mon cœur se fissure, cette fois pour de bon. Je prends appui contre le mur derrière moi, de peur de tomber et de ne plus pouvoir me relever. C'est un cauchemar, je ne vois que ça comme explication. Dites-moi que je vais me réveiller.

— Putain, c'est pas vrai ! Merde ! hurlé-je en me prenant la tête dans les mains. Pourquoi t'as rien dit ?

— Parce que j'ai mis ça sur le coup de la colère, je n'ai jamais envisagé qu'ils étaient sincères, à vrai dire, tant ça me paraissait aberrant.

— C'était quand, ça ?

— Y a longtemps, des années. On était couchés, et je suis descendu chercher un verre d'eau à la cuisine. Quand je les ai entendus, je suis remonté aussitôt, pour faire comme si ce moment n'était jamais arrivé.

— Mais pourquoi tu m'as jamais rien dit à moi ?

— Parce que tu ne voulais rien entendre, Caden. Tu te rappelles quand Eryn a empoisonné Baloo ? Ce jour-là, tu m'as demandé de choisir. C'était elle ou toi, m'as-tu dit. Et je t'ai choisi, toi, mon jumeau. J'aurais probablement dû refuser de trancher, j'en ai parfaitement conscience, mais j'étais jeune et con, comme toi, et j'avais juste envie qu'on me laisse tranquille, comme toi. Tu as agi en ton âme et conscience, Caden. Eryn n'a pas été tendre avec nous non plus, particulièrement avec toi.

Mais je n'écoute déjà plus. Comme souvent quand le ciel me tombe sur la tête et que j'ignore comment réagir, je décide de prendre la fuite. Car dans l'immédiat, j'ai peur de dire ou faire des choses que je pourrais regretter, et la culpabilité qui m'assaille me retourne si violemment les tripes que je ne veux pas que quelqu'un voie ça, pas même mon jumeau. De toute façon, il ne sort jamais rien de bon sous le coup de la colère. Aussi je le contourne et quitte l'appartement avec précipitation, claquant la porte derrière moi. En bas des marches, j'entends mon mogwai s'enquérir :

— Caden n'est pas rentré ?

Je n'attends pas la réponse de mon frère et m'engouffre dans les rues de Wynwood. J'ai besoin d'être seul pour faire le point.

Quand je reviens chez nous, le moins qu'on puisse dire, c'est que le sol oscille. La vache ! Ça fait longtemps qu'il n'a pas tangué comme ça ! J'ai l'impression d'être sur le pont d'un navire en pleine tempête. J'aurais pas dû boire autant, encore moins en présence de Milena. La pauvre m'a écouté m'épancher sur mes problèmes de famille alors qu'elle n'avait probablement qu'une envie, après son service, c'était de déguerpir. En tout cas, cet idiot de Gregor a retenu la leçon. La preuve, il a tourné les talons dès qu'il m'a aperçu, se réfugiant dans son bureau. Comment réagira Ava quand elle apprendra que j'ai passé la soirée avec son amie ? Et Blake ? Mais je n'ai pas le temps de ressasser davantage ces pensées, car mon ventre me crie de trouver un endroit stratégique pour m'y replier, comme les toilettes, par exemple.

Merde, j'aurais vraiment pas dû tenter le Vomit, comme cocktail. J'ai voulu frimer et je le regrette amèrement. Et plus encore quand, après avoir soulagé mon estomac, je suis en train de me rincer le visage au-dessus du robinet de la cuisine et que Blake allume soudainement la lumière. Aussitôt, je hurle de mécontentement, ébloui par les appliques qui ornent la paroi, tandis que mon frère se lève pour venir me taper gentiment sur l'épaule.

— Ça va, frangin ?

— Non.

C'est tout ce que je parviens à articuler. La pièce tourne autour de moi, et j'ai du mal à reprendre mes esprits.

— Ne sois pas trop dur avec toi-même, Caden. Après tout, nous n'étions que des enfants.

— Eryn aussi.

— Je sais, oui. Mais elle a sa part de responsabilité dans cette histoire, tout comme nous, tout comme les parents.

J'opine du chef, conscient qu'il a raison. Mais la culpabilité d'avoir accusé à tort ma sœur me reste en travers de la gorge. Si j'avais su… nous aurions pu éviter tout cela ! Nous aurions dû être là pour elle, la soutenir, la protéger… Nous avons fait tout le contraire. Rectification, *j'ai* fait tout l'inverse, Blake s'est contenté de me suivre, parce que je le lui ai demandé, et cette pensée me mortifie. Comment ai-je pu ne rien remarquer ?

— Avec des si, on peut refaire le monde, Caden, ajoute mon jumeau qui connaît toujours mon mode de réflexion. Parle-lui. Tu ne peux pas changer le passé, mais tu peux influer sur le présent, et sur le futur.

— Et s'il était trop tard ? Et s'il n'y avait aucun retour en arrière possible ? On parle d'Eryn, rappelle-toi tout ce qu'elle nous a fait ces dernières années, sans parler de la maison qu'elle s'apprête à vendre sans sourciller.

— Je sais, oui. Mais au moins, nous aurons essayé, jusqu'au bout.

Je jette un coup d'œil nerveux vers le bracelet en pierres de papa, avant de soupirer. J'aimerais espérer que cette fois sera différente, j'ai envie de croire qu'elle a le pouvoir et le désir de se repentir.

Tente le coup, me murmure ma conscience.

— Tu viens ? demandé-je.

— Il faut qu'on ait une discussion tous ensemble, mais pour l'heure tu as surtout besoin de repos. Vous verrez ça à tête reposée, demain.

J'acquiesce, alors que je n'ai pas écouté un traître mot, tant mes pensées s'embrouillent, avant de me diriger vers sa chambre, le tout en titubant et en me cognant dans tous les meubles qui sont sur ma route, ou presque. Blake, qui n'en croit pas ses yeux, m'interrompt dans mon ascension.

— Caden, tu fais quoi là ?

— Je vais lui parler, bougonné-je.

— Mais il est 3 heures du mat'.

— Faut qu'j'y aille tant que j'suis alcoolisé, sinon…

Je ne finis pas ma phrase mais inutile. Je sais qu'il a compris ce que je voulais dire.

Sinon je n'aurai jamais le courage d'assumer mes actes.

Sinon je n'oserai jamais lui dire ce que j'ai sur le cœur.

Sinon je risque de renfiler ma carapace et de demeurer inatteignable, pour le restant de mes jours.

Arrivé devant la porte de sa chambre, je ne prends même pas la peine de toquer – puisque de toute façon elle dort – et y entre comme si j'étais attendu. Eryn sursaute, pousse un cri strident de surprise qui me casse les oreilles.

— Ça va pas, non ? T'en fais du bruit, dis-je en me laissant tomber à côté d'elle, sur le dos.

— Caden ? répond-elle d'un ton offusqué, prête à me dégager de là.

— J'espère pour toi, sinon, c'est que je suis mort et que c'est mon fantôme qui revient te hanter.

— Il est 3 heures du mat', Caden ! Hors de ma vue !

Mais je ne bouge pas. Je ferme les yeux un instant, ce qui est une grossière erreur. La tête me tourne encore plus vite, et je les rouvre aussitôt. Malgré la pénombre, je parviens à fixer un point et à m'y tenir, ce qui m'aide à retrouver un semblant de normalité.

— C'est vrai ce que tu as dit à Ava tout à l'heure ?

— Quoi ? hurle-t-elle en s'apprêtant à quitter le lit.

— Ava ne m'a rien raconté, ça ne sert à rien de s'énerver. C'est moi, c'est ma faute, j'ai écouté aux portes. Est-ce que c'est vrai, Eryn, ou essaies-tu de nous manipuler une fois de plus ?

Elle allume sa lampe de chevet, ce qui m'arrache un juron, et ses yeux bleu-gris se posent sur moi, m'étudiant avec attention. Puis, elle finit par lâcher, nerveuse :

— T'es bourré ?

— Contente-toi de répondre. Me fais pas regretter ce que je suis en train de faire, Eryn.

Son regard devient soudainement larmoyant, et il n'y a plus une once de provocation en elle. Elle s'assied en face de moi, avant d'ouvrir la bouche.

— Tout était vrai. Absolument tout.

— Eryn, si tu mens…

— Je ne mens pas ! s'empresse-t-elle de protester, me coupant la parole au passage. Je suis sincère, Caden, je dis la vérité. Je n'avais aucune intention de raconter tout ça, encore moins ici, mais ta copine m'a confié son histoire à elle, et je… ça m'a émue. Mais je n'ai pas menti. Pas là-dessus. Je sais que tu n'as aucune raison de me croire. J'ai été odieuse avec vous, et bien plus que ça, j'en ai bien conscience ! Mais, pour ma défense…

Elle s'interrompt, déglutit péniblement et, alors qu'elle s'apprête à enchaîner, elle lève les yeux, et les miens suivent son regard. Blake vient de faire irruption dans la chambre, l'air grave et, sans un mot, s'assied au bout du lit. Eryn, après avoir pris une grande inspiration, se contente de cette simple et unique phrase :

— Je voulais juste être aimée.

Je ne retiens pas mes larmes, d'ailleurs je n'essaie même pas. J'explose en sanglots, rongé par la culpabilité que je ressens au fond de moi. Comment ai-je pu passer à côté de sa détresse ? Comment ai-je pu obliger Blake à choisir entre notre sœur et moi, sachant pertinemment quelle serait sa décision ? Comment avons-nous pu nous haïr toutes ces années ? Comment ?

— Caden, me dit mon frère en venant se caler contre moi.

Mais je suis inconsolable. Si bien que, à mes côtés, Eryn pleure aussi à chaudes larmes. Blake, qui tente de se contenir, a les yeux humides, menaçant d'ouvrir les vannes à tout moment. Mais, comme à son habitude, il prend sur lui pour nous soutenir et nous épauler, faisant passer sa propre peine après tout le reste.

— Que diriez-vous qu'on reparte de zéro, tous les trois ?

J'opine du chef entre deux sanglots, et mon frère se tourne vers notre cadette.

— Eryn, tu dois comprendre que, malgré tes confessions de ce soir, c'est compliqué pour nous de te faire confiance à 100 % vu tes antécédents. Mais nous sommes prêts à te laisser une dernière chance… Eryn, acceptes-tu de faire enfin partie de cette famille, pour de bon ?

Chapitre 40

Ava

— C'est quoi, ça ? On fait un câlin général et on ne m'invite même pas ?

— C'est pas ce que tu crois, réplique aussitôt mon pauvre Viking, lequel émerge difficilement.

— En fait, j'espère bien que si, vous êtes frères et sœur, je te rappelle.

Je m'esclaffe devant cette situation cocasse, tandis que tous ouvrent péniblement les yeux. Ils sont installés en boule sur le lit de Blake, ce qui me fait chaud au cœur. Ils ont dû parler une bonne partie de la nuit jusqu'à l'épuisement pour s'endormir dans une position aussi peu confortable. Caden semble en piteux état, comme en témoignent ses jérémiades.

— Voilà ce que c'est de trop picoler, fait Blake en lui assénant une tape énergique sur l'épaule.

Caden grogne en guise de réponse, et j'y vois une occasion de tenter ma chance.

— Je peux ? dis-je en m'installant à califourchon sur lui.

Il ouvre un œil, puis les deux, avant de s'exclamer, l'air ahuri :

— Ava ! Tes cheveux ! Putain, j'ai bu autant hier soir ?

— Ça dépend, ils sont de quelle couleur, d'après toi ?

— Noir !

— Ah, là oui, c'est grave.

Je plaisante, lui non. Il me regarde comme s'il m'était poussé un troisième bras, et je suis contrainte de le rassurer, de peur qu'il ne fasse une attaque.

— Je t'embête, Caden, je… j'ai fait une coloration. Ça te plaît ?

Son visage blêmit, et je m'en veux de m'amuser à ses dépens alors qu'il n'est visiblement pas en état. Mais il n'est pas en sucre, mon Viking, il s'en remettra.

— Pourquoi tu as fait ça ?

— Pour te prouver que je tiens à toi, pardi !

— Ava…

Mais il ne prend pas la peine de finir sa phrase. Aussitôt, il me repousse brutalement de ses genoux et s'enfuit de la chambre à toute vitesse. Je le suis, quoiqu'à un rythme plus raisonnable, et le retrouve la tête au-dessus de la cuvette.

— La soirée a été rude ?

— T'as pas idée.

— Mais tu as parlé à ta sœur. C'était… constructif ?

— Très.

Il se redresse, s'essuie machinalement la bouche à l'aide de la serviette qui traîne sur le bord du lavabo et, lorsqu'il s'avance vers moi pour m'embrasser, je recule, écœurée.

— Si tu crois que je vais te laisser poser les lèvres sur les miennes alors que tu viens de vomir, tu te fous le doigt dans l'œil, Sven.

— C'est maintenant ou jamais. Après, il sera trop tard.

— Me tente pas.

C'est la première fois que je le vois dans cet état, et je suis sidérée de constater que même lorsqu'il n'est pas à son avantage, il reste beau à se damner. Quelle injustice ! Parce que, qu'on se le dise, si c'était moi qui avais passé la nuit à picoler au point de ne plus savoir où j'habite, je ne m'en sortirais clairement pas aussi bien. Oh ! non.

— Tu es magnifique en brune, Ava.

— Merci, dis-je en ne pouvant contenir le sourire qui apparaît sur mes lèvres.

— J'ai envie de t'embrasser, reprend-il.

C'est fou comme il faut peu de mots pour que mon ventre se mette à gazouiller, créant des papillons, lesquels crépitent de joie. Je me sens frémir, toujours aussi intimidée qu'un homme comme lui veuille de moi, après tout ce que j'ai pu lui dire ou lui faire. Caden est un ange, un cadeau du ciel, et je suis stupéfaite qu'il me soit destiné. C'est simple, je suis à ce point chamboulée par cette toute petite phrase que je n'ai qu'une envie, c'est de lui céder sans offrir la moindre résistance. Mais je ne peux pas, j'ai une réputation et un caractère explosif à tenir. C'est comme ça qu'il m'aime et, bien que cela me demande de faire preuve d'une immense volonté pour le repousser, je sais que c'est ce qui le séduit le plus chez moi.

— On en reparlera lorsque tu auras pris six douches et te seras brossé quinze fois les dents, rétorqué-je, les bras croisés sur ma poitrine. Tu empestes l'alcool à plein nez.

Caden, tel un petit garçon qu'on viendrait de réprimander, s'exécute sans ciller. De toute évidence, il n'a pas encore entièrement décuvé. Je tiens peut-être là ma chance de nous réconcilier définitivement.

C'est avec cette idée en tête que je me dirige vers la cuisine, toute guillerette. J'entreprends de faire le petit déjeuner pour tout le monde, des œufs brouillés, un peu de bacon grillé, avec un café bien corsé. Blake est le premier à émerger de sa chambre, légèrement rafraîchi, suivi de près par sa sœur. Ils discutent doucement et, malgré leurs cernes et le manque évident de sommeil, ils semblent de meilleure humeur. Ils s'asseyent autour de l'îlot central et, prenant mon rôle très au sérieux, je dispose devant eux des assiettes que je remplis allègrement. Caden nous rejoint un quart d'heure plus tard, torse nu, et je me réjouis de cette vue extrêmement plaisante de si bon matin. Il ne peut pas rester indéfiniment fâché, il faut que je trouve quelque chose pour dérider définitivement cette tête de mule.

Alors que j'élabore quinze mille théories brinquebalantes dans ma tête, Blake rompt le silence, m'obligeant à revenir au moment présent.

— Que comptes-tu faire aujourd'hui, Eryn ? Tu vas bosser ?

— Je ne peux pas, j'ai rendu mes clés hier avant de venir chez vous. Ce qui veut dire que je n'ai plus accès à mon studio ni à mon appart.

— Que va devenir ton salon, alors ? Restituer ton logement, c'est une chose, mais je pensais que tu continuerais de travailler là-bas.

— C'est lui le propriétaire des murs, donc… il a exigé que je me casse pour de bon.

— Il a pas le droit de faire ça ! maugrée Caden.

J'observe tour à tour les jumeaux, puis Eryn, et ce que je vois me plaît beaucoup. Ils sont tous les trois installés autour de l'îlot central, Eryn entourée par ses deux frères. Blake la considère avec beaucoup de tendresse et de douceur, tandis que Caden, mon Viking préféré, semble contrarié par ce qu'il entend. Son côté protecteur est certainement la chose la plus séduisante chez lui, celle qui me touche le plus. Comme l'autre soir, quand il s'est battu pour la défendre. Quoi qu'on en dise, il a le cœur sur la main, et il ferait n'importe quoi pour veiller sur les gens qu'il aime et qui lui sont chers. J'espère que cela inclut désormais Eryn, mais du peu que je vois, ça me paraît bien parti.

— Oui, eh bien, il s'est quand même permis de le faire.

— Mais, et ton matériel ? continue Blake.

— Il m'a dit qu'il gardait tout pour rembourser mes dettes, se contente-t-elle d'expliquer en haussant les épaules.

— Il y avait des choses auxquelles tu tenais en particulier ?

— Non, répond-elle tristement. Tout ce qui m'importe tient dans mes sacs.

Je prends soin de rester à l'écart de la conversation, car il s'agit surtout d'une discussion entre frères et sœur, et je ne veux pas m'immiscer entre eux, même si je sais qu'ils ne le verraient pas d'un mauvais œil. Ils ont besoin de temps pour se retrouver, se redécouvrir, faire de nouveau connaissance et, surtout, oublier le passé pour se concentrer sur le présent.

— Il n'a aucune idée de ce qu'il en coûte de s'en prendre aux Smith, poursuit Caden qui n'en démord pas.

— Caden, calme-toi, lui intime sa cadette en dévorant les œufs brouillés.

Bien qu'elle dise cela, je sens que leur sollicitude la touche et l'émeut. Ses yeux brillent de larmes contenues.

— Il va comprendre sa douleur, crois-moi. Ava, tu penses à ce que je pense ?

Ah, ça y est, c'est le moment où je rentre en piste. Le regard bleu-gris de Caden s'amarre au mien, et je lui offre mon plus beau sourire, voyant là une occasion en or de reconquérir mon indiscipliné Viking pour de bon, tout en venant en aide à sa sœur. De quoi faire d'une pierre deux coups, et je dois dire que cette perspective me plaît beaucoup.

— Je serais susceptible de penser à ce que tu penses si j'étais persuadée d'obtenir un rencard en échange, rétorqué-je.

— Ava !

— Un rencard ou rien.

Il tente de rester sérieux, essaie de m'impressionner, mais il finit par exploser de rire, et je l'imite, car je sais que la victoire est proche, désormais. On va voir si mes fesses sont plates, monsieur le Viking sexy ! Le temps des réponses est venu.

Lorsque j'arrive au Jip's, je ne prends même pas la peine de saluer mes collègues et je monte les marches quatre par quatre, me pressant jusqu'au bureau de M. McClane. Je tape frénétiquement à sa porte et entre sans même y avoir été invitée. De toute façon, nous n'en sommes plus à ce stade, lui et moi, pas après ce qui s'est passé l'autre jour.

— Qu'est-ce que vous fichez là, Ava ?

Ah oui… parce que depuis que je suis détentrice de cet enregistrement qui pourrait bien compromettre sa belle carrière, il s'est remis à me vouvoyer, comme si cela allait suffire à m'adoucir. Puisque les formules de politesse et les courbettes ne sont plus d'actualité, je décide d'aller droit au but, sans prendre la moindre pincette.

— Si je vous disais qu'il existe un moyen de supprimer la preuve accablante que je possède contre vous, ça vous intéresserait ?

Aussitôt, il se redresse sur son fauteuil, le dos raide et tous ses sens en alerte. Il se renfrogne, fronce les sourcils, tandis que je continue :

— Il y a un logeur aux mœurs légères en ville et il a expulsé ma belle-sœur de chez elle, gardant tous ses effets personnels, outrepassant ainsi ses droits. Je pense qu'il mérite une bonne leçon, pas vous ?

— Et comment il s'appelle, cet homme ?

Je lui livre toutes les informations que m'a confiées Eryn, l'adresse de l'immeuble, l'identité du bailleur, absolument tout ce que je sais. Gregor examine les éléments un instant avant de déclarer :

— J'ai déjà entendu parler de lui, il n'en est pas à son coup d'essai et apparemment, oui, il arnaque régulièrement ses locataires, en exigeant des choses abracadabrantes.

Il hésite avant de poursuivre :

— Je suis d'accord avec vous, il mérite une bonne leçon.

Une ordure qui chasse un escroc, on aura vraiment tout vu.

— Et dès qu'il l'aura obtenue, je supprimerai les enregistrements. *Tous* les enregistrements, dis-je en insistant bien sur le premier mot.

À ses yeux qui se plissent et me détaillent avec attention, j'en conclus que M. McClane ne croit pas à cette belle promesse et qu'il se méfie de moi, ce que je trouve particulièrement culotté de sa part. Qui aurait dû se méfier de qui, dans cette pièce ? Ce n'est pas moi qui ai essayé de faire de l'odieux chantage, que je sache. Il ne peut s'en prendre qu'à lui, et je ne compte pas le plaindre.

— Et qui vous dit que je ne me vengerai pas à la seconde où vous l'aurez fait ?

À vrai dire, j'y ai pensé. Mais j'en suis venue à la conclusion qu'il est un homme intelligent, et qu'il craint assez Caden pour ne plus m'approcher.

— Parce que vous savez reconnaître vos erreurs, parce que vous avez une fierté à conserver, et parce que vous et moi sommes tous deux conscients que mon petit ami ne vous laissera plus jamais en paix et que, entre nous, ça ne vaut pas le coup.

Il acquiesce en silence, visiblement sensible à mon bluff. Car voilà ce que c'est, du bluff. Mais tant qu'il marche, c'est tout ce que je demande.

— Je m'en occupe, Ava. Vous aurez de mes nouvelles très prochainement, dès que la justice lui aura mis la main dessus. J'ai plusieurs amis dans ce domaine, ça devrait être rapide.

— Je n'en attendais pas moins de vous, monsieur McClane. Je vous laisse, j'ai un service à prendre.

Chapitre 41

Caden

C'est comme si quelqu'un venait de me projeter des jours en arrière. Nous sommes à South Beach, dans le restaurant dans lequel j'ai emmené manger Ava la toute première fois, et pour couronner le tout nous avons demandé la même table. Elle sirote un diabolo-fraise en me dévorant des yeux sans vergogne. À force de petits jeux incessants, je doute de notre situation. Je prétends être fâché, alors qu'elle et moi savons pertinemment que c'est faux. Et c'est d'autant plus d'actualité depuis que les choses se sont apaisées avec Eryn. J'ignore si elle nous manipule comme d'habitude, ou si elle est sincère, mais j'ai envie d'y croire et, surtout, j'ai envie que ça marche, quitte à souffrir une fois de plus. Mais Blake, qui est de loin le plus avisé de nous trois, a foi en elle, et rien que ça suffit à me dérider.

Je sors le paquet de cartes de ma poche tandis qu'Ava tire sur sa cigarette comme si sa vie dépendait de cette cochonnerie. Je les distribue en formant deux tas, un devant chacun de nous, et nous nous en saisissons doucement, nous défiant du regard. J'aime cette femme, je l'aime à en mourir. Et elle, pour me prouver ses sentiments, a accepté de se séparer de sa blondeur pour devenir une sulfureuse brune. C'est pourquoi, d'un commun accord, nous avons décidé de jouer notre dernière partie, les ultimes révélations, sans détour, sans finasseries. *La finale*.

Elle pose fièrement un neuf de trèfle et, lorsque je la bats avec un dix de carreau, elle peste, maltraitant au passage sa cigarette. Je prends le temps de savourer ma victoire, passant une main dans mes cheveux, l'air de rien, avant de m'enquérir, anticipant sa réponse :

— Tu m'as dit l'autre jour que tu me détestais et que je n'étais qu'un imbécile, laquelle de ces deux affirmations est vraie, Ava ?

Elle ricane, me toise avec cet air mutin que j'aime tant, avant de répliquer :

— Tu n'es qu'un imbécile.

— Sympa, commenté-je en m'esclaffant.

— Aucun homme ne m'a jamais fait galérer comme tu l'as fait, Caden. Un coup oui, un coup non…

— J'ai appris des plus grands.

Je lui envoie un clin d'œil qu'elle reçoit avec une certaine pointe d'amusement. Son visage s'illumine tandis qu'elle me sourit et, après avoir humecté ses lèvres, elle explique avec douceur :

— J'avais peur que tu ne me quittes, que tu ne m'abandonnes à ton tour.

Et moi donc…

— Et qu'est-ce qui t'a fait changer d'avis ?

Plutôt que de poursuivre, elle choisit de conserver le silence avant d'apposer une autre carte sur la table et râle quand je la bats de nouveau, maltraitant avec acharnement sa cigarette. Je réitère ma question, et cette fois elle est forcée d'y répondre.

— Je t'aime, Caden. Voilà ce qui m'a fait changer d'avis.

J'avale de travers, manque de m'étouffer et me mets à tousser pour digérer la nouvelle. *Quoi ?* Quoi, quoi, quoi ?

— Répète ça pour voir.

— Je t'aime, dit-elle, amusée, en me regardant dans les yeux.

J'ouvre la bouche, puis la referme, ne sachant que répondre à ça. Toute ma colère et toute ma rancœur se sont instantanément envolées. Mais alors que je m'apprête à me lever pour l'embrasser, elle m'en empêche.

— On n'a pas fini la partie, Caden, rassieds-toi.

Que je me rasseye ? Elle vient de me déclarer sa flamme, sans aucun détour, et elle veut que je me rasseye ? Lorsqu'elle réalise que j'hésite à obtempérer, elle darde sur moi son regard noir, m'incitant à ne pas bouger. Et j'ignore pourquoi, cela m'amuse, assez pour acquiescer avant, effectivement, d'obéir. C'est pour son caractère explosif que je suis tombé amoureux de cette femme, parce qu'elle ne ressemble à aucune autre. Je ne voudrais qu'elle change pour rien au monde, et sa détermination, même lorsqu'elle joue en ma défaveur, me plaît énormément. Ava ne cesse de me surprendre, et j'adore ça.

Je pioche une carte au hasard et grimace en l'apercevant. Un deux de pique, génial ! Ava me bat haut la main avec son sept de cœur, et sa question est à ce point évidente que j'aurais pu y répondre sans même qu'elle la pose.

— Que penses-tu de mes fesses ?

Si elle badinait gaiement il y a encore quelques secondes, là, elle est plus sérieuse que jamais, attendant mon verdict. Comment a-t-elle pu imaginer un seul instant que j'étais sincère tout ce temps ? Je la ferais bien mariner davantage, mais c'est contraire aux règles de notre jeu.

— Ava, tes fesses sont parfaites.

— Menteur !

— Et pourtant… elles sont légèrement rebondies et fermes, exactement comme je les aime. Crois-moi, tu n'as rien à envier à personne, petit mogwai.

Elle rougit malgré elle et, bien qu'elle se détourne, je perçois très nettement son sourire satisfait. Et dire que ça l'a travaillée tout ce temps !

— Puisqu'on en est rendus à compter les points, Ava, je pense qu'on peut dire que j'ai gagné haut la main, non ?

— Pardon ? s'exclame-t-elle en avalant la fumée de sa cigarette.

— J'en ai perdu en t'embrassant, mais par la suite c'est toi qui as craqué la première pour qu'on passe à l'acte, mais également pour emménager à la maison, comme je l'avais prédit. Je suppose qu'on peut dire que je suis l'heureux vainqueur, tu ne crois pas ? Tu n'as qu'un mot à dire, et je te comblerai jusqu'à la fin de ta vie comme tu le mérites. Tout ce que tu as à faire, c'est de reconnaître ta défaite.

Un sourire malicieux s'étire sur son joli visage, et je comprends qu'elle n'est pas encore prête à jeter l'éponge.

— Tu as raison, c'est moi qui suis revenue vers toi, et c'est moi qui me suis proposée d'emménager. Mais le premier baiser compte double, donc en fait, je dirais que nous sommes ex æquo.

— Aïe, et comment se départage-t-on, dans ce cas ? m'enquiers-je.

— Le premier qui demande l'autre en mariage… accepte sa défaite, et en contrepartie l'autre sera contraint d'exécuter ses moindres désirs pendant toute la durée de la lune de miel.

— Ça me donnerait presque envie de perdre, dis-je, un sourire goguenard aux lèvres.

— Il ne tient qu'à toi de t'avouer vaincu, Caden.

Voilà. C'est exactement pour ce genre de discussion que j'aime cette femme à en mourir. Parce qu'elle est déroutante avec son caractère de feu qui me fait tourner en bourrique… et j'adore ça !

— C'est vrai, mais j'aime beaucoup l'idée de te voir me demander ma main, à genoux.

— Que nous arrive-t-il ? Je croyais que l'intérêt de ce déjeuner, c'était de faire la paix ?

— Peut-être que, dans le fond, nous préférons nous chamailler pour mieux nous aimer. D'autant que je vais tout faire pour que tu craques la première, dis-je en prenant un air crâneur.

— Ah oui, comme quoi, par exemple ?

Je frime en passant les doigts dans mes cheveux, satisfait de ma réponse que je ponctue d'un sourire ravageur avant de rétorquer :

— J'ai pas encore trouvé, mais je te promets que ce sera exceptionnel.

Quinze jours plus tard, au mondial du tatouage, à New York

Ça y est, nous y sommes, ce jour que j'ai tant attendu est enfin arrivé, et je ne sais plus quoi penser au sujet d'Eryn. Ces deux dernières semaines, elle a été parfaitement adorable, à tout point de vue. Certes, notre relation est encore… étrange et délicate, mais petit à petit, elle évolue, doucement mais sûrement. Nous apprenons à nous apprivoiser l'un l'autre, ce qui n'est pas une mince affaire. Heureusement, Blake veille à ce que tout se passe au mieux et qu'il n'y ait pas de débordements.

Je regarde autour de moi, satisfait. Notre stand est enfin monté, et cette année nous avons un emplacement de choix. En effet, l'allée centrale étant très prisée (mais horriblement chère), obtenir l'autorisation d'y figurer n'a pas été chose aisée, mais nous y sommes parvenus. Les organisateurs ne veulent y voir que des noms reconnus et, bien que notre réputation ne soit plus à faire, dire que nous faisons partie des favoris serait également un mensonge. Je sais qu'Eryn expose plus loin, dans une travée secondaire, ce qui ne va clairement pas l'aider à redresser sa trésorerie (maintenant qu'elle n'a plus de local pour travailler).

Owen finit de préparer son matériel, Blake déballe les derniers cartons (l'idée étant d'avoir le stand le plus attractif, ou presque, de la zone), tandis que j'observe les retardataires monter leurs établis à la va-vite.

Ava, qui est au moins aussi stressée que moi, si ce n'est plus, revient avec un plateau chargé de cafés bien corsés, et lorsqu'elle m'en propose un je m'en saisis promptement, ce qui n'est pas forcément très raisonnable vu à quel point je suis à cran.

— Ça va ? s'enquiert-elle.

— On ne peut mieux, et toi ?

Une lueur de panique traverse ses prunelles, mais elle prend sur elle pour ne pas le montrer et répond en m'adressant un sourire chaleureux :

— Nickel ! L'idée de me priver de nicotine pendant toute une journée ne m'effraie même pas. Un jeu d'enfant !

Une fois de plus, c'est un mensonge, et elle sait que je le sais. Elle ne m'en a pas parlé directement, mais j'ai conscience qu'elle redoute le moment où elle aura envie de fumer, et où elle ne pourra pas, car je serais en train de la tatouer.

— Tu es une guerrière ! dis-je en me voulant convaincant. Il t'en faut bien plus pour être désarçonnée !

Elle acquiesce, bien qu'elle n'en croie pas un mot. Je commence à connaître mon mogwai sur le bout des doigts. D'ailleurs, elle est tellement nerveuse qu'elle ne cesse de sautiller d'un pied sur l'autre, ce qui ne lui ressemble pas. Mon Ava a rarement peur, et elle se laisse quasiment jamais impressionner. C'est pourquoi j'ai d'autant plus de mal à la voir tenue en échec par une si petite chose. Comment la nicotine peut-elle semer le doute dans un esprit aussi déterminé que le sien ?

J'observe ma montre, impatient. Le mondial va bientôt ouvrir ses portes et, une fois que les présentations seront faites (nous devons passer sur scène un à un pour expliquer notre projet), nous pourrons commencer à tatouer. Une première pour moi dans de telles circonstances et surtout pour un tel enjeu, et je prie pour que mes efforts et ma persévérance paient. J'espère être à la hauteur, pour mon frère, pour mes parents, mais surtout pour Ava.

Les yeux rivés sur la grosse horloge du hall principal, je ne vois pas Eryn s'avancer jusqu'à moi, si bien que lorsqu'elle agite une main pour me sortir de mes pensées, je sursaute. Merde, elle m'a fait une peur bleue.

— Caden, il faut que je te parle !

— Pas maintenant, Eryn.

— Mais c'est important !

— Promis, ce soir à l'hôtel, on se prendra un moment, et tu me diras ce qui te tracasse, OK ? Mais le mondial va commencer, et j'aimerais rester concentré sur mon objectif.

Ses yeux identiques aux miens me supplient de ne pas la congédier et, comprenant qu'elle ne bougera pas, je m'enquiers, las :

— Bon, c'est quoi le souci ?

Elle m'emmène à l'écart, et ce n'est seulement qu'à cet instant que je remarque son teint blafard, ce qui me laisse craindre le pire.

— Je t'en prie, ne t'énerve pas, OK ? Je voulais t'en parler plus tôt, mais j'ai manqué de temps.

— Eryn…, grondé-je, impatient, qu'est-ce qu'il se passe ?

Elle prend une grande inspiration, avant de répondre en bafouillant :

— J'ai soudoyé un membre de ton équipe pour m'assurer que tu ne gagnes pas le mondial, et ce quoi qu'il arrive.

— Tu as… *QUOI ?*

Chapitre 42

Ava

Lorsque j'entends mon Viking hurler sur sa cadette, mon sang ne fait qu'un tour, car je comprends immédiatement qu'il se passe quelque chose d'anormal. C'est pourquoi, même si ma présence n'est pas requise, je me dirige vers eux d'un pas décidé, m'interposant entre frère et sœur.

Caden a les yeux injectés de sang et il ressemble à un fou en cet instant, tandis que la pauvre Eryn tremble de tout son être. Que se passe-t-il, ici ? Alors que tout allait si bien entre eux… Blake ne tarde pas à nous rejoindre, et nous voilà tous les quatre réunis, prêts à élucider ce nouveau mystère.

— Répète, ordonne mon Viking. Explique-leur ce que tu viens de me dire, Eryn.

— C'était bien avant que tu me sauves la mise, plaide-t-elle, bien avant que j'emménage chez vous. Tu dois me croire, Caden !

— Qu'est-ce qui vous arrive ? s'enquiert Blake, qui n'aime visiblement pas la tournure que prennent les événements.

Puisque Eryn conserve le silence, Caden explique bruyamment :

— Nous savions qu'Eryn avait proposé de l'argent à Clémence afin qu'elle fouille dans nos affaires. Ce que nous ignorions, en revanche, c'est que Clémence a refusé de le faire. Et pour se venger d'elle, notre adorable sœur lui a quand même versé une somme conséquente sur son compte pour ensuite venir me narguer en prétendant que ma petite amie s'en était mis plein les poches sur mon dos, provoquant de ce fait notre rupture immédiate. Et plutôt que d'en rester là, Eryn a également décidé malgré tout de mener à bien son projet de revanche en chargeant quelqu'un d'autre de le faire, en la personne d'Owen, notre nouveau tatoueur. Ce dernier a accepté sans aucun scrupule et lui a fourni des documents personnels, grâce auxquels elle a falsifié notre signature et fait valider le mandat de vente de la maison des parents. Sauf que le plan d'Eryn a de nouveau échoué, car une fois n'est pas coutume il fallait que nous soyons présents, malgré la lettre qu'elle avait pris soin de rédiger en notre nom. Mais qu'à cela ne tienne, elle en a élaboré un nouveau. Et donc, cela fait des mois qu'Owen lui rapporte nos moindres faits et gestes, dans le but de dénicher une faille à exploiter contre nous.

— C'est comme ça que tu as su où j'habitais. Pas vrai ?

Mais Eryn ne dit rien, penaude, les épaules tombantes et la tête basse, tandis que mon Viking, enragé, poursuit :

— Et comme elle n'a rien trouvé contre nous, elle a eu une idée. En fonction de mon avancée et du tatouage que j'effectuerais sur Ava, Owen est supposé glisser un somnifère, ou trois, ou quinze, dans ma bouteille d'eau pour que je ne termine jamais dans les temps. J'ai bien résumé, Eryn ?

À l'instar des jumeaux, j'accuse la nouvelle difficilement. Leur cadette est-elle manipulatrice au point d'avoir conçu un plan aussi machiavélique ? Je m'accorde une pensée pour Clémence, tandis que dans ma tête les pièces manquantes du puzzle s'assemblent enfin. Ainsi, elle disait la vérité. Elle n'a jamais trahi Caden ni Blake. Mais Eryn lui a tout de même fait payer le prix fort en persuadant son frère de son implication dans sa vengeance, alors qu'elle était honnête depuis le début. Caden s'est occupé du reste, convaincu qu'elle l'avait honteusement poignardé pour de l'argent.

C'est affreux, et si injuste… Toute cette histoire me fait froid dans le dos.

— Mais ensuite, tu m'as secourue, insiste Eryn, puis Ava m'a invitée à venir habiter chez vous, et vous avez été adorables avec moi, et si compréhensifs…

— Totalement cons, ouais ! Tu peux l'dire ! hurle Caden, qui n'en démord pas.

— Je pensais qu'entre nous il n'y avait plus aucun espoir, que vous me détestiez irrémédiablement, c'est pour ça que j'ai agi de la sorte, mais quand Blake m'a proposé que nous redevenions une famille, comme avant, je…

Elle s'interrompt, essuie une larme, avant de reprendre :

— J'ai essayé de vous en parler, mais j'avais trop peur, et surtout… vous étiez tellement gentils avec moi, tellement protecteurs, je ne voulais pas tout gâcher.

— Et du coup, pour nous remercier, tu t'es dit que tu allais lâcher une bombe aussi gigantesque à cinq minutes de l'ouverture du mondial ?

— Caden, dis-je en l'enlaçant dans l'espoir de l'attendrir.

En vain, cependant. Il se dégage aussitôt de mon étreinte, fou de rage, tandis que Blake, visiblement très contrarié, intervient :

— Eryn, pourquoi nous révéler tout ça maintenant ?

— Vous devez virer Owen sur-le-champ !

— Et qu'est-ce qui nous dit que tu n'es pas une fois de plus en train de nous manipuler ? s'écrie Caden, hors de lui. Pour qu'on le renvoie et qu'on ne puisse pas honorer les rendez-vous qu'il a pris, hein ?

— Vous devez me croire. J'ai bien conscience que je vous ai déçus un nombre incalculable de fois et je sais que je ne suis pas à la hauteur de vos attentes, mais je… Ces quinze derniers jours ont été les meilleurs de ma vie, et ça je peux vous le jurer. Je ne veux rien d'autre qu'une famille… ma famille.

Les jumeaux se concertent du regard, ébranlés par ce discours, pendant qu'Eryn et moi sommes pendues à leurs lèvres, guettant le verdict.

— Tu sais ce que j'en pense, frangin, tu connais ma position sur le sujet. Néanmoins, je te laisse prendre la décision seul, Caden, dit calmement Blake. Quelle qu'elle soit, je me rangerai à ton avis.

Je ne respire plus, trop obnubilée par la réponse de mon Viking, qui ne vient pas.

Blake se rangera à son avis ? Non, non, non… L'histoire ne peut pas se répéter, pas encore. Cette boucle doit être cassée, sinon il n'en ressortira jamais rien de bon. C'est ce que je m'apprête à lui dire lorsque Eryn me coupe l'herbe sous le pied :

— Écoute ton instinct, plaide-t-elle. Lui saura démêler le vrai du faux.

Chapitre 43

Caden

— Ne me le fais pas regretter, Eryn, grommelé-je, hors de moi.

Comprenant ce que je sous-entends, ma sœur, réjouie, se jette dans mes bras, avant de déposer un baiser sonore sur ma joue.

— Oui, on va se battre, Caden, mais ce sera à la loyale, comme tu le souhaitais.

À ce stade, j'aurais préféré qu'elle renonce à vendre la maison familiale. D'un autre côté, maintenant, je saisis mieux son ressenti vis-à-vis de cet endroit. Elle nous l'a expliqué pas plus tard qu'hier : elle s'est toujours vantée haut et fort de vouloir s'en débarrasser pour nous faire du mal, mais en réalité c'est surtout parce que, à ses yeux, cette maison ne recèle que de mauvais souvenirs qu'elle brûle d'effacer à tout jamais de sa mémoire. C'est pourquoi elle a refusé de se voir enchaîner à ces murs, et ça je peux le comprendre, même si c'est difficile à assimiler.

— Bien, je ne demande rien de plus.

Je dépose un rapide baiser sur son front, avant de tourner les talons. Il me reste un détail à régler, et pas des moindres. Lorsque j'arrive sur notre stand, je percute Owen de plein fouet, si bien que ce dernier tombe par terre, apeuré.

— Non, mais ça va pas ? hurle-t-il. T'as perdu l'esprit ou quoi ?

— Moi, j'ai perdu l'esprit ? Dégage, Owen ! Fous le camp avant que je t'éclate la tête contre le sol !

— Tu ne vas quand même pas croire tout ce que cette folle te raconte ? T'as pété les plombs ou quoi ? Caden, réveille-toi, depuis quand Eryn est-elle sincère et bien intentionnée ? Ça se saurait !

— Cette folle, comme tu dis, c'est ma sœur. Et maintenant, dégage ! Ne fiche plus jamais les pieds chez nous, tu m'entends ?

Il hésite, si bien que je fais mine d'avancer vers lui, et il déguerpit à toute vitesse, de peur que je ne mette ma menace à exécution. Derrière moi, Blake, Ava et Eryn m'observent en silence, songeurs.

— Tu as pris la bonne décision, me glisse Eryn en posant une main sur mon épaule. Je suis tellement désolée, Caden, de vous avoir causé autant de soucis. Je tâcherai de me montrer à la hauteur de vos espérances, cette fois. Je te le promets.

— Ne fais pas de promesse que tu ne pourras pas tenir, dis-je sur un ton plus doux, un brin espiègle, empreint de légèreté.

— Le mondial du tatouage va ouvrir ses portes ! Tous les participants sont priés de regagner leur stand.

— Bonne chance, ajouté-je à l'intention de ma petite sœur.

— Pas besoin de chance quand on a du talent, répond-elle, un sourire espiègle aux lèvres.

Je m'esclaffe devant cette boutade. Je reconnais bien là l'air malicieux de la famille.

Les heures défilent, et Ava, mon Ava, se montre très courageuse et plus encore, ne se plaignant à aucun moment de mon aiguille, ni de mes passages à répétition aux mêmes endroits. Le stencil ayant été réalisé en amont, cela me fait gagner un temps précieux. Pour un dos complet, il me faudra à peu de chose près une quinzaine d'heures – en partant du principe qu'il n'y aura aucun souci, évidemment. Cela ne comprend ni les pauses ni les complications auxquelles on peut s'attendre étant donné qu'il s'agit de son premier tatouage.

Owen ayant été gentiment renvoyé chez lui (nous avons prévenu la sécurité qu'il était dangereux afin de s'assurer qu'il ne reviendra pas nous importuner), Blake va gérer l'intégralité de ses rendez-vous, ce qui signifie, à notre grand regret, que personne ne fera notre promotion pendant ce temps-là. Mais qu'importe, il nous en faut plus pour nous décourager.

Le mondial durant trois jours, nous en avons deux pour réaliser notre œuvre, les votes du jury seront pris en compte à la fin du deuxième jour et les résultats annoncés le troisième. Le concours inclut différentes catégories, selon la nature des œuvres. Eryn et moi avons choisi le dos il y a bien longtemps, car c'est une partie fastidieuse et délicate à tatouer. Le sort de la maison familiale ne pouvait décemment pas se décider sur un tout petit dessin. Il fallait quelque chose de grandiose, à la hauteur de l'enjeu.

Je sens Ava se crisper sous mes doigts tandis que je m'applique à réaliser les ailes du phénix, lesquelles recouvrent chacune de ses omoplates.

— Tu es très courageuse, lui glissé-je à l'oreille, avant de poser un léger baiser sur sa joue.

— Je savais qu'il ne fallait pas que je te laisse m'approcher, maugrée-t-elle en serrant les dents.

— Bien sûr que si. Tu ne le sais peut-être pas encore, mais tu es née précisément pour vivre ce moment, Ava.

Du bout des doigts, elle lève son majeur dans ma direction, et je fais mine d'être choqué.

— Tu sais ce qui serait le minimum pour me remercier du sacrifice que je fais ? fait-elle plusieurs dizaines de minutes plus tard.

— Dis-moi tout, murmuré-je.

— Que tu me demandes en mariage.

— Bien essayé mais c'est non.

À son tour de jouer les petites amies offusquées, et je ne réponds plus, me concentrant de nouveau sur mon travail. Je veux que tout soit absolument parfait, dans les moindres détails. Je veux que, toute sa vie, elle arbore ce dessin avec fierté, se rappelant, émue, le jour où j'aurai marqué sa peau à l'encre noire.

Ma nervosité ne cesse de grandir depuis que j'ai entraperçu le boulot d'Eryn. Mon tatouage est magnifique, mais le sien l'est tout autant, voire plus encore, et sa technique est époustouflante, même si ça m'ennuie de l'admettre. J'ai tout misé sur ce moment précis, pour que tout se passe pour le mieux, si bien que mes jambes en tremblent. Nous serons bientôt fixés, et la tension est à son comble.

Avant l'annonce des résultats, les modèles qui ont prêté leur corps aux artistes doivent défiler un par un, pour le show. La musique démarre, et je suis à cran. À mes côtés, Blake pose une main réconfortante sur mon épaule, puis murmure à mon oreille afin d'être certain que je l'entende :

— Tu as fait du bon boulot, Caden, tu peux être fier de toi.

Mais je ne l'écoute pas. Tant que je n'aurai pas vu Ava de mes propres yeux, je demeurerai stressé au possible. Elle a été d'un courage exemplaire, encaissant sans broncher jusqu'à huit heures de tatouage par jour, certes avec des pauses, mais tout de même ! C'est en partie ma faute. J'aurais pu simplifier le dessin, finir les ombrages et les détails plus tard, tranquillement, au salon, mais non. Parce qu'elle s'est montrée on ne peut plus coopérative, j'ai étiré les limites de sa résistance comme de sa patience. Elle était fatiguée, endolorie, en manque de nicotine (et donc sur les nerfs), son dos la faisait souffrir toujours un peu plus, mais elle a tenu bon, pour moi, par amour pour moi. Quelle femme extraordinaire, que je ferais bien d'épouser sur-le-champ d'ailleurs, et tant pis pour ma fierté (mais j'aime tellement la voir trouver des astuces pour tenter de me faire céder en premier, que je fais durer le suspense). Sans oublier que notre relation, tout comme notre rencontre, reste très fraîche. Mais que dire de plus si ce n'est que, quand on est sûr, on est sûr ?

Lorsque Ava apparaît sur scène, le temps semble se figer, et je n'ai plus d'yeux que pour elle. Sa silhouette élancée est élégamment dévoilée par une robe en mousseline noire, laquelle virevolte derrière elle. Blake avait raison, ses cheveux foncés soulignent son visage fin ainsi que ses yeux de braise, couvant à tour de rôle l'ensemble des gens présents, comme si elle souhaitait tous les décimer d'un battement de cils (ce qu'elle pourrait faire, j'en suis certain). Son assurance fait le reste. Elle semble si sûre d'elle, si forte, si femme, que personne n'oserait remettre en doute la moindre de ses paroles. Elle hypnotise la foule par sa prestance, tandis que mon cœur fond comme neige au soleil. Son regard finit par croiser le mien, et soudainement c'est comme si nous étions seuls au monde, comme si plus rien n'avait d'importance. Elle m'offre son plus beau sourire, lequel se répercute dans tout mon corps, jusqu'à mon âme. Quelle femme extraordinaire ! Puis, lorsqu'elle se tourne enfin, les bras m'en tombent tant je suis fasciné par ce spectacle exquis.

Sa robe en mousseline s'ouvre sur les reins, laissant deviner la naissance de ses fesses. Elle est à ce point décolletée que c'est à peine si elle cache sa poitrine. En cet instant, elle ressemble à ces stars qui défilent sur le tapis rouge d'Hollywood, tant elle est magnifique. Elle aurait sa place parmi ces étoiles, pour sûr.

Sur sa peau se déploie un majestueux phénix, créant une bourrasque, laquelle fait s'envoler des fleurs de lotus, ainsi que des roses. Au loin, on devine les initiales de sa grand-mère sur un pétale.

Le reste des candidats défilent un à un, et je ne la lâche pas des yeux un seul instant.

— Le gagnant du meilleur tatouage dans la catégorie « dos intégral » est…

Mes mains sont moites, et je transpire à grosses gouttes. Quant à mon cœur, je crois qu'il ne bat officiellement plus. Le verdict tant attendu tombe enfin, me laissant sans voix.

Chapitre 44

Ava

J'ignore pourquoi, j'étais convaincue que Caden remporterait la victoire. Comme dans ces comédies romantiques qui finissent toujours bien. Il s'est donné tant de mal, et mon tatouage (bien qu'ayant été atrocement douloureux) est tellement perfectionné, jusqu'au plus petit détail… Ça ne pouvait être que lui. À vrai dire, je n'avais même pas songé qu'Eryn ou un autre pourrait gagner la compétition.

J'observe la cadette des Smith monter sur scène, tout sourires, avant de me précipiter vers Caden.

Oh ! mon Dieu, Caden… pourvu qu'il ne fasse pas de bêtise. Heureusement, Blake est avec lui, et ils se prennent dans les bras, accusant le coup de leur défaite. Ils comprennent ce que cela signifie, ils ont donné leur parole, et je sais maintenant combien elle a de valeur. Quand les Smith font un serment, ils le respectent.

Lorsque Blake m'aperçoit, il relâche son étreinte, et mon Viking me jette un regard désemparé, au bord des larmes.

— Ava, dit-il, son timbre de voix trahissant son émotion.

— Tu as été absolument parfait, Caden.

Je dépose un tendre baiser sur ses lèvres, qu'il ne me rend pas, trop sonné pour dire ou faire quoi que ce soit. Nous restons ainsi de longues minutes. Je fais de mon mieux pour remonter le moral des jumeaux. Lorsque Eryn, qui a fait un discours de gratitude, arrive enfin à notre hauteur, elle mesure l'importance du moment, et son sourire s'efface de lui-même. Caden s'apprête à prononcer quelques mots, mais Blake l'en empêche, ce dont Eryn le remercie par un hochement de tête.

— J'ai deux choses à vous annoncer, commence-t-elle.

Caden prend une profonde inspiration tandis que je lui caresse doucement le dos, impuissante. J'ignore que dire ou que faire pour l'aider, aussi me contenté-je de garder le silence.

— Tout d'abord, Caden, je voulais que tu saches que je n'ai jamais empoisonné Baloo.

— Quoi ? hurle-t-il, faisant se retourner les gens à proximité.

— Comment ça ? poursuit Blake.

— Je ne vois pas pourquoi je vous mentirais à ce sujet, précisément maintenant. Vous avez ma parole, je ne l'ai pas tué. Pourquoi l'aurais-je fait ? J'adorais ce chien, car pendant longtemps il a été mon seul ami.

Cette fois, Caden est à ce point abasourdi qu'il n'arrive même plus à parler, c'est simple : aucun son ne sort de sa bouche. Eryn, les yeux brillants, continue son plaidoyer :

— Je sais que j'ai toujours prétendu l'inverse, mais… dès que vous aviez le dos tourné ou quand vous jouiez ensemble dans votre chambre, je descendais les marches en catimini pour m'allonger contre lui et lui faire des mamours, et il me l'a toujours bien rendu. Je le revois encore me faire des léchouilles pour sécher mes larmes. Je l'aimais tellement… et il était si intelligent. Comme s'il savait que devant vous ou les parents je paraissais indifférente mais que, dès que nous étions seuls, on redevenait complices.

Eryn marque un temps de pause, ébranlée par ces souvenirs douloureux, avant de reprendre :

— Maman était partie le promener, comme d'habitude, mais quand ils sont revenus… Baloo avait des sortes de baies dans la gueule, et c'est peu après les avoir ingérées qu'il est mort.

— Dans ce cas, pourquoi avoir prétendu l'avoir empoisonné ? s'exclame Blake avec indignation.

— Je n'ai rien prétendu, je me suis contentée de rester là, bras croisés, quand Caden l'a découvert, parce que je savais qu'il tirerait des conclusions hâtives et que je tenais là ma meilleure revanche sur vous. Seulement, j'ignorais… que les répercussions seraient aussi lourdes.

Eh bien, le moins qu'on puisse dire, c'est qu'Eryn a le sens du spectacle. Comment fait-elle pour toujours faire des déclarations de ce genre, spectaculaires, précisément au moment où on s'y attend le moins ?

Les garçons accusent la nouvelle, légèrement sonnés, et puisque aucun d'eux ne semble apte à s'exprimer, je m'enquiers :

— Et la deuxième chose ?

Eryn prend une grande inspiration, les regarde successivement un instant, avant de continuer, un sourire timide aux lèvres.

— Nous avions convenu que le gagnant du mondial déciderait seul du sort de la maison des parents. Et après mûre réflexion… j'accepte de vous céder ma part.

Caden est à ce point en état de choc que je dois le secouer à plusieurs reprises pour m'assurer qu'il est toujours parmi nous. Il bat des paupières, comme s'il ouvrait les yeux depuis la première fois ce matin, et je soupire de soulagement.

Ouf, il respire encore !

— Quoi ? balbutie-t-il.

— J'étais on ne peut plus sincère, hier. Je n'ai jamais rien voulu d'autre qu'une famille, et grâce à Ava nous sommes enfin réunis. Vous savez que cette maison ne me rappelle que de mauvais souvenirs, mais ce n'est pas votre cas. C'est pourquoi j'accepte de vous céder ma part, vous en ferez un meilleur usage que moi.

Le moins qu'on puisse dire, c'est que celle-là je l'ai pas vu venir et, à la tête que font les jumeaux, j'en conclus qu'eux non plus. C'est simple, ça me paraît à ce point surréaliste que je me demande un instant si je ne rêve pas. Mais à la douleur lancinante dans mon dos, je sais que non, je suis bel et bien réveillée.

Comme s'ils avaient répété, Blake et Caden enlacent leur petite sœur d'un même mouvement, émus aux larmes, si bien que je me recule, ne voulant pas troubler cet instant poignant. Ainsi, Eryn s'est vraiment repentie, et bien qu'il n'ait pas gagné, mon Viking va pouvoir garder sa maison d'enfance. La scène est à ce point touchante que je m'attends presque à voir apparaître un panneau indiquant : HAPPY END. On a atterri en pleine comédie romantique ou quoi ? Cette pensée en amenant une autre, je m'approche de Caden, un sourire malicieux aux lèvres.

— Là, c'est le moment où tu es tellement ému que tu me demandes en mariage, susurré-je à l'oreille de mon Viking sexy.

Ce dernier s'esclaffe et, plutôt que de s'exécuter, il m'attire vers eux, me faisant ainsi participer au câlin général.

— Nous ne nous sommes pas consultés avant, mais… nous ne voulons pas de ta part, Eryn, lâche soudainement Blake en reculant légèrement.

Quoi ?

— Bien dit, frangin, en fait, nous aimerions que tu la gardes, poursuit Caden en souriant.

Ils nous font quoi, là ? On est à quel acte ? J'ai loupé un épisode ? Trois ? Une saison entière ?

— Quant à tes souvenirs, on pense qu'il vaudrait mieux en créer d'autres.

Bon, c'est officiel, ils ont pété un câble.

— La maison est grande, Eryn. Que dirais-tu que nous y emménagions, tous ensemble ?

Eryn ne répond rien. Les mains sur la bouche, elle ne réagit même pas tant elle est scotchée par leur proposition. Ils ne s'étaient vraiment pas concertés avant ? Ça ressemble à s'y méprendre à une tirade de film ! Comment peuvent-ils demander une telle chose, sans savoir ce que l'autre pense, et le tout en parfaite harmonie ? C'est du délire ! En tout cas, c'est pas pour rien s'ils sont jumeaux, ces deux-là.

Elle finit par acquiescer timidement avant d'éclater en sanglots. Ses larmes provoquent les miennes, ruinant au passage mon maquillage. Mince, moi qui voulais en profiter encore un peu…

— Au fait, reprend Caden, on cherche un ou une tatoueuse. Tu connaîtrais pas quelqu'un qui aurait perdu son salon et qui aurait besoin d'un boulot, des fois ?

C'est officiel, je ne sais plus si Eryn pleure ou rigole, tant il y a d'émotions qui la submergent. Je ne pensais pas que les Vikings étaient aussi sensibles, mais une chose est sûre : ils ont le sens de la famille, de l'honneur… et surtout de l'amour !

Chapitre 45

Deux ans plus tard
Caden

Merde, je vais être en retard à l'atelier, nom de nom ! Pourtant, j'ai pris mes précautions pour que ça n'arrive pas, en vain. Au moment de quitter le Ink Paradise, Eryn a sollicité mon avis sur le tatouage infecté d'une cliente (encore une personne qui estime nos recommandations inutiles et surfaites pour finalement revenir en pleurant), ce qui m'a retardé, évidemment.

Après le mondial, il y a deux ans, elle a immédiatement intégré le salon, et la famille est désormais au complet, bossant main dans la main. C'était un pari risqué, mais dans la foulée, nous avons vendu l'appartement pour déménager dans la maison parentale. Afin qu'Eryn s'y sente bien, nous avons entrepris des travaux (financés par notre transaction immobilière) et modifié la décoration. Nous y habitons à présent tous les six en colocation. J'ai bien dit tous les six : Milena, Blake, Eryn, Ava, moi et le petit dernier, Pumba, un bébé husky aussi têtu que son maître (à savoir : moi).

Et aujourd'hui est un grand jour, car après des mois et des mois de négociations acharnées (qui se sont les trois quarts du temps finies au lit) j'ai accepté de participer à l'un des ateliers d'Ava. Dire que ça m'enchante serait un énorme mensonge. Autant je trouve sa boutique formidable, autant celle-ci connaît un succès explosif pour notre plus grand bonheur, autant apprendre à tresser un bracelet brésilien me met de mauvaise humeur. D'ailleurs, rien que d'y penser, j'enrage.

Je me gare en trombe devant le magasin, avant de pousser la porte du Pixie Dust avec détermination. Aussitôt, deux yeux noirs se posent sur moi, et je reconnais ma charmante petite amie – je dirais bien épouse, mais aucun de nous n'a encore cédé, malheureusement. Pourtant, il serait temps, plus que temps, même… En témoigne son énorme ventre rond, lequel me fait sourire chaque fois que mon regard s'y attarde, c'est-à-dire en permanence.

— C'est gentil de nous honorer de ta présence, Sven.

Je salue brièvement les participants, lesquels sont occupés à choisir leurs fils, avant de m'approcher d'elle prestement, déposant un baiser sur ses lèvres appétissantes. Puis je lui murmure, avec un sourire goguenard :

— Ma chérie… comme tu es belle. Comment vont Gizmo et Gizmo Junior ?

— Sullivan et Denver t'emmerdent, répond-elle en me défiant du regard.

Sullivan et Denver… Sullivan et Denver ! Elle croit vraiment que je vais lui permettre d'appeler nos jumeaux Sullivan et Denver ? Non, mais elle rêve, la vieille !

— Je suis certain que non, pas vrai, les gars ? dis-je en me penchant vers son énorme ventre rond. Vous inquiétez pas, je ne laisserai pas votre mère gâcher votre vie.

— Tout ça, c'est ta faute, Sven ! Y a qu'à toi que ça arrive, ces « accidents » !

— Allez, tout de suite les grands mots ! Excuse-moi d'avoir du sperme de guerrier, lequel t'offre deux bébés pour le prix d'un.

— Mais je croyais que ça sautait une génération, ce genre de trucs ! s'exclame-t-elle avec un air affolé.

Car oui, bien qu'elle soit comblée de bonheur depuis l'annonce de sa grossesse, plus l'accouchement se rapproche, plus Ava est stressée à l'idée de donner la vie à des jumeaux. Elle craint la douleur, bien sûr, mais aussi de ne pas réussir à gérer deux enfants en plus de sa boutique. Et s'il n'y avait que ça qui la préoccupait, ça irait encore. Mais elle ne cesse de répéter qu'elle espère qu'ils ne me ressembleront pas, tout ça parce que je refuse de céder et de la demander en mariage. Ce qu'elle ignore, en revanche, c'est que la bague est dans ma poche depuis des mois, mais que je flippe comme un idiot chaque fois que je veux me jeter à l'eau, ce qui est stupide !

Cette femme vit avec moi depuis notre rencontre, ou presque. Elle s'apprête à donner la vie à mes fils et, moi, je suis terrifié à l'idée de mettre un genou à terre devant elle. Non, mais, sérieusement ! Qu'est-ce qui cloche chez moi ?

— Allez, au travail ! m'ordonne-t-elle avec un sourire dissimulé.

— Tu sais que je vous aime, toi, Gizmo et Gizmo Junior ?

Elle tente de me tenir tête, mais finit par exploser de rire. Elle n'arrive pas à me résister, car je la connais par cœur et je sais pertinemment où appuyer pour qu'elle craque. Manque de bol, la réciproque est on ne peut plus vraie, et Ava réussit en permanence à me faire sortir de mes gonds.

— Va donc choisir tes fils pour ton bracelet brésilien, Sven, tu vas nous mettre en retard.

Je souffle, marmonne dans ma barbe, et lui pince les fesses en signe de contestation avant d'accepter mon sort, résigné. La porte s'ouvre à la volée et, cherchant une distraction, ou n'importe quoi de plus intéressant que de tresser un bijou, je lève les yeux vers le nouvel arrivant. Quelle n'est ma surprise en découvrant Clémence, appareil-photo en main. L'occasion est trop belle, je délaisse un instant ma création pour m'avancer jusqu'à elle afin de la saluer.

— Clémence ! Ça fait longtemps, comment vas-tu ?

Je réalise qu'elle ne grimace plus en m'apercevant, ce qui me soulage sincèrement. Elle mérite d'être heureuse, elle aussi.

— Très bien, Caden, et toi ?

— Nickel.

— Je ne savais pas que tu participais à l'atelier, s'enquiert-elle, ses lèvres retroussées trahissant son amusement.

— Si ! D'ailleurs, il y retourne. Pas vrai, chéri ?

Je lève les yeux au ciel, vaincu, avant de regagner ma place, laissant les filles discuter de tout et de rien. Après les confessions d'Eryn au mondial, nous avons décidé de recontacter Clémence, d'une pour s'excuser, et de deux pour booster sa carrière qui, malheureusement, stagnait depuis notre rupture.

Au début, elle ne voulait rien avoir à faire avec moi, ayant encore des sentiments à mon égard. C'est donc Ava qui s'est chargée de la remettre à flot en posant pour elle à diverses reprises, puis en lui demandant de couvrir l'inauguration de sa boutique. Petit à petit, Clémence est parvenue à se faire une place dans le milieu de la photographie et a même été embauchée comme photographe officielle pour une grande marque de maillots de bain – autant dire qu'il y a du boulot, ici, en Floride.

Agacé d'écouter scrupuleusement les conseils de ma chère et tendre Ava pour tresser mon bracelet, je tente le tout pour le tout. D'un geste vif, je me saisis de mon téléphone portable et hurle dans le combiné :

— Comment ? Ma femme a des contractions ? Merci, docteur ! Bien sûr, j'arrive de ce pas.

— Caden, me gronde gentiment Ava en croisant les bras sur sa poitrine.

— Désolé, chérie, une urgence, ma femme va accoucher d'une minute à l'autre !

— C'est moi, ta femme ! répond-elle avec une expression amusée.

— On n'est jamais trop prudent, je préfère t'attendre là-bas, des fois que Gizmo et Gizmo Junior y soient déjà !

Je sors en trombe du Pixie Dust et, bien évidemment, Ava me suit dehors, rouspétant à tue-tête.

— Caden Smith, rentrez immédiatement dans cette boutique, tout de suite !

— Même pas en rêve, dis-je en fanfaronnant.

— Caden ! s'exclame-t-elle en me menaçant de ses iris noirs.

— OK, mais alors on laisse les cartes trancher. Si tu gagnes, je retourne finir mon bracelet et je te demande en mariage. Si tu perds, nos enfants s'appelleront Gizmo et Gizmo Junior.

Ses yeux brillent d'excitation, parce qu'elle et moi adorons ce jeu qui nous fait vibrer depuis notre rencontre. Elle accepte, misant sur le fait que je bluffe et que, même en cas de victoire, je ne nommerai pas nos progénitures ainsi (et elle a raison, de toute évidence).

Ce qu'elle ignore, c'est que, quel que soit le résultat, je suis bien décidé à perdre, cette fois-ci, quitte à tricher. Car la bague dans ma poche n'attend qu'une chose : s'unir à elle et la combler de bonheur jusqu'à la fin de ses jours.

[illegible]

[illegible] autre chose d'ailleurs, il n'est pas impossible [illegible]

[illegible]

[illegible] sont [illegible] très pertinentes, et il est certain que sans [illegible] ce livre n'aurait pas été aussi abouti. Son implication fait [illegible]

Remerciements

Ça y est, nous y sommes, mon deuxième livre chez &H vient de voir le jour, qui l'aurait cru ? Dire que j'en ai si longtemps rêvé, et voilà qu'aujourd'hui c'est chose faite ! Petite, j'ai passé un nombre incalculable d'heures à parcourir les rayons des librairies, les yeux brillants d'admiration, et à chaque fois je me disais sans trop oser y croire : « Moi aussi, un jour, je serais là. » Et j'y suis !

C'est une belle leçon de vie que je ne peux que répéter haut et fort : « Croyez en vous, croyez en votre potentiel et ne laissez jamais personne vous dire que vous n'en êtes pas capable, pas même vous. »

Cette histoire, tout comme ses personnages, me tient très à cœur, si bien qu'il a été difficile pour moi de passer à autre chose (d'ailleurs, il n'est pas impossible qu'une suite pointe un jour le bout de son nez).

Mais elle n'aurait pas été aussi aboutie sans qu'une aide précieuse me soit apportée. C'est pourquoi, et comme toujours, je tiens tout d'abord à remercier Laëtitia (mon ange gardien) pour son implication. Tu as été ma première lectrice, la première à découvrir Caden et Ava, et surtout, tu as su écouter inlassablement tous mes vocaux (si longs soient-ils) sans jamais rechigner à la tâche. Tu as pris soin de me conseiller, de me rassurer quand c'était nécessaire, me permettant ainsi d'avancer sereinement dans l'écriture de ce livre. Tu le sais, mais je ne le redirai jamais assez, tu m'es très précieuse, et je suis on ne peut plus ravie de vivre cette expérience incroyable avec toi.

Merci également à Kamille, ma meilleure amie, pour avoir lu et relu cette histoire dans son intégralité (et ce malgré un timing serré et ton travail très prenant) et merci pour tes conseils avisés. Tu as toujours le mot juste, tes réflexions sont toujours très pertinentes, et il est certain que, sans toi, ce livre n'aurait pas été aussi abouti. Ton implication fait d'ailleurs de toi ma bêta-lectrice incontournable, et je t'en suis infiniment reconnaissante.

Je ne peux décemment écrire des remerciements sans mentionner mon mari. Merci à toi pour ta patience quand je reste des heures durant devant mon PC à écrire, merci de m'écouter inlassablement parler de mes personnages et de leur histoire, merci de me faire rire quand je doute et, surtout, merci de me soutenir inconditionnellement comme tu le fais.

Et merci à mes parents d'être toujours là, fidèles au rendez-vous, à chacune de mes dédicaces. Merci de me conseiller, de me suivre, et de faire ma promotion comme vous le faites ! C'est tellement important de se sentir soutenue, votre confiance en moi me donne des ailes.

Je tenais également à remercier toutes les personnes qui, après la sortie de mon premier livre *Le Coloc de l'enfer*, ont pris le temps de m'écrire. J'ai reçu des témoignages extrêmement touchants, et à mon sens c'est la plus belle des récompenses.

J'ai toujours eu à cœur d'écrire pour faire rêver, aider les gens à s'évader de leur quotidien, ne serait-ce qu'un instant. Et cela est d'autant plus vrai dans le contexte actuel, alors merci à vous.

Enfin, un énorme merci à toute l'équipe d'HarperCollins France qui fait un travail extraordinaire et qui est toujours à l'écoute.

Le dernier mot sera pour tous les mogwais qui, de temps à autre, se transforment en gremlins. Ne changez rien, vous êtes déjà parfaits !

Composé et édité par HarperCollins France.

Imprimé en mai 2023
par CPI Black Print (Barcelone)
en utilisant 100% d'électricité renouvelable.
Dépôt légal : juin 2023.

FSC
www.fsc.org
MIXTE
Papier issu de
sources responsables
FSC® C159065

Pour limiter l'empreinte environnementale de ses livres, HarperCollins France s'engage à n'utiliser que du papier fabriqué à partir de bois provenant de forêts gérées durablement et de manière responsable.

Imprimé en Espagne.